講談社文庫

天使のナイフ

〈新装版〉

薬丸 岳

講談社

天使のナイフ／目次

天使のナイフ

序章

愛実《まなみ》が泣いている。

朝食の準備をしていた桧山貴志《ひやまたかし》は、慌てて寝室を覗き込んだ。床一面に愛実の服が散乱している。衣装ダンスの一番下の引き出しを引っかきまわしている愛実を見て、桧山はあっと思った。

「パパ。ももちゃんは？」

娘の悲痛な眼に射すくめられ、ばつの悪い思いでベランダを指さした。ももちゃんとは、娘が大好きなウサギのキャラクターで、それを胸にあしらったTシャツは、保育園で一緒の勉くんの次に大切な、愛実の友達である。数日続いた雨の中、物干しに吊るしたままになっていた。

ベランダを見つめながら、愛実はさらにボリュームを上げて泣いた。きっと自分の大切な友達を雨ざらしにする、なんてひどい父親だろうと思っているに違いない。

愛実に朝食を食べさせている間に、桧山はももちゃんをドライヤーで乾かしていった。どうやら今日も、新聞と朝食にありつけそうにないが、娘の満足そうなえくぼを見ていると、そんなことはどうでもいいと思えてきた。

最近、愛実の表情を見ていると、考えていることが手に取るようにわかるようだ。笑っているとき、泣いているとき、ふくれっ面をしているとき、しんとしているとき。ついこの間までは、愛実の一挙一動にあたふたとしたものだ。それほど幼児の振る舞いというのは、父親である自分にとってさえ、不可解極まりないものだった。今は愛実を理解している。桧山はうん、と小さく頷《うなず》いた。

――あと十年もすれば、また理解できなくなるよ。

つい三日前、朝の通勤で駅まで一緒になったとき、隣に住んでいる松本がそんなことをこぼしていたっけ。最近娘と話をしていると、こいつが本当に俺と同じ人種なのか怪しくなってきた。というか、どこかよその惑星から来たクリーチャーじゃないかとつくづく思うよと、熱く語っていた。

桧山も何度かマンションのエントランスで、松本の娘を見かけたことがある。女子高の友達と喋っていたのだが、どこの国の言葉を使っているのか、皆目見当がつかなかった。まだ自分も三十歳を越えたばかりだというのにと、少しショックを受けたのを覚えている。髪の色も、肌の色も、目の色も皆違う。同じ制服を着ていても、インターナショナルスクールの生徒のようだ。

松本は意地悪そうな笑みを桧山に向けた。だが、とても想像なんてできなかった。愛実の金髪も、褐色の肌も、ブルーのコンタクトも。

桧山は、愛実のほんのりと赤みがさした、弾力のある白い頬が好きだった。くしゃくしゃすると、滑らかに手に吸いついてくる柔らかい髪が好きだったし、桧山を見つめたとき、色々な種類の光を瞬《また》かせる、大きな漆黒の瞳が好きだった。

サイドボードに置いた写真立てを見つめた。フレームの中の祥子《しょうこ》は、桧山の心中を見透かしてからかうように微笑んでいる。そんな祥子の微笑みに、心の中で、大丈夫だと呟いた。大丈夫だ。もし十数年後、愛実がそんな格好で帰ってきたとしても、途方に暮れたりなんてしないよ。

愛実の心がわかっていれば、不安なことなんて何もない。愛実が笑ったり、怒ったり泣いたり、ふくれっ面をしているのであれば、いつもそばに愛実の存在を感じることができる。娘の体温を感じるのだ。

だけど、愛実が時折見せる表情に、桧山は凍りついてしまうことがある。虚空《こくう》を見つめながら、静止してしまったような愛実の瞳を見ると、背筋に冷たいものが這い、喉の奥が戦慄《わなな》いて、一瞬呼吸の仕方を忘れてしまうのだ。

愛実はその虚空にいったい何を見ているんだろう。脳裏に無意識に刷《す》り込まれたあのときの惨劇を、網膜に映し出しているのではないだろうか。

そんな愛実の表情を見るたびに強く思うのだ。一分でも長く愛実のそばにいて、ふたりで楽しい時をたくさん過ごして、少しでもあの記憶を薄めたい。

愛実の意識の底に、今もこびりついているであろう、あのおぞましい記憶を。

第一章　罪

1

通勤ラッシュが落ち着いた九時前、蓮田《はすだ》から大宮《おおみや》に向かう宇都宮線は夏休みに入っていつもより空いている。一人分のスペースが開いていたので愛実を座らせると、桧山は前の吊革に摑《つか》まった。

この一時だけ、桧山は自分の選択が、あながち間違いではなかったなと思える。もし自分がサラリーマンだったら、こうやって愛実と一緒に通勤できる生活は難しかったであろう。

ただ、車窓から覗く雨の光景を見て、少し憂鬱《ゆううつ》な気分になった。雨の日は、店の売り上げがぐっと落ちるのだ。小さな店とはいえ、オーナー店長である桧山には、売り上げやアルバイトの管理など、苦労や心配の種が尽きなかった。

車内に奇声が響いた。一つ向こうのドア付近で、三人の少年がなにやら騒いでいる。まだ中学一、二年だろうか。制服の白い半袖シャツの裾を、黒ズボンからだらしなく出している。

夏休みだというのにこれから登校するのだろうか。そんな桧山の視線を尻目に、そのうち二人はポケットゲームに興じていて、時折、耳障りな叫び声を上げていた。もう一人は退屈なのか、二つの吊革に両手でぶら下がって、体操選手の真似事をしている。

目の前に座っていた背広姿の中年男は、手に持っていた新聞紙を大きく顔の前に広げ、この傍若無人《ぼうじゃくぶじん》な台風が早く過ぎ去ってくれるのを祈っているかのようだ。

愛実が少年たちのことをじっと見ている。愛実の表情を見て、桧山は背筋に冷たいものを感じた。大人にとってはあどけなく映る彼らのような少年でも、愛実にとっては、充分に悪魔の資質を持って見えるのかもしれない。

いや、大人だって恐れているのだろうか。あの新聞紙で顔を隠した会社員も、隣に座る初老の女性も、そして桧山自身も。あの少年たちの、無邪気さの中に隠れた何ものかに怯えているのかもしれない。そして同時に怒っているのだ。無表情を装いながらも、得体の知れない恐怖に怯え、ただやり過ごすしかない無力な自分たち大人に。

愛実の目を少年たちからそらさせようと、中刷り広告を指差した。としまえんのプールの広告だ。

「あさってパパはお休みだから、プールに行かないか」

首を伸ばして、じっと広告を見ていた愛実が桧山を見上げて、「うん」と大きく頷《うなず》いた。

「パパ、車に乗るのひさしぶりだね。運転、大丈夫？」

「電車にしとくか」

愛実の瞳にいつもの光が戻っているのを感じて、桧山は安堵した。


人の波が行き交う大宮駅のコンコースを抜けて外に出ると、まだ細かい雨が舞っていた。愛実は小さな赤い傘をさして、濡れた歩道をスキップするように歩いていく。ももちゃんと一緒に登園する愛実は、雨の中でもご機嫌だった。

愛実の通うみどり保育園は、大宮駅前の繁華街に隣接するテナントビルの三階にある。全面ガラス張りの、どこか取り澄ました外観のビルに入ると、シックな大理石張りのエントランスで、エレベーターを待った。

桧山は愛実を、園庭のある認可保育園に預けたいと思っていた。いくら色とりどりの玩具や、保育士らが描いた可愛いキャラクターが溢《あふ》れていても、まわりをコンクリートの壁に囲まれた閉塞感は拭えない。しかしこの地域の認可保育園は、入園希望者が定員を大きく超えていた。庭がついていないのが唯一の不満だったが、みどり保育園の設備や、運営内容には満足している。

エレベーターが開き、これから営業回りに出るらしい会社員が飛び出してきた。

「いってらっしゃい」

愛実が手を振ると、会社員はにっこりと笑って、愛実に手を振りながら出て行った。

桧山は、愛実の意外な交友関係に、ちょっとばかり驚いた。

エレベーターを降りて廊下を進むと、みどり保育園のドアの前で、園児の登園を迎えていた保育士の早川《はやかわ》みゆきが、桧山たちに気づいて手を振った。みゆきは白のポロシャツにジーンズというラフな格好で、その上からももちゃんのエプロンをしている。

めざとくそれを見つけた愛実は、桧山の手を解《ほど》いて、「みゆき先生、おはよう」と駆け寄っていった。

「おはよう、愛実ちゃん」

みゆきが屈み込んで、愛実の頭を優しく撫でた。

桧山は後ろからいつもの朝の儀式を見守った。

愛実の黒髪を愛撫する細くてすらっと伸びた指先には、その優雅さとは不釣合いな、短く切り揃えられた爪があった。爪だけではない。みゆきの全身は、今の若い女性にしては珍しいほどに飾りけがない。指輪も、イヤリングも、アクセサリーも、自分の肌より硬質なものを、ことごとく排除しているようだ。いつも化粧っけのない顔は控えめな印象だが、飾りがない分、爽やかな笑顔がいっそう輝いて見える。

桧山はたまに、着飾ったみゆきを想像してみる。馬鹿な父親のちょっとしたお楽しみだ。きっと男たちの視線を集めることだろう。だけど、想像はできてもみゆきのそんな姿を実際に見たいとは思わなかった。みゆきの清廉《せいれん》さが、どんな甘い香りよりも子供たちを惹きつけているのだから。

親を放《ほう》って、さっきからみゆきとももちゃんの話題で盛り上がっていた愛実が、桧山を振り返った。

「パパ、まだいたの？　チコクしちゃうよ」

桧山は苦笑した。少し寂しさを感じつつ、みゆきに「よろしくお願いします」と言って、愛実に手を振った。

「行ってらっしゃい」

みゆきが笑顔で桧山を見送った。

エレベーターに乗った桧山は、いつものようにみゆきに少しばかり嫉妬していた。

みゆきは愛実の好きなものをたくさん知っている。ももちゃんのことも、勉くんのことも、好きな食べ物や、好きな歌も。みゆきは自分よりも長い時間を愛実と過ごしていて、自分の知らない愛実をたくさん知っている。

だけど、同時に感謝もしていた。色んな事情を知っているみゆきなら、愛実のちょっとした言動からでも、事件の後遺症の兆候を敏感に感じてくれるだろうという安心があった。


駅前の繁華街を抜け、銀行やオフィスビルが連なる大通りに出た。大通りを少し歩くと、氷川参道《ひかわさんどう》との交差点に看板が見える。自由の女神をあしらった、『ブロードカフェ』のロゴマークの看板が、雨に打たれて霞《かす》んで見えた。

オープンテラスに置いてあるテーブルと椅子が雨に濡れていた。放置された粗大ごみのように、物寂しい風情を湛えている。桧山は正面の入り口から店に入った。

「いらっしゃいませー」客と間違えて威勢よく挨拶したアルバイトの福井健《ふくいけん》が、桧山を見て苦笑した。「おはようございます。店長」

「おはようございます」

福井の隣にいた新人アルバイトの仁科歩美《にしなあゆみ》も、桧山に視線を向けるとこわばった笑顔で挨拶した。

「おはよう」桧山は明るく返し、緊張したようにレジの前に立つ歩美に寄っていった。「だいぶ慣れたかい？」

「はい。ええ……でも……」

歩美は伏し目がちに答えた。メモとボールペンを持っているところを見ると、福井からの仕事の説明をメモしていたのだろう。

「仕事はゆっくりと覚えていけばいいよ。一番大事なのは仲間と早く打ち解けることだね」

桧山は歩美の緊張を解《ほぐ》すために優しく言うと、レジから事務所の鍵を取って、洗い場にいたアルバイトの鈴木裕子《すずきゆうこ》にも声をかけた。

「鈴木さん。仁科さんと同い年なんだからよろしく頼むよ」

裕子が眠そうな顔で生返事した。

深い青を基調とした店内には、所々に観葉植物を置き、壁に沿って座り心地のいい革張りのソファと椅子を設けている。この大宮店は、全国百五十店舗のブロードカフェのチェーン店の中でも、特にゆったりとした造りにしてある。桧山はトイレの向かい側にある事務所のドアを開けた。

ブロードカフェは、ニューヨークのブロードウエーが発祥の、セルフサービスのコーヒーショップだ。二百円ちょっとで味わえる本格的なコーヒーと、若者のおしゃれ心をくすぐる様々なトッピングを加えたコーヒーで、瞬《また》く間に全米で人気のコーヒーチェーンとなった。自由の女神をあしらったロゴマークの入ったカップや看板が、ハリウッド映画のワンシーンによく観られるようになると、流行に敏感な日本の若者たちの間でも話題になり、十年前の代官山一号店を皮切りに、日本でもすぐに全国百五十店舗にまで拡大した。

桧山は九年前に、ブロードカフェの日本本部とフランチャイズ契約を結んだ。大学を卒業してすぐのことだった。本部での店長研修を受けて、自らの足で出店場所を探し、店内の施工にも立ち会った。準備に一年近い日数がかかったが、二十四歳になる前に開店にこぎつけたのだ。

この大宮店は、繁華街から少し外れているが、平日は周辺のオフィスビルのサラリーマンやＯＬが訪れ、土日になると、ここから歩いて十分ほどの氷川神社や、大宮公園へ向かう家族連れでけっこうな賑《にぎ》わいを見せる。しかし雨の日は惨憺《さんたん》たる有様だった。

ノックの音がして、トレーを持った福井が入ってきた。

「休憩いいっすか」

事務机でアルバイトのシフトを組んでいた桧山が、おつかれさまと声をかけると、福井は手に持っていたトレーを机上に置いて、カップのひとつを桧山に渡した。

「仁科さんはどうだ」

桧山はコーヒーを飲んで、サンドイッチを頬張っている福井に訊《たず》ねた。

「問題ないっすよ。仕事の説明をしても、真面目にメモを取ってるし、覚えも早いっすよ」

「そうか。でも、ちょっと表情が硬くないか」

歩美は二週間前に入ったばかりの新人アルバイトだが、いまだに桧山に対しては緊張した表情を向ける。

「そうっすか？　でも、初めてやるバイトだし、緊張してるだけじゃないですかね」

桧山は頷いた。たしかにバイト仲間と話しているときなどは可愛らしい笑顔を覗かせる。接客業は笑顔が一番大切だ。早く仕事に慣れて、いつもあんな笑顔を見せてくれるようになるといいのだが。

「問題ないっすよ」

サンドイッチを食べ終えた福井が、胸を張って言った。

来客があったのは、二時半を過ぎた頃だった。昼のピークが落ち着いて、アルバイトを順番に休憩に入れて、ようやく桧山も遅い昼食にありつこうとしていたときだ。福井が、カウンター裏から、「店長にお客さんです」と内線電話をかけてきた。桧山は誰だろうと考えを巡らせながら、食べかけの弁当に蓋《ふた》をして、事務所を出た。フロアを進むと、レジの前で背広姿の二人の男が、歩美に注文しているのが見えた。

背の高い若い男は何でもいいよという顔で立っていたが、白髪混じりの中年の男はメニューを見つめて、歩美に色々と訊《き》いているようだ。

若い男が桧山に気づき、中年男の背中を叩いた。中年男が振り返って桧山を見た。男の顔を見た桧山は、胸に一片の痛みを感じて立ち止まった。

若い男が桧山を牽制《けんせい》するような目つきで、胸元から何かを取り出そうとしたが、中年男はそれを手で制して言った。

「お久しぶりです」

桧山は意識の端っこに無理やり追いやっていた記憶を、ゆっくりと手繰《たぐ》り寄せた。

「埼玉県警の……」

桧山がようやく口を開くと、レジに立っていた歩美が、目を丸くして目の前の中年男を見た。

「三枝《さえぐさ》です。こっちは大宮署の長岡《ながおか》です。お忙しいところを突然すいません」

三枝利幸《としゆき》は、にっこりと微笑んだ。

三枝の柔和《にゅうわ》な眼差しに多少は応えようと思ったが、脳裏に去来する記憶はどれも痛々しいものばかりで、無意識のうちに顔を歪《ゆが》めてしまったらしい。

「いえ、ちょっとこの近くを通りかかったもので、どうしてらっしゃるかと思いまして。よければ少しお話でもどうですか」

自分が忌《い》まわしい記憶の元凶だと自覚しているのか、三枝は申し訳なさそうな口調で言った。

人好きのする中年男のせっかくの来訪を、無下《むげ》に断るのも気が引けた。

「ええ、構いませんよ」

桧山が応じると、三枝はレジの歩美に向き直った。

「じゃあホットコーヒーをひとつと、私はさっきお嬢さんがおいしいといっていたキャラメルバニラカプチーノというのをひとつ」

「ごちそうしますよ」

桧山は、歩美に代金は要《い》らないからと目で伝えたが、三枝が「いいですよ」と、戸惑う歩美に無理やりお金を握らせると、カップを載せたトレーを長岡に持たせ、先導するようにフロアの奥へと進んでいく。

閑散とした店内の奥の、観葉植物で周りから死角になった席を選ぶと、三枝と長岡が並んで腰を下ろした。桧山は二人の前に座った。

「その後、いかがですか」

桧山がコーヒーを飲んで一息ついたところを見計らったように、三枝が穏やかな笑みを向けて訊いてきた。

「何とかやっています」

その後の生活など、とても簡単に説明できるものではなかったが、三枝の心配りに応えようと、少し笑みを作った。

「そうですか。少し安心しました」

三枝はそう言うと、カップのバニラをスプーンですくって舐めながら、おいしいですな、と言って笑っている。隣に座った長岡は、硬い表情のまま、それが義務で仕方ないことのようにコーヒーを飲んでいた。

ずいぶんと白髪が増えたな。近くからまじまじと三枝を見て、四年という歳月に桧山は改めて感慨を持った。それに顔の皺《しわ》も何だか深くなった。

それもそうだろう。目の前の男は、犯罪被害者の無念や、家族の慟哭《どうこく》を受け止めながら、毎日を過ごさなければならないのだから。今までに、いったいどれだけの血と涙を見てきたのだろうか。あの事件は、桧山にとっては一生に一度、見るかどうかもわからない悪夢だった。だが、この男にとっては毎日繰り返される現実なのだ。そんな時間を過ごさなければならないのは、いくら仕事とはいえ苦痛でしかないだろう。今なら、少しはそう思える。

自分はこの男に礼のひとつも言っただろうか。そんな当たり前のことに思いを向けることもできないほど、あの頃の桧山は、怒りと憎しみで猛《たけ》り狂っていた。

「そういえばお嬢さんは今、おいくつでしたかな？　なんていったかな。お名前は」

「愛実です。四歳になりました」

「そうそう、愛実ちゃん。何か変わったところはありませんか。後遺症のようなものは」

「いえ、おかげさまで元気にしてますよ。今は保育園の保育士さんや、優しい人たちに囲まれてすくすく育っています」

「そうですか、それは本当によかった。あの事件があって、私の一番の気がかりはそこでしたので。もちろん、桧山さんの御心痛も相当なものだと想像しておりましたけど。ただ、娘さんがいらっしゃれば、桧山さんは必ず立ち直られると思っていました」

「ありがとうございます」

桧山は本心からそう言った。三枝にとって桧山とのことは、毎日起こる事件のひとつ、毎日のように遭遇する被害者の家族の一人に過ぎないはずだが、そこまで気にかけてくれていたことが嬉しかった。

「ところで、このお店は何時までやっているのですか」

突然、三枝が話題を変えてきた。

「八時までやっています」

「じゃあ八時になったら、桧山さんはすぐに帰宅されるんですね」

「いえいえ。その後、アルバイト達と一緒に掃除をして、掃除が終わるのがだいたい八時半ぐらいです。そのあと、私は売り上げの計算をしたり、日報をつけたり、本部に食材の発注をしたりするので、結局店を出るのは九時半を過ぎます。それから娘を保育園へ迎えに行きます」

「売り上げの計算や、発注というのは、桧山さんお一人でやられているのですか」

「ええ。今のところ他に社員がいないので。フリーでやっているバイトなんかは一応できるんですが、彼には今オープンを任せていますから。休みでない時は、私がずっと一人でやっています」

「大変ですね。じゃあ八時半を過ぎると桧山さんはお一人でお店にいらっしゃるんですね」

「ええ」

頷いた桧山は、胸の中にゆるやかに兆《きざ》す妙な感覚を覚えた。その違和感がどこから来るのか。桧山は二人の様子をさりげなく窺《うかが》った。そういえば隣に座った長岡が、さっきまでの無関心な様子と違って、少し前屈《まえかが》みになっているようだ。

「大宮公園にはよくいらっしゃいますか」

三枝がまた話題を変えた。

「ええ」

桧山は簡単に答えた。

大宮公園は、この店から歩いて十分くらいの所にある県営公園だ。氷川神社の裏に広がる広大な公園で、ボート池や小動物園などがあり、隣にはサッカー場や野球場などを併設している。埼玉県内でも屈指《くっし》の桜の名所で、春にはたくさんの観光客で賑わう。桧山も晴れた日などは、保育園から愛実を連れ出して一緒に昼飯を食べたりしていた。

「じつは昨晩、大宮公園で殺人事件がありまして」

今までの穏やかな表情とは打って変わって、三枝は険しい表情になった。

「殺人事件？」

三枝を見つめながら、桧山は聞き返した。

「ええ。それで今日はこの周辺でずっと聞き込みをしているというわけなんです」

三枝の視線が桧山から離れない。こっそりと噂話を教えてくれる近所の主婦のように、親しさを装い、桧山の反応を期待している目だ。

そういえば昨晩、店を閉めて駅前にある銀行の夜間金庫に売り上げ金を持っていく途中で、けたたましくサイレンの音が鳴り響いていたのを思い出した。

「ああ、あれがそうだったのか」

た。

「何かありましたか」

三枝が身を乗り出して訊いてきたので、桧山はサイレンの音を聞いたときの話をし

「それは何時頃の話ですか」

「十時ちょっと前だったと思います」

「そのとき、桧山さんはお一人だったんでしょうか」

「ええ」

三枝の質問の趣旨がわからず、怪訝《けげん》に思いながら答えたが、三枝はお構いなしで話を続けた。

「被害者は九時四十五分頃、見廻りに出た公園管理事務所の人間に発見されましたが、頸動脈《けいどうみゃく》をナイフで切られておりまして、出血多量ですでに死亡していました。八時半にも公園管理の者が見廻りに出ており、その時には被害者の姿を見ていないと証言しています。おそらく被害者は、八時半から九時四十五分の間に事件に遭ったのではないかと思っています」

桧山が想像したくない惨状を、三枝は喚起させたいような口ぶりだ。なぜ関係のない人間にこんなことを熱心に語るのだろうか。桧山は徐々にねちっこく絡《から》みついてく

る三枝の視線に、世間話以上のものを感じ始めていた。

桧山の表情が訝《いぶか》しいものに変わってきたと気づいたのだろうか、三枝がカプチーノを飲んで一息入れて、おもむろに言った。

「殺害されたのは沢村和也《さわむらかずや》でした」

「えっ？」

桧山の反応を見て、一瞬長岡と顔を見合わせた三枝が、今度はゆっくりと言った。

「少年Bと言った方がピンとくるでしょうか」

その言葉は脳裏に鮮明に響いた。「少年Bが死んだ？」

「殺されたんです」

三枝が、桧山の目をしっかりと見据えながら言った。

桧山はその言葉の意味を、心の中でしばらく反芻《はんすう》して、ようやく彼らの来意を理解した。ずっと騙《だま》されていた。目の前の人懐《ひとなつ》っこそうな表情に。愛実のことを心配する素振りに。彼らはただ、桧山のアリバイを確認に来ただけなのだ。

「そういえば少年の名前は御存知なかったんでしょうか」

「事件の時には知りませんでした」桧山は、胸にこみ上げてきたあの時の憤《いきどお》りを再燃させた。「警察でも詳しい情報は何も教えてくれなかったじゃないですか。家庭裁判所だって何も教えてはくれなかった。少年法が改正された後に、彼らの名前を初めて知ったんです」

二〇〇一年四月、改正少年法が施行されて、そこで初めて、『被害者等による記録の閲覧《えつらん》及び謄写《とうしゃ》』という条項が付け加えられた。つまりそれ以前は、罪を犯した少年たちの健全な育成と保護という少年法の趣旨のもと、少年たちのプライバシーは頑《かたく》なに守られ、多くの被害者やその家族は、事件の詳細や、少年たちの名前やプロフィールを、知ることができなかったのだ。

刑事がここに来たということは、桧山が少年法改正後に、あの少年たちの記録閲覧の申出をしたことを、警察はすでに把握しているのだろう。

目の前の二人の刑事は、じっと桧山のことを注視していた。

少年Bが殺された。

その報せを聞いても、何の感想も抱けない。嬉しさもなく、悲しみもなく、痛ましいとも思わなかった。ただ、頭の片隅では冷静な思考が働いていた。警察は自分を疑っている。当たり前だ。桧山は彼を憎んでいた。桧山には彼を殺したいと思う強い動機があるのだ。しかもアリバイのない時間に、この近くで殺されたという。

せめて痛ましいという表情だけでも作ろうと、彼の死《し》に様《ざま》を想像してみようと試みた。だが、それもできなかった。桧山は彼がどんな少年だかも知らないのだから。

三枝は、無言の桧山をしばらく見つめながら、カプチーノを飲み干すと、長岡を促して立ち上がった。

「どうもお邪魔しました。ここのドリンクはおいしいですな。また寄らせてもらいますよ」

店を出て行く三枝たちを、放心して見送った桧山の耳に、陰鬱《いんうつ》なリズムが響いた。まだ昼下がりだというのに、重く垂れこめた灰色の雲から、ぼたぼたと落ちてくる雨の音だ。


三枝たちが帰ってからも、桧山の胸の疼《うず》きは治まらなかった。いや、時間を経るごとに、その疼きは激しくなり、抑えようもない痛みを伴ってきた。

事務所で悶々《もんもん》とするのに耐えられず、カウンターに立ってお客の注文をさばいてみたが、仕事に集中しようとしても、あのときの記憶が桧山の胸に奔流《ほんりゅう》となって押し寄せてくる。

数時間を何とかやり過ごし、掃除の終わったアルバイトたちを帰して店のシャッターを閉めると、桧山は崩れるように椅子に腰を下ろした。

間接照明だけの薄暗い店内で、煙草に火をつけた。

過敏になった神経にニコチンが染み渡っていく。油断をすると、抑えていた記憶が溢れ出しそうになるが、今は無尽蔵に溢れ出す記憶に抗《あらが》おうとするだけの気力もなかった。

桧山の中にはいつも二つの時間が存在している。あの事件のときに止まったままの時間と、それから三年十ヵ月の間、生きていかなければならなかった時間だ。桧山はいつもこの二つの時間軸の間を行ったり来たりしている。止まったままの時間は、どんなに時が経っても過去にはならず、決して色褪せることはなく、いつでも鮮明にあの時の記憶を呼び覚ますのだ。

2

白い布を取って、祥子の顔を見ても、ちっとも現実感が湧いてこなかった。目をつぶっている祥子は、どう見ても蠟《ろう》でできた作り物の人形にしか見えなかったし、今朝まで桧山が見ていた祥子だと言われても、到底信じることなどできなかった。

桧山はゆっくりと祥子の頬を人差し指で撫でた。触れた指先には今朝、出勤前に同じ場所に口づけをしたときの温もりも、弾力も、湿り気もなかった。やっぱりそうだ。硬く、かさかさで、冷たいただの作り物なのだと、桧山は無理やり自分に言い聞かせた。

霊安室を出た桧山は、廊下のベンチに座ってうなだれていた義母の前田《まえだ》澄子《すみこ》と、彼女に抱かれた赤ん坊を見て駆け寄った。澄子の腕に抱かれた愛実は眠っている。そっと愛実の頬に触れると、ぴくぴくと鼓動する肌の温もりを感じた。

廊下に立っていた男が桧山に近づいてくる。浦和署の刑事だと名乗った男が、事のいきさつを説明した。

午後一時頃、桧山の住んでいるマンションの隣の主婦が買い物から帰ってきたとき、桧山の部屋から愛実の泣き声が聞こえてきた。愛実が泣き始めると、祥子はいつもすぐにあやすのに、そのときはいつまで経っても愛実の泣き声が止まなかった。不審に思った隣の主婦がチャイムをいくら鳴らしても応答がなかったという。普段から祥子と付き合いのあった主婦は、祥子が病気か何かで倒れているのではないかと心配に思い、ドアのノブを捻ってみたところ鍵は開いていた。中に入ってみると、洋室に置いたベビーベッドの上に祥子が覆い被さっていた。異変を感じて祥子のもとへ駆け寄ったが、祥子は首から大量の血を流し、ベビーベッドの内側に顔を垂らして、息を引き取っていたというのだ。

刑事の説明を聞いている間も、それが友人から聞かされるテレビドラマのあらすじのように、桧山の耳を通り抜けていく。桧山はそばで刑事の話を聞いていた澄子を見た。澄子も、娘の死を受け入れられずに茫然自失《ぼうぜんじしつ》の表情を浮かべている。

突然、愛実が大声で泣き始め、ふいに現実に引き戻された。愛実の激しい泣き声に、澄子も胸元に視線を向けた。

「この子、お腹が減ってるみたいだから、ミルクあげてくるわ」

澄子は虚《うつ》ろな目を桧山に向けると、愛実を抱いたまま、緩慢《かんまん》な足取りでその場を離れていった。


夕闇が迫り、反対車線を行くヘッドライトの光が、後部座席に座った桧山の陰鬱な横顔を車窓に浮かび上がらせた。

「気の進まないことは承知していますが、犯人の早期逮捕のためにご協力ください」

桧山の表情を盗み見たのか、隣に座った刑事が言った。

警察の要請で盗難被害の確認を行うために、桧山は刑事たちとマンションに戻ることになった。気が進むも進まないもない。桧山は現実さえ認識できないでいた。ただ愛実の服についた血痕を見て、替えの服を取りに行かなければならない、そんな漠然とした思いだけでパトカーに乗り込んだ。愛実はしばらく坂戸《さかど》にある澄子の家で預かってもらうことにした。

北浦和の見慣れた町並みが見えてきた。いつもなら少しでも早く帰宅したいと、早足で通り過ぎる風景を見て、今はこのまま時間が止まって欲しいと願った。その願いも虚しく、心の準備もできないうちに、パトカーは桧山のマンションに到着した。

静かな住宅街の一画が、煌々《こうこう》とした明りと喧騒《けんそう》に溢れていた。マンションの前に止まった何台かの警察車両と、その周りを取り囲んでいる野次馬だ。

刑事に両脇をガードされながらマンションのエントランスに入ると、何人かの警察関係者が行き来している。その中で、捜査員たちに指示を出している中年男に目がいった。中年男は桧山を見ると、近づいてきた。四十代半ばぐらいだろうか。穏やかな顔つきと、その面立ちには似つかわしくない鋭い眼光が印象的だった。

「桧山貴志さんですね。私は埼玉県警の三枝といいます。桧山さんの御心痛はお察しします。我々も犯人逮捕に全力をあげますので、ご協力お願いします」

桧山の部屋は一階の角部屋である一〇七号室だ。三枝に促《うなが》され玄関を入った。玄関を入ってすぐに十二畳ほどのＬＤＫがあり、その奥に六畳の洋室が二つある。ひとつは桧山たちの寝室で、もう一つには愛実のベビーベッドが置いてあった。脇には小ぶりのソファベッドが置いてあり、祥子はよくそこで愛実の様子を見ながら寝ていた。

部屋にはまだ数人の刑事と鑑識らしい人間が残っていた。あらかた鑑識作業は終わっているようで、あちこちに指紋を採取した跡がわかる。

「あとで桧山さんの指紋も採らせていただきます」

三枝が恐縮して言った。おそらく犯人の指紋と区別するために必要なのだろう。

桧山は部屋に上がったときから感じていた、ただならぬ異臭に導かれ、ベビーベッドのある洋室に目を向けた。部屋を見て時間の感覚を失った。西日が部屋の壁を橙《だいだい》色に照らし出している、そう思った瞬間、桧山は血液が早鐘を打ちながら逆流するのを感じた。悪寒《おかん》が全身を突き抜けていく。

足をふらつかせながらゆっくりと部屋に入っていくと、それまで厳しい表情で現場検証を行っていた捜査員たちが散らばり始め、桧山をおずおずと見守った。

桧山は天井から吊り下げたオルゴールメリーを見上げた。可愛いクマのキャラクターに血しぶきが飛散している。そのまま天井を見上げると、いたるところに見慣れない染みが広がり、蛍光灯のカバーを赤く発光させていた。ゆっくりと首を垂らすと、ベビーベッドのシーツに血だまりができている。大量の血を吸い込んだベッドのマットから滴《したた》り落ちた血が、絨毯《じゅうたん》にまで染み付いていた。

その惨状を目の当たりにして、桧山は一瞬にして凍りつき、身を切るような痛みが襲ってきた。

祥子はこのベビーベッドに覆い被さるように死んでいた。ベビーベッドに眠る我が子を見ながら息絶えたのだ。愛実は逃れられない柵の中で、流れ落ちる母の血に染まりながら、その小さな瞳で母の断末魔を見上げていたのだ。

急に吐き気がこみ上げてきて、たまらず窓を開けてテラスに顔を突き出した。庭に広がる芝の匂いが、ゆるやかな風に運ばれて鼻腔に流れてくる。桧山はその場で何度か深呼吸を繰り返した。

「どうか、お気を確かに……」

後ろから三枝が遠慮がちに声をかけてきた。

桧山は小さく頷いた。明かりのもれる芝面を見つめながら、自分の胸中に先ほどとは別の感情が芽生えてくるのを感じた。憎悪だ。犯人に対する言いようのない憎悪が湧き起こってきた。

桧山は気を取り直して、部屋に視線を戻した。

三枝に促され、桧山はタンスの中を手早く確認していった。視線をタンスに集中させて、一秒でも早くこの場から立ち去りたい一心だ。タンスの引き出しは物色された形跡があったが、桧山の通帳類は盗まれていなかった。

「床に奥さんのものと思われる財布が落ちていました。小銭しか入っていなかったので犯人は財布から紙幣だけ盗んだのでしょう。犯人は相当焦《あせ》っていたようですね。赤ちゃんの泣き声に焦ったのかな」

桧山は三枝の言葉に、祥子がベビーベッドに覆い被さって息絶えていたことの理由を察した。祥子は犯人の手から、愛実を守ろうとしたのではないか。死の間際にあっても祥子が考えたのは、我が子のことだけだったのだ。桧山は激しい自責の念に駆られた。祥子たちが襲われたとき、自分は何をしていたのか。いつものように店で、客に愛想笑いを浮かべながらコーヒーを出し、アルバイトたちとくだらない世間話に興じていた。家族を守るために仕事をしてきたはずなのに、家族を守れなかった自分の無力さを痛感した。

桧山は悔しさを噛み締めながら、別の引き出しを開けた。そこには祥子が使う小物類が入れてある。手帳や、祥子に届いた手紙類に混じって、祥子の通帳があった。

桧山は、初めて見る祥子の通帳を取り出した。

「奥様のですか」

三枝の問いかけに、桧山は頷いた。

「一応、中を確認していただけますか」

通帳を持ったままためらっている桧山に、三枝が促した。

桧山は通帳をめくってみた。そこには祥子の歴史が、細かい印字で刻まれている。

一番最初の入金は、一九九五年八月二十五日、ブロードカフェ大宮店からの給料振込だ。祥子は定時制高校の一年生のときに、ブロードカフェのオープニングスタッフとしてアルバイトを始めた。朝から学校が始まる夕方まで、週六日ブロードカフェで働いていたが、その給料のほとんどを、こうして預金していたのだ。高校を卒業して退職する三年半あまりの間に、毎月十二万円ほどの預金が規則的に増えて、最終的には五百十万円以上の大金になっていた。

予想以上の金額を見て、桧山は祥子の高校生活を思い返した。一番遊びたい盛りであろう高校時代に、ほとんど遊ぶこともせず、おしゃれな服を着ることもなく、ひたすら働いて、自分の夢である看護師になるための勉強に励んでいた。そんな祥子の人生は、短絡的に金を得るために人を殺《あや》める畜生によって消されてしまった。祥子の人生はたった二十年で何者かによって奪われてしまったのだ。

桧山は通帳の最後の行で目を留めた。

今から一ヵ月半前の八月二十日に、端数の数百円を残して、五百十万円もの大金が引き出されていた。

「どうしました？」

桧山の表情を読み取ったように、三枝が訊ねた。

桧山は、祥子にこんな預金があることも知らなかったし、こんな大金を何に使ったのかも見当がつかなかった。そのことを三枝に話した。

桧山の話を聞いて、三枝の眼光が鋭さを増した。

「お借りしてよろしいですか」

三枝は、桧山から通帳を受け取ると、室内にいた別の捜査員のもとへ向かった。

桧山は引き出しの中に視線を戻した。その瞬間、堪《こら》えていた涙が溢れ出してくる。引き出しの奥に、赤いリボンできれいに束ねられた、祥子へ宛てたラブレターを見つけ、桧山は必死にあの頃の自分と祥子のことを思い出そうとした。

今、目の前にある現実から逃げ出したかった。

悲しみに暮れる暇もなく、事件の翌々日には北浦和の斎場で祥子の通夜を執り行った。両家とも親類縁者のほとんどいない寂しい通夜だったが、祥子の定時制高校時代の同級生や、ブロードカフェのアルバイトたちが駆けつけてくれた。

祥子の通っていた高校は大宮にあり、同級生たちもよく店に遊びに来ていたので、弔問客《ちょうもんきゃく》の多くは桧山の見知った人たちだった。

桧山は弔問客一人一人に黙礼を返していった。あまりにも突然の痛ましい出来事に、焼香を終えた人たちも桧山に対して、かける言葉を見つけられない様子だ。

弔問客の流れが止まり、桧山は祭壇に目を向けた。祭壇の前には、祥子の遺影をじっと見つめながら動かない女性がいる。

祥子と同じ年頃だろうか。遺影を見つめたまま立ち尽くしている。肩を小刻みに震わせて何とか焼香をしたが、色白の肌がさらに蒼白になっていくのが、桧山にもわかった。

女性は嗚咽《おえつ》を堪えるように桧山の前にやって来ると、うつむき加減に頭を下げた。ゆっくりと黙礼を返した桧山と目を合わせた女性は、今まで堪えていたものが決壊したかのように、その場で泣き崩れてしまった。自分の涙に溺れるように、苦しげな嗚咽がしばらく続いた。桧山はどうしてよいかわからず、隣にいる澄子を見た。

澄子は、今にも倒れそうな疲労の色を顔中に滲《にじ》ませていたが、それでも力のない動きで女性の肩に手を添えた。女性を立たせると、通夜ぶるまいのために用意した部屋に案内していった。

　ふらふらした澄子の後ろ姿を見て、桧山はともかくこの場だけは自分がしっかりしなければと思い、焼香を終えた弔問客に視線を戻して黙礼を返し続けた。

　桧山は悲しみに打ちひしがれながら、最後の弔問客への黙礼を終えると、通夜ぶるまいを開いている席へと向かった。

　残った弔問客は皆一様に沈痛な表情を浮かべていた。祥子の同級生にしても、アルバイトの仲間にしても、あまりにも早い、理不尽な祥子の死に胸を痛めていた。祥子を失った悲しみ以上に、祥子を殺した犯人への憎悪を顕《あらわ》にして、あちこちから犯人に対する憎しみの言葉が噴出していた。

　部屋に充満する殺伐とした空気を敏感に感じ取ったのか、片隅に置かれたベビーベッドで寝ていた愛実が、大声を上げて泣き出した。その泣き声は、ここにいる人間が吐き出す憎しみの言葉を、誰よりも声を大にして代弁しているように聞こえた。静まり返った部屋に愛実の泣き声だけがしばらく響いた。

　愛実の泣き声に煽《あお》られたのか、今まで悲しみを堪えて弔問客に挨拶していた澄子が、とうとう耐え切れなくなって嗚咽を漏らし始めた。桧山はベビーベッドを見つめながら動けなかった。立ち上がって愛実のもとへ向かう気力がなかったのだ。自分こそ、この場に突っ伏して泣きじゃくりたかった。

するると、部屋の隅で心細げに座っていた先ほどの女性がベビーベッドに寄ってい

き、愛実を抱き上げると優しくあやし始めた。桧山や部屋にいた者たちは黙って女性

を見ていた。そのうち愛実は泣き止んで、くすぐったそうな笑い声を上げた。愛実の

機嫌が直ったのをきっかけにして、桧山は最後の気力を振り絞って立ち上がると、弔

問客に挨拶をして通夜ぶるまいをお開きにした。

桧山は、愛実を抱いてくれている女性のそばに寄っていった。

「今日はありがとうございました」

桧山の言葉に、女性が顔を上げた。愛実をなだめようと必死に笑みを振りまいてい

たのだろうが、目だけは真っ赤に充血している。

「私の方こそ取り乱してしまってすいませんでした」

「いえ、祥子も喜んでいるでしょう。そこまで思ってくださって」

女性の腕の中で、愛実は満足そうな笑顔を桧山に向けた。

「僕よりあやすのが上手だ」

「わたし、保育士の学校に通っているんです。彼女のお子さんですよね？」

桧山は頷いた。

「名前は何ちゃんですか」

「愛実です。愛を実らせる、と書きます。祥子が考えたんです」

女性は、桧山の話を聞いて黙ってしまった。

「失礼ですが、彼女とはどういうお知り合いだったんでしょうか」

「ご挨拶が遅くなってしまってすいません。私は早川みゆきといいます」そこで言葉が途切れた。少しの間があって噛み締めるように言葉を続けた。「……祥子さんとは中学時代の友人なんです。しばらく会ってなかったんですが、昨晩のニュースで事件のことを知って、居ても立ってもいられなくなって、どうしても弔問に伺いたいと、警察に問い合わせてこの場所を聞いてきたんです」

「そうだったんですか。本当にありがとうございます。中学の同級生だったんですか」

「い、いえ」と、早川みゆきは慌てて首を振った。そして昔のことを思い返すように言葉を繋いだ。「同じ中学ではないんです。私は所沢市内の中学に通っていました。祥子さんは中学の時は確か上福岡《かみふくおか》でしたよね？　私たちは川越の学習塾で一緒だったんです。……祥子さんとは塾が終わった後に、よくお茶とかをして、進路の悩みや、お互いの相談事なんかを話したりしていました」

みゆきは祥子との思い出を、記憶を呼び起こすようにしながら桧山に話した。学習塾での付き合いといえば、週に何日かの短い交友だったのだろうが、学校で毎日顔を突き合わせている人間よりも、意外に親密な友情を深められるものなのかもしれない。現に、今日の通夜に祥子の中学校の同級生は一人も弔問に訪れていなかった。先ほどのみゆきの悲しみようから、二人がかなり親しい間柄であったのだろうと、桧山は想像した。

辛い一日だったが、早川みゆきとの出会いは、桧山にとってささやかな心の慰めになった。自分の知らない祥子を知っている人間に出会えたこと。自分の知らない祥子の思い出話を聞けたこと。そして祥子が亡くなったことを、深く嘆いてくれる人間が一人でも増えたことにだ。

みゆきは翌日の告別式にも参列した。慌ただしく式の進行に追われる桧山を気遣って、甲斐甲斐しく手伝いを買って出てくれたり、愛実のお守《もり》をしてくれた。

祥子の遺骨は四十九日の忌明《きあ》けまで、澄子の家に置かせてもらうことにした。あの光景を思い出すだけで、祥子が殺されたマンションに戻る気にはなれない。澄子がしばらく坂戸の家に居ればいいと言ってくれた。澄子も一人娘を失った今では、孫の顔を見るのがせめてもの癒しになるのだろうと桧山も思う。

まだ生後五ヵ月の愛実は、桧山と澄子の気持ちなどお構いなしに、ことあるごとに泣きじゃくる。だが、その自己主張が、祥子を失った悲しみで何も手につかず、何も考えたくない二人の止まりかけたゼンマイを、懸命に巻いてくれているようにも思えた。

事件から一週間後の十月十一日、埼玉県警の三枝刑事と浦和署の署長が、午後三時過ぎに坂戸の澄子の家を訪ねてきた。午前中に訪問の知らせを電話で受けていた桧山は、とりあえず夕方までは店をアルバイトたちに任せて、刑事たちの訪問を待って家にいることにした。その後の捜査の進展状況を聞きたいと思っていたのだ。

葬式の翌日から店には出ていた。家に籠《こも》ったままの生活を送っていたら、事件のことばかりを考えてしまって、気が変になりそうだったのだ。アルバイトたちの同情とも戸惑いともつかない視線を受けながら、今まで当り前のように流れていた日常を早く取り戻そうと、必死に平常心を装っていた。

最初の一日こそ、桧山の一挙一動に気を遣っていたアルバイトたちも、気を遣わないことが桧山のためになると気づいたらしく、次第に普段通りの振る舞いをするようになっていった。仕事の合間に、昨日観たテレビの話題を振ってきたり、くだらない冗談を言い合ったりもした。

　そんなたわいない閑談《かんだん》の合間にも、うずくまりたくなるほどの胸の痛みが襲ってくる。夜になって一人になると、その痛みはいっそう激しくなり、胸をえぐるような痛みと苦しみに一晩中身悶《みもだ》えして、睡眠薬を鎮痛剤代わりに何とかやり過ごす日々が続いた。

　この痛みはおそらく一生消えることはないだろう。決して取り除くことができない病巣《びようそう》のように、あの日のことを思い出すたびに、桧山の胸は締め付けられ、切り刻まれ、心が徐々に壊死《えし》していくのを感じながらこれから生きていかなければならないのだろうか。そんな悲観と絶望の底にいながら、愛実の寝顔を見ているときだけは、それでも生きなければならないのだと強く思い直した。

　桧山はほんの少しだけでもこの絶望を緩和してくれる特効薬を欲していた。その特効薬は犯人逮捕以外にはないのだ。祥子を殺した犯人に、それ相応の報いを受けさせるということだけが、祥子や自分にとって、せめてもの慰《なぐさ》めになるのだと思った。刑罰の軽い日本では、とても桧山が満足できるだけの報いを犯人に与えることは難しいだろうが、それでも自分の怒りや憎しみの矛先《ほこさき》を向けられる、具体的な存在が欲しかった。

三枝と署長は、祥子の遺影の前で交互に線香を上げて手を合わせた。振り返った二人は、座卓越しに桧山と差し向かう形となった。

澄子は二人の前にお茶を出すと、気忙しそうなふりをしてその場を立ち去ろうとしたが、三枝が呼び止めた。

「お母さんもお座りになってください」

三枝の言葉に澄子が渋々、桧山の隣に腰を下ろした。祥子を失った辛さを思い出させることを、何も見たくはなく、耳にしたくないのだろう。刑事の話を聞けば、嫌でも事件のことに思いを向けなければならなくなるのだ。

「今、祥子さんにもご報告しましたが……」三枝は祥子の遺影を振り返り、苦い表情を桧山たちに戻して言った。「犯人が捕まりました」

三枝の言葉を聞いて、握りしめた拳が小刻みに震えだした。ようやく聞くことができたその言葉に、安堵のような感情と、腹の底から再び湧き上がってくる憎悪とが、ぐちゃぐちゃに混ざり合って体中に充満していく。感情の汚泥《おでい》の中から必死に何かを摑み取ろうとしたが、すぐには言葉にならなかった。

「やっと逮捕されたんですね」

桧山はようやく言葉を摘《つま》み上げた。

「逮捕はされません」

三枝は無念さを滲ませた表情で告げた。

桧山は、その言葉の意味を図りかねて三枝を凝視した。

「捕まったのは所沢市内の中学校に通う、中学一年の三人の男子生徒でした。祥子さんを死なせた少年たちは、いずれもまだ十三歳なんです」

十三歳の中学生——

桧山は絶句した。三枝の顔を呆然と見つめながら、必死にその言葉の意味を咀嚼《そしやく》してみたが、祥子が殺されたあの凄惨《せいさん》な現場と、十三歳という言葉が頭の中でどうしても結びつかなかった。

澄子も三枝の言葉に衝撃を受けたのだろう、顔を硬直させたまま三枝を見据えていた。静止した表情の中で、唇だけが小刻みに震えている。

「十三歳の中学生が祥子を殺したっていうんですか」

桧山は視線を三枝に戻して、半信半疑の思いで訊いた。

「そうです」

三枝は事実だけを淡々と話し始めた。

「事件直後に現場で採取した指紋に、該当する前科者はありませんでした。マンションの周辺でずっと聞き込みを続けてきましたが、有力な目撃情報も得られませんでした。ただひとつ、事件の起こったとされる時間帯に、マンションの裏、つまりテラス側に面した路地がありますよね。その路地でキャッチボールをしている少年たちを見たという近隣住人の目撃情報を得ました。その少年たちが事件の犯人を目撃している可能性があると考えて、彼らを探していたんです。そんな時にマンション周辺で、犯人の遺留品を捜索していた捜査員が、裏の路地の側溝から校章らしきものを見つけました。ちょうど桧山さんのお部屋のテラスに面した塀のところです。その校章を手がかりに所沢市内の中学校を訪ねてみたところ、一年生の同クラスの生徒三人が事件当日揃って欠席していたことがわかりました。我々はその三人の生徒たちに事情を聞きました。事件当時、少年たちが本当に現場の近くにいたのか、ということから、一人ずつ話を聞いていきました」

三枝は息苦しそうに小さく息を吐いた。上着のポケットからハンカチを取り出すと、額の汗を拭った。

桧山は三枝に据えた視線に苛立ちをこめた。

「最初のうちは三人とも、そんなところへは行っていないととぼけていました。もちろん学校をサボっているわけですから、なかなか本当のことは言いづらいでしょう。

しかし、一人の少年に校章をつけていないことを問うと、途端にその生徒は青ざめてしまって、尋常ではない怯《おび》え方をしたのです。私はその様子を見て、それが単に学校をサボったことを咎《とが》められた怯えではないと直感しました。その日はとりあえず引き上げましたが、今朝から少年たちを署に呼んで、あらためて詳しく事情を聞きました。一時間ほど話をすると、少年の一人が泣きながら自供を始めました。そして、少年たちの指紋と桧山さん宅にあった指紋も一致しましたので、先ほど署の方から桧山祥子さんを殺害したとする非行事実を児童相談所に通告して、少年たちを補導しました。逮捕ではなく、補導です」

三枝の最後の言葉は、自身のやるせなさを吐露《とろ》するような、どこか投げやりな口調に聞こえた。

「補導?」

桧山は自分の耳を疑った。理解できない言葉を聞かされて問いかけた。しかし、三枝は訂正しなかった。

三枝の表情を捉えながら、体中が震えてきた。抑えようとしたが止められない。

補導、非行事実――

冗談じゃない。何よりも大切な祥子を失った桧山にとっては、あまりにも不釣合いなその言葉が、胸中で燃えさかる炎に注がれる油となった。

「桧山さんは刑法四十一条というのを御存知でしょうか」

三枝が切り出した。

「知りません」

「刑法四十一条には十四歳に満たない者の行為は、罰しない、とあります」

桧山は暗澹《あんたん》たる思いで三枝を凝視した。

「十四歳未満の少年は刑事責任能力がないんです。刑罰法令に触れる行為をしても犯罪を行ったとはいえないので、触法少年と呼ばれて保護手続きの対象になります」

「そんな馬鹿な！」桧山は声を荒げた。目を閉じるとあの惨《むご》たらしい事件現場が瞼《まぶた》の裏にいまだに焼きついている。あのとき、部屋に充満していた錆《さ》びたような血の臭いが、いまだに鼻腔の粘膜にこびりついて離れない。「あれが犯罪でなければ一体なんだっていうんだ！」

「桧山さんのお気持ちは痛いほどわかります。だけどそれが法律なんです」

桧山は刺すように三枝を睨みつけた。的外れな標的だということはわかっている。

三枝は、その鋭い切っ先をずらすことも外すこともせず、言葉を続けた。

「捜査段階で犯人が十四歳未満だと判明した場合、逮捕するなどの強制捜査はできなくなります。残念ですが、捜査本部も明日には解散します」

「その少年たちはこれからどうなるんですか」桧山は怒りに打ち震えて訴えた。「罪に問われず、何事もなかったようにこれから生きていくんですか。この国は限定的にでも殺人を認めるっていうんですか！」

三枝は、苦悶の表情を浮かべて沈黙している。

「犯人が極刑に処されたって祥子が帰ってくるわけじゃない。そんなことはわかってる。だけど人を殺しておいて罪に問われないなんてことがあるか！　そいつらを罪に問わないのなら、祥子を帰してくれ。今すぐ祥子を帰してくれ」

桧山は、身を乗り出して三枝に訴えた。

「それは……」

三枝は、桧山の視線に耐え切れなくなったのか、わずかに俯《うつむ》いた。

「祥子はもう帰ってこない……」桧山は肩を落とした。「祥子を殺したそいつらを罪に問えない。そんな馬鹿げたことを、どうやって納得しろっていうんだ」

「これから先のことは児童相談所の判断になります。児童相談所が調査をして、少年たちを更生させる施設に入所させるか、それとも家庭裁判所に送致するかを決めます。今回のような重大事案の場合には、おそらく家庭裁判所に送致され、少年審判に付されるのではないでしょうか。いずれにしても、これから行政機関が少年たちの更生に向けて取り組んでいくでしょう」

桧山は、三枝の発した更生という言葉を、唾と一緒に吐き捨ててやりたかった。絡みついた言葉が、何の価値もない澱《おり》となって桧山の胸中に沈殿していく。

「少年たちが更生すればそれが解決なんですか」

「桧山さんのやり切れないお気持ちはよくわかります」

「あなたにわかるもんか！」

「我々だってとても納得できない」三枝は諦観《ていかん》したような視線を桧山に向けた。「ですが、少年たちがこれから、自分たちの犯した罪を反省して更生していくことが、桧山さんにとってわずかながらでも治癒になることを願うしかないんです。残念ですが、今の私にはそれしか言えません」

三枝は視線を落とした。

「そいつらはなぜ祥子を殺したんだ」

桧山の言葉に、三枝が顔を上げた。

「少年の事件なので……あまり詳しくお話はできないのですが」三枝の口調は歯切れが悪かった。「ただ、遊ぶ金欲しさに空き巣に入ろうと桧山さんのお部屋に入ったようです。そこに居合わせた祥子さんが少年たちを見て叫んだので、持っていたナイフで威嚇《いかく》しようともみ合っているうちに……」

桧山は、祥子の上半身にあった無数の切り傷と、頸動脈の傷を思い出して、激烈な胸の痛みに苛《さいな》まれた。

「通帳の五百万円は？」

「少年たちは知らないと言ってます。三人の自宅も調べてみましたが、そのような大金を使った形跡もありません。銀行で調べたところ、祥子さんがご自身で引き出したことが確認できました。少年たちはゲームセンターで遊ぶ金欲しさに、今回の事件を起こしておりますから、二ヵ月近く前に引き出されたあのお金は、今回の事件とは無関係だと我々は思っています。逆に、桧山さんかお母さんに何かお心当たりはありませんか」

桧山は訝《いぶか》しく思いながら澄子を見た。祥子の通帳から五百万円以上の大金が引き出されていたことは事件当日に話していたが、澄子にもまったく心当たりがなかった。

桧山に見つめられて、澄子もしばらく祥子が下ろした大金の行方に考えを巡らせていたようだが、それ以上に三枝の報告に胸を締め付けられたのだろう、視線を落とした。

三枝たちが帰ってからも、桧山の怒りと苦しみは治まらなかった。

祥子を殺した十三歳の少年たち――

彼らはその年齢から、罪に問われることはないのだ。そして少年法が盾となり、桧山は彼らの名前や顔を知ることができなかった。どこにも向けようのない怒りが、桧山の内側で暴れ回っている。その怒りは、日を追うごとにどんどん激しさを増していった。

少年たちが補導された日を境に、桧山の生活は激変した。

事件発生当初は小さな記事でしかなかった祥子の事件が、その日の夕刊のトップで大々的に報道された。とりわけ、刑法で罪に問えない十四歳未満の凶悪犯罪は、強い衝撃をもって全国に伝えられた。

少年たちが補導された日の夕方には、大勢のマスコミが桧山や澄子の姿を求めて、澄子の家や桧山の店に押し寄せてきた。少年法によって犯人の情報に制限を加えられたマスコミは、被害者の家族である桧山や澄子のコメントを取ろうと躍起《やっき》になった。

桧山は連日の取材攻勢に心身ともに疲弊《ひへい》した。マスコミの不躾《ぶしつけ》な質問攻めが、祥子を失った傷口をさらに広げていく。毎日のように人の生活に土足で入り込んでくるマスコミを、無視したかったがそれもできなかった。警察からも、家庭裁判所からも何の情報ももたらされない桧山にとって、マスコミが唯一の情報源なのだ。事件の当事者であるはずの桧山よりも、赤の他人である記者たちの方がよっぽど事件の詳細を知っている。少年たちの犯行当日の行動を桧山が初めて知ったのも、週刊誌の記事からだった。

白昼の惨劇　一週間後の衝撃

十月四日、飲食店経営の桧山貴志さん（28）宅で、妻の祥子さん（20）が殺害された事件で、十一日に埼玉県警は事情聴取を行っていた少年たちから供述を得られたと発表した。

捜査関係者たちが衝撃を受けたのも無理はない。自供した少年たちはいずれも中学一年生の十三歳だったのだ。十一日、捜査本部は少年たちの非行事実を児童相談所に通告、三人の少年たちを補導した。

「事件を起こした日の午前中、三人は所沢にあるゲームセンターで遊んでいましたが、遊ぶ金がなくなって空き巣を働こうと思い立ったと供述しています。住宅街を物色して、これという家を見つけると近くの路地でキャッチボールを始めました」

捜査関係者は、スポーツ店で購入したボールを、少年たちがカモフラージュに使おうとしたのだと語った。

「庭先にわざとボールを投げ入れて敷地に侵入するつもりだったんです。住人が在宅中で見つかったら、ボールが入ったと言い訳するためですよ。桧山さんの自宅はマンションの一階にあって、塀を乗り越えたときに一人が校章を落としたんです」

しかし結局、在宅中だった祥子さんと鉢合わせしてしまい、動揺した三人はナイフで祥子さんを威嚇しながら襲うこととなったようだ。先の捜査関係者が続ける。

「祥子さんの両腕には防御した際にできた傷が多数あり、激しく抵抗したのがわかります。少年Aはサバイバルナイフを持っており、少年BとCも工作で使う大型のカッターナイフを持っていました。四人でもみ合っていたので、誰が祥子さんの致命傷になった頸動脈の傷を負わせたのかはわからないと話しています」

何故、十三歳の少年がサバイバルナイフなどを所持していたのか。少年たちが住む地域住民や複数の関係者によると。

「Aは普段から素行が悪くて、よく万引きや下級生を恐喝したりして、補導されたりもしていた」

Aは、サバイバルナイフを見せびらかしながら、恐喝行為を繰り返していたようだが、BとCには特に目立った非行歴もなく、少年たちの通う中学校の関係者は今回の事件に動揺を隠せない。

「BとCに関しては、学校生活でも特に問題はなく真面目な生徒でした。特にCは学年でもトップクラスの成績です。おとなしい印象の生徒でしたので、とても信じられません」

県警から通告を受けた児童相談所は同日、少年たちを家庭裁判所に送致。少年の観護措置を即日決定し、身柄を少年鑑別所に移送した。だが、必死の捜査を展開した埼玉県警の捜査関係者は、捜査本部解散の日に、こう唇を嚙み締めていた。

「彼らは程なく無罪放免になります。これはもう『事件』ではなくなった。悔しいが仕方がない……」

この残虐な犯罪を犯した少年たちに刑事責任を問うことはできない。十三歳の彼らは、刑法四十一条によって、「触法少年」（刑罰法令に抵触する行為をした十四歳未満の少年）として処遇され、少年法や児童福祉法に基づく保護手続きの対象になる。

妻の命を奪われた桧山さんは、この現実をどう受け止めるのだろうか……。

（「週刊現実」　十月二十日号）

少年法や少年事件についてほとんど何も知らなかった桧山は、手当たり次第に本を買ってきて読み漁った。その結果、少年の保護と健全育成を大義とする少年法の、信じがたいほどの不平等な構造を思い知らされた。

そこには『可塑性《かそせい》』という聞き慣れない言葉が頻繁《ひんぱん》に出てきた。それは、美術工芸の分野などでは、粘土にも多く使われる用語だそうだ。粘土はその可塑性により、作った作品が気にいらなければ、すぐにぐにゃりとつぶして元に戻せる。つまり失敗してもいくらでもやり直しがきくということだ。

少年法の精神によれば、子供は粘土細工と同じものらしい。子供の犯罪は、未熟なゆえに環境に作用されて起こるものだ。だから犯罪を犯した子供は、それを処罰するのではなく、立ち直りのために教育的な働きかけを行って、指導するという理念で成り立っている。可塑性に富んだ子供は、多くの手助けがあれば立ち直っていくという考えだ。

罪を犯した子供たちが立ち直っていくことは必要なことだとは思うが、その理念は、犯罪に遭った被害者やその家族の慟哭を踏みつけた上で成り立っているのだ。

罪を犯した子供たちは、過剰な人権意識によって手厚く守られる。では、殺された祥子には人権はないというのだろうか。死んでしまったものはしょうがないというのか。喪《うしな》った命も、傷ついた心も、粘土のように元になど戻りはしないのだ。

祥子を殺した少年たちは、児童相談所から家庭裁判所に送致されて、少年審判に付されることになった。

少年たちの観護措置が決まり、少年鑑別所に収容された頃から、少年たちの付添人となった弁護士が、テレビに顔を出すようになった。家庭裁判所は少年を罰する所ではないので、少年審判で少年に付き添う者のことを付添人という。いかにも子供好きのする優しそうな弁護士は、「本当に痛ましい事件です」と眼鏡越しに憐憫《れんびん》の眼差しを浮かべた。

彼は、「本人たちは反省しています」「涙を浮かべていました」と、少年たちと接見したときの様子を語り、少年たちの今後の矯正教育と将来を温かい目で支えて欲しいと、テレビに向かって訴えた。

それらの言葉は、決して被害者遺族である桧山に対して向けられたものではないのだ。少年たちの権利だけを守ろうとする人権派弁護士のコメントは、少年たちが犯した罪を糾弾するマスコミや世間をいなすためのものでしかないと桧山は思った。

少年鑑別所に収容された少年たちは、ここで家庭裁判所の調査官の面接を受けることになる。調査することは、加害少年の非行の内容やその動機、家庭環境、友人関係、これまでの成長の過程、さらには性格や学校での生活状況など、少年の身上調査が中心となる。また少年鑑別所では鑑別技官が、医学、心理学、教育学、社会学その他の専門的知識に基づき、少年の資質鑑別を行う。

少年に対してはこれだけのケアがなされるのに、被害者には何もない。刑事裁判と違って少年審判には、検察官のような加害者の罪を問う人物はいないのだ。少年審判は、裁判官と、調査官と、少年たちの付添人、そして少年たちの保護者、つまりは少年たちを守ろうとする近親者たちだけで進められるのである。

さらに少年審判は非公開で、被害者やその家族ですら傍聴することができない。調査官は被害者の家族である桧山の慟哭に耳を傾けることもなく、被害者側の苦悩を裁判官に届けることもしないのだ。被害者側はあらゆる情報を隠匿《いんとく》され、審判に立ち会って加害少年の顔を見ることも、意見を陳述する機会も与えられない。桧山が決して窺い知ることのできない密室の中で、桧山の慟哭を黙殺するように審判は進行していくのだ。

そんな中で果たして、少年たちは被害者の苦しみを本当に理解して、改悛《かいしゅん》するというのだろうか。

ほどなくして桧山の周辺は静かになった。マスコミは他に事件が起きると、桧山の周りから一斉に姿を消した。桧山は少しだけまともな日常生活を取り戻せたが、同時に虚しさも感じていた。こうやって祥子の事件は時間とともに風化していくのだろう。いつの間にか世間では祥子の事件は忘れ去られ、またいつの日か新たな慟哭が漏れ聞こえてくるのだろう。

少年たちの補導から一ヵ月後、店で仕事をしていた桧山は、大挙して押し寄せてきたマスコミに取り囲まれた。何ごとかと戸惑う桧山に記者の一人が言った。

「審判結果を聞いてどう思われましたか？」

「えっ」

桧山は我が耳を疑い、記者に聞き返した。

「家裁から聞いていませんか。少年たちの保護処分が決まったんです。少年AとBはそれぞれ児童自立支援施設に送致。少年Cは保護観察処分になったそうです」

桧山は呆然と記者の言葉を聞いた。何も知らされていなかった。今日、審判の結果が下されるということすら知らなかった。司法は結局最後の最後まで、桧山という犯罪被害者の家族の存在には目もくれなかったのだ。

しかしこの結果を聞いても、自分にはどうすることもできない。被害者側には、この結果に異を唱えて抗告する権利さえないのだ。祥子を殺した少年たちには、児童自立支援施設への送致という、林間学校の合宿程度の拘束しか与えられない。

憎いのは祥子を殺した犯人であるはずなのに、いつの間にか桧山は、警察やマスコミや司法界全体を憎悪していた。平凡な日常生活を営み、ささやかな幸せを望む一般市民を守ってくれるのが、警察であり法律なのではないのか。

テレビカメラの放列に取り囲まれて、桧山の胸の底から何かがこみ上げてくる。事件以来、ずっと胸の底でぐらぐらと煮えたぎっている感情だった。

「今のお気持ちを聞かせてください」

記者の一言を聞いて、桧山はついに吐き出してしまった。まるで腐った物を食べた直後に嘔吐中枢が反応するように。胸の底に今まで溜め込んだ反吐《へど》のような感情を吐き出した。

「国家が罰を与えないなら、自分の手で犯人を殺してやりたい」

3

桧山は、煙草に視線を戻した。

フィルターの手前まで達した灰が、危ういバランスで残っていた。一息吸い込んだだけで、桧山の思考はしばらくどこかを彷徨《さまよ》っていたようだ。

壁にかかった時計に目を向けると、いつの間にか十時になっていた。三枝たちが帰ってから、すでに六時間が経っている。早く愛実を迎えに行かなければならないが、すぐに立ち上がることができなかった。灰を崩さないようにゆっくりと煙草を灰皿に捨てると、もう一本くわえて火をつけた。

少年B——。沢村和也が死んだ。桧山にとっては憎むべき人間だった。これは天が与えた罰なのだろうか。法律では罰を与えられなかった少年が、何かの采配《さいはい》によってその報いを受けたのだろうか。

桧山は顔も知らない一人の少年に思いを巡らせた。

沢村は、自分が死ぬ瞬間に何を思ったのだろう。首を切り裂かれ、噴き出す自分の血を見ながら、あのとき祥子が味わった苦しみを感じただろうか。無理やり自分の人生を閉ざされる無念さを思い知っただろうか。大切な人と二度と会えなくなる悲しみを噛み締めながら、息絶えていったのだろうか。

いくら少年に思いを巡らせてみても、何の痛みも感慨も湧いてこない。ただ虚しさだけが胸の奥深くに残った。

もう永遠に、沢村から謝罪の言葉を聞くことも、懺悔《ざんげ》の涙を見ることもなくなったのだ。

雨の中、傘を差しながら早足でみどり保育園に向かったが、着いたときにはすでに十時三十分を過ぎていた。

桧山がドアを開けて室内を窺うと、照明を半分落とした薄明かりの中で、壁際に置かれた机の蛍光灯だけが煌々と、何かの作業に没頭している人影を照らしている。いつもよく見る光景だった。

「遅くなってすいません」

桧山は靴を脱いでスリッパに履き替えると、ピンクのカーペットを踏みしめながらみゆきに声をかけた。

仕事でほぼ毎日遅くなる桧山のせいで、愛実はたいてい他の園児が帰った後も一人で残っていた。それに付き合って、みゆきは残業してくれるのだ。桧山はいつも心苦しく感じていた。

「あ、桧山さん。おかえりなさい」

みゆきが笑顔を向けた。

「ちょっと仕事が手こずってしまって。いつも迷惑をかけてすいません」

桧山は恐縮して頭を下げた。

「気にしないでください。私もやりたいことがあったので」

桧山は、みゆきが向かっていた机上に目を向けた。

画用紙に描かれたウサギのももちゃんが歯を磨いている。マジックペンと色とりどりのクレヨンで描かれたイラストは、プロが描いたのかと見紛《みまが》うほどの出来映えだ。

桧山はそのイラストをしばらく感心して見ていたが、視線を柔らかいピンクのカーペットに向けた。オモチャや絵本が転がったカーペットの上で、愛実がタオルケットにくるまって眠っている。

愛実の安らかな寝顔を見て、桧山は思わず微笑んだ。

きっと楽しい夢を見ているんだろう。普段あまり一緒にいられない愛実の夢の中に、このまま飛び込んでいきたいと思った。すべてを忘れたかった。

桧山は、タオルケットからはみ出した愛実の右手に目を向けた。大切そうに何かを握り締めている。それは、愛実の手の中にもすっぽりと入ってしまうほど小さな物で、首にかけた銀色のチェーンでいつも繋がっている。ペンダントタイプの万華鏡だ。女性が使う口紅をさらに小さくしたような銀色の筒には、手の込んだ彫金《ちょうきん》細工で天使が描かれている。

この万華鏡は、祥子が愛実のために遺した数少ないもののひとつだった。愛実を出産してしばらく経った頃、どこかで手に入れてきたのだ。

桧山も、小学校の図工の時間に万華鏡を作った記憶があった。たしか三枚の細長い鏡を貼り合わせて、中にビーズや花などを入れて、完成させた万華鏡の不思議な世界を楽しんだ。

祥子が持ち帰った万華鏡を覗き込んで、桧山は思わず感嘆の声を上げた。その小さな筒の中には、小学生の自分が作った万華鏡とは比べ物にならないほどの、精緻《せいち》で神秘的な世界が詰まっていた。くるくる回すたびに、花火のような一瞬の美しさとはかなさが無限に広がり、宝石のような眩《まばゆ》さにしばしば魅了された。

愛実が口に含むと危ないと思って、しばらく桧山が預かっていたが、去年の誕生日に母親からのプレゼントだと伝えて手渡した。

案の定、愛実も光の世界に夢中になった。それ以来、万華鏡は愛実の一番の宝物になった。いつも肌身離さず首からかけて、大事な友達や好きになった人物に、こっそりと見せてやるのだ。

もちろん大好きなみゆき先生にも見せたようで、以前みゆきから、「私も同じものが欲しくなっちゃいます」と冗談半分にねだられたことがあった。

桧山は、世話になっているみゆきのために、愛実と同じ万華鏡を探した。デパートや、万華鏡の専門店などを探し回ったが、結局同じ物は見つからなかった。店員に訊くと、おそらく万華鏡作家のオリジナル作品だろうと言われた。万華鏡作家という存在を桧山は初めて知ったが、精緻で手の込んだ細工と、どこか温もりを感じる手触りは、なるほど量産品のそれではないだろうと感じた。

万華鏡を覗き込む愛実の瞳は、きらきらと輝いていた。その中に広がるファンタジックな世界は、世の中で起こる嫌なことや辛いことを一時、忘れさせてくれる。愛実の寝顔を見て、桧山はふと思った。祥子は、自分や愛実の身に降りかかる災いを、どこかで予感していたのではないだろうかと。そんな馬鹿なことがあるわけはないが、愛実への贈物に、祥子からの最後の愛を感じずにはいられなかった。

愛実は気持ちよさそうに眠っている。起こすのはかわいそうだったが、傘を差し愛実を背負って駅まで歩くのはきつい。

「愛実、起きなさい」

桧山は愛実の耳もとで囁いた。

「起こさなくていいですよ」みゆきが後ろから声をかけた。「私も帰りますから、一緒に駅まで行きましょう」

生《なま》ぬるい雨が降っていた。桧山は少し歩みを緩めて、傘を差しかけながら横を歩くみゆきを見た。右肩がかなり濡れている。桧山の背中で眠っている愛実が濡れないように、気を遣ってくれたのだろう。

「すいません」

桧山は小さく頭を下げた。

「いいんですよ」みゆきは笑顔で返したが、桧山の顔を見つめると少し表情を曇らせた。「それより桧山さん、何だか顔色が悪いみたい。体の具合でも悪いんですか」

「いや、大丈夫ですよ」

桧山は、頭を振って歩き出した。みゆきの澄んだ瞳に見つめられると、今日の出来事を見透かされるような気がしたのだ。

さっきから桧山は悩んでいた。みゆきに沢村が殺された件を話そうかどうかと。刑事の訪問から抱え込んでしまった憂鬱《ゆううつ》と不安を、みゆきに話すことで晴らしたかった。みゆきならきっとこう言ってくれるだろう。気にすることなんかないですよ、と。

「そういえば、昨日大宮公園で殺人事件があったそうですよ。新聞に載ってました」

何気ない調子でみゆきが言った。

みゆきは沢村のことには気づいていない。当たり前だった。みゆきは祥子を殺した少年たちの名前を知らないのだ。

改正少年法によって、桧山と澄子は、少年たちの名前や事件記録をようやく知ることができた。ただ、条文には少年のプライバシー保護のために、知り得た情報を他人に漏らしてはならないという但し書きがあったのだ。それにみゆきは少年たちが補導されたとき、少年たちが自分の地元所沢の中学の生徒だと報道で知ってかなりのショックを受けていた。みゆきの家はクリーニング店をやっているそうで、もしかしたら間接的にも少年たちの関係者を見知っているかもしれない。そう思って、桧山はみゆきに黙っていたのだ。

「こんな近くで殺人事件が起こるなんて、何だか怖いですね」

歩きながらみゆきは話を続けた。

「今日、警察が店に来ました」

「えっ、警察が？」

みゆきが興味をひかれたように桧山を見た。

「祥子の事件の時に世話になった刑事でした」桧山は前を向いて努めて淡々と話した。「殺されたのは少年Bだそうです」

桧山の額に雨滴が当たった。振り返ると、みゆきが面食らった表情で立ち止まっている。しばらく桧山を見つめると、みゆきは我に返って慌てて走り寄ると傘を差し出した。

「少年Bって、まさか祥子さんの……」

しばらく呆然としていたみゆきがようやく口を開いた。

「そうです。祥子を殺した少年の一人です」

桧山は表情を見られたくなくて、前を向いて歩き始めた。

「警察がお店に来たって……」みゆきの声は動揺のせいか震えている。「何しにやって来たんですか」

「アリバイの確認でしょう」桧山はみゆきを見て、あっさり返した。「残念ながらその時間は一人でした。彼が殺されたなんて信じられない。しかもよりによって、この近くで、僕のアリバイのない時間だなんて」

「桧山さんが疑われてるってことですか」遠慮がちに桧山を見ながら、みゆきは憤慨《ふんがい》した口調で呟いた。「そんな馬鹿な」

「僕が刑事でもそうするよ。テレビであんなことを口走ったんだから」

桧山はみゆきから視線をそらした。

4

窓の外はひさしぶりの快晴だった。

アラームが鳴る三十分前に目が覚めてしまった。桧山は隣で寝ている愛実を起こさないように起き上がると、部屋を出て玄関に新聞を取りに行った。溜まった洗濯物を洗濯機に放り込むと、ソファでコーヒーを飲みながら朝刊を開いた。

昨晩、桧山は帰宅して愛実を寝かしつけると、すぐに新聞を開いてみた。社会面に事件は載っていた。沢村和也という十七歳の定時制高校生が大宮公園で殺害された。記事は簡単なものだった。

桧山はその記事を読んで現実を確認すると、翌日からの生活を考えて、あらためて憂鬱な気分になった。記事にはもちろん、沢村が祥子の事件の加害者であることは一切書かれていない。だが書かれていないだけで、マスコミは沢村和也の過去の事件を知っているだろう。彼らが、沢村が殺害されたことと、桧山のことを結びつけるのも時間の問題だろうと思った。

少しの期待を抱き、今日の朝刊にざっと目を通してみたが、沢村和也の事件に関する続報はなかった。もし犯人が逮捕されていたなら、今日の天気と同様に、鬱陶《うっとう》しい気分が少しは晴れたかもしれないが。

「明日も晴れるよね？」

愛実が、桧山の袖を引っ張って言った。

桧山は吊革に据えた視線を、愛実に向けた。車窓から覗く一面の青空を、嬉しそうに眺めている。

「パパ。きのうね、みゆき先生とてるてる坊主つくったんだよ」

桧山は笑顔を作った。愛実は明日のプールをよほど楽しみにしているのだろう。

「愛実ね、これから毎日てるてる坊主つくるよ。そしたら毎日お天気になって、ハンジョウするよ」

愛実が、桧山を見つめてにっこり笑った。

桧山は愛実の笑顔を見ながら、愛実の言わんとしていることの意味を察した。

自分は、昨日の三枝の訪問からずっと、そんなに難しい顔をしていたのだろうか。愛実はちゃんと見ているのだ。きっと愛実は父親の曇った顔を見て、毎日の天気と店の売り上げを気にしていると勘違いしたのだろう。

「ああ、ハンジョウするな」

桧山は笑みをこぼした。

愛実の無邪気な笑顔を見ているうちに、心がさわやかな風にさらされ、穏やかさを取り戻していった。昨日から何をそんなに気に病んでいるのだろう。自分には何ら、やましいことなどないではないか。日本の警察は優秀なのだ。きっとすぐに沢村を殺した犯人は捕まる。

大宮駅を降りると、眩《まぶ》しい光を全身に浴びた。みどり保育園に愛実を預けて店に着く頃には、胸中にこびりついていた湿り気も完全に蒸発して、もやもやとした不安も消え去っていた。

自動ドアをくぐると、涼しい風が桧山の頬を撫でた。

「いらっしゃいませ！」

いつもの朝のメンバーからの元気な挨拶が聞こえた。カウンターを見ると、客が五人ほど並んでいた。店内を見渡すと、ほとんどの席が埋まっている。

レジを担当する歩美は、桧山に目をやる余裕もないようで、必死に客のオーダーを聞いている。桧山はその様子を見ながら、レジの脇に陳列した販売用のコーヒー豆やカップなどのディスプレーを整えていった。

「桧山さん」

いきなり後ろから声をかけられ、桧山は振り返った。露骨に顔を歪めた。それは蒸《む》れた汗の臭気のせいだけではない。

「おひさしぶりです」

貫井哲郎《ぬくいてつろう》は、たるんだ巨軀《きょく》を汗の染みたシャツで覆い、不潔そうな無精ひげの面を桧山に突き出した。桧山の心配はどうやら杞憂《きゆう》には終わってくれなかったようだ。

桧山は舌打ちしたい衝動を抑えて、「何か御用ですか」と無愛想に返した。

「ひどいなぁ。私は客ですよ。桧山さんが来るまで三杯もおかわりしちゃいましたよ」貫井はこれ見よがしにカップを掲げて笑った。「ひさしぶりに桧山さんとお話ししたいなぁと思いましてね」

鼻をひくつかせて笑う仕草が、山奥から町に降りてきて餌を探す熊を連想させた。その風貌はアニメに出てくるキャラクターのように、どこか愛嬌《あいきょう》を感じさせるが、騙されてはいけない。

「別に話すことなんかないですよ」

桧山はレジから事務所の鍵を取ると、目の前の貫井には目もくれずに、フロアの奥へと進んでいった。

「沢村和也が殺されたそうですよ」

桧山の後をついてきた貫井が、フロアの真ん中で言った。

「らしいですね」桧山は忌々《いまいま》しさを隠さず、貫井と向き合った。「残念ですが俺には関係ないですよ。あなたとしては面白おかしく書き立てたいんでしょうがね」精一杯の皮肉を込めて返した。

貫井はノンフィクションライターを名乗っている男だ。週刊誌の契約記者をしながら、少年犯罪に関する書籍を何冊か出しているようだが、桧山はこの男の書くものなど全く興味がなかった。桧山よりもいくつか年上に見えたが、ノンフィクションライターという不安定な職業で、汲々《きゅうきゅう》としている様がありありと窺えた。人の不幸を覗き込み、世間の好奇心を満たすためだけの記事で日銭を稼いでいる。そんなさもしい男の飯の種にされるなど真っ平御免だ。

「本当ですね？」

貫井は大きな目で、桧山を覗き込んだ。

「当たり前でしょう！　俺には関係ない」

桧山は声を荒げた。

「沢村和也はこの近くで殺されました。きっと桧山さんのところにも警察がやって来たでしょう。アリバイは確認されたんですか」

貫井の顔に笑みはなかった。じっと桧山を見澄ましている。

桧山は、周りの客が自分たちに注目しているのがわかった。

「俺には関係ない」

桧山はそう突き放すと、事務所のドアへ急いだ。

「沢村は所沢市を出て、板橋の方に住んでいたそうです。区内の定時制高校に通いながら、昼間は近くの印刷工場で働いていました。その彼がどうして大宮なんかで殺されたのか」

事務所の鍵を開けて中に入りかけた桧山は、初めて聞く情報に思わず振り返った。

「あの事件と全く関係がないとは思えないんですけどね──」

「俺が殺したと言いたいんですか」

「それなら週刊誌は売れるでしょうけどね」

桧山は軽蔑《けいべつ》の眼差しを貫井に向けた。

「あなたじゃないことを願いますよ」

貫井は、洞窟《どうくつ》の中にいる獲物を覗き込むような視線を桧山に向けた。

桧山は、しつこい視線を断ち切ろうと力任せにドアを閉めた。


貫井が桧山のもとを初めて訪ねてきたのは、あの少年たちが補導されて十日ほど経った頃のことだ。その頃の桧山は、連日のマスコミ攻勢にほとほと疲弊《ひへい》していた。よれよれのシャツに穿《は》き古したジーンズ姿の胡散臭《うさんくさ》い男に、玄関で対応した桧山は、人の不幸を嗅ぎつけてやってきた宗教の勧誘だと勘違いした。

貫井は、自宅らしい住所と電話番号だけが書かれた簡素な名刺を差し出して、自分は少年犯罪について調べているライターで、被害に遭った方たちの話を聞かせてもらいたいのだと言った。

桧山はこの男を門前払いにした。それでも貫井はしぶとく何度も桧山のもとに足を運んできては、被害に遭った人たちの思いを聞いて世間に伝えたいのだと説得し続けた。

最初は渋々対応していた桧山だったが、次第に貫井が他のマスコミ関係者とは、あきらかに違うと感じるようになった。桧山の都合や精神状態などお構いなしに、自分たちの聞きたいことだけを聞き、撮りたい画だけ撮ったら、さっさと撤収していくテレビ局の取材班とは違って、貫井は急かすことなく、桧山の言葉にじっと耳を傾けていた。

やがて桧山は貫井に対して、絞《しぼ》り出すように自分の思いを語るようになっていた。自分にとって祥子がどれほど大切な存在であったのかを。大切な存在を無残な形で失ってしまった悲しみを。

そして、被害者側にとって少年法という法律が、どれほど理不尽なものであるかを貫井に問いかけた。なぜ、少年という理由だけで、犯した罪が軽くなったりしてしまうのか。被害者側にとっては、加害者が成人であろうが未成年であろうが、失ってしまったものに変わりはないのだ。なぜ未成年に殺された瞬間から、被害者の命の価値は軽くなってしまうのか。なぜ自分は少年たちのことを何も知ることさえできないのだろうか。少年たちがなぜあんな犯罪を犯してしまったのか、少年たちが今どんな気持ちを抱いているのかを、どうして知ることができないのだろうか。なぜ審判に参加して少年たちの顔を見ることも、苦しい気持ちをぶちまけることも自分には許されないのだろうか。

貫井は桧山の言葉のひとつひとつに共鳴して頷き、いたわる表情でメモを取りながら、真摯《しんし》に受け止めてくれているようだった。だがそれは、ただの思い過ごしだったのだとすぐに思い知らされた。

「国家が罰を与えないなら、自分の手で犯人を殺してやりたい」――

ワイドショーで桧山の発言がＶＴＲで流されたとき、コメンテーターとして出演していた教育関係者の女性が強い非難の言葉を発した。たびたびテレビで見かけるこの女性は、少年犯罪が起きるたびに、罪を犯した少年を擁護《ようご》していた。はなから被害者のことなど眼中になく、いつも少年の保護だけを声高に叫んでいる。

隣にはもう一人のコメンテーターとして貫井が座っていた。桧山は腹立たしさを感じながらも、貫井の発言に期待した。

「桧山さんのお気持ちはわかりますが、こういう言葉を口にするべきではない」

貫井の発言は冷ややかなものだった。

その場の雰囲気に迎合して、桧山を突き放した貫井に激しいショックを受けた。

貫井なら、桧山の思いに共鳴して、被害者側の慟哭をカメラに向かって代弁してくれると思っていたのに。したり顔で一般論を述べているだけではないか。桧山は裏切られた思いだった。

その頃、世間では少年法を改正しようという議論が巻き起こっていた。きっかけは九三年に起こった、中学生の死亡事件だった。中学生の男子生徒が、体育館の用具室で体操用マットの中に逆さに突っ込まれて死亡した。この事件で、加害者として七人の同級生が逮捕、補導されたが、少年たちの非行事実をめぐって、家裁と上級審で異なる判定がなされたのである。この事件は、一人の裁判官に全ての審理が委《ゆだ》ねられるという、少年審判の事実認定の困難さを露呈させた。またここ数年、少年たちによる凶悪犯罪がマスコミを賑わし、少年にも厳罰を科すべきとの少年法改正論に拍車をかけた。

そんな風潮に日弁連は『少年司法改革対策本部』を設置して猛反発した。改正に反対する弁護士や研究者は、少年犯罪は増えていない、厳罰化では少年犯罪は防止できないとの主張を繰り返して、『厳罰派』対『保護派』の論争は熾烈《しれつ》を極めていった。

テレビのニュースや討論番組などでも、『厳罰派』と『保護派』が論戦を繰り広げていたが、そこには必ずといっていいほど貫井の姿があった。貫井は少年犯罪に詳しいノンフィクションライターとして、弁護士や教育関係者や政治家らに交じって意見を戦わせていた。

桧山は、テレビに映る貫井をいつも冷ややかに見ていた。貫井の発言には一貫性がないと感じていたからだ。保護派の意見に賛同するでもなく、かといって厳罰派の意見に寄ることもない。ただ豊富な知識をひけらかして、保護派、厳罰派双方の発言の揚げ足を取り、矛盾点を指摘しているだけにしか思えなかった。

きっと貫井にとって少年犯罪や少年法の問題は、しょせん飯の種でしかないのだろう。最も時流に乗った、稼げる素材というものでしかないのだ。そう思った桧山は、そんな男に一時でも心を許し、自分の本心を吐露《とろ》したことを後悔した。

二〇〇一年四月、改正少年法は施行された。敗戦直後にアメリカによって改められた少年法は、半世紀の時を経て大きく変わったのだ。改正少年法では、被害者に対する情報公開や被害者側の意見の陳述が、限定的ながらも盛り込まれることになった。また少年審判に検察官の関与が一部認められ、十四歳以上で十六歳に満たない少年にも刑事罰を科すことが可能になった。十六歳以上で故意の犯罪行為によって被害者を死亡させた場合には、原則的に家裁から検察庁に逆送となって刑事処分を科せられるという、少年たちに対して厳しいものになった。

少年を擁護する立場の者たちはいまだにこの改正に異議を唱えているようだが、桧山たち犯罪被害者は、多少の権利を汲み取ってもらえたことをとりあえず評価した。

ただ、桧山の胸中には、被害者の権利がある程度認められてもなお、何か釈然としない思いが燻《くす》ぶっていた。

祥子が殺されてから少年法が改正されるまで、一年半の歳月が経っていた。この間に『厳罰派』と『保護派』のさまざまな論争を聴き続けて、双方の議論にはまったく上らない、何か大切なことが置き去りにされたままのような気がしてならなかった。


ドアをノックして、トレーを持った歩美が入ってきた。

「休憩いいですか」

桧山は顔を上げて、「ああ、おつかれさま」と声をかけた。

歩美は視線を落としたままトレーを机上に置くと、すぐに鞄から参考書を出して開いた。歩美は、休憩時間にはいつもこうやって勉強しているようだ。

桧山は、熱心に参考書に視線を走らせる歩美を見ながら、二週間前に歩美を面接したときのことを思い出していた。

アルバイトの一人が就職活動のために今月で辞める。そのため新しいアルバイトの募集を出して、面接に来たのが歩美だった。今回の募集には、歩美の他にも二人が面接にやって来た。一人は二十一歳の大学生で、もう一人は二十六歳のフリーアルバイターだ。歩美の希望は、夏休みの間は八時間ぐらい働きたいが、学校が始まったら週に三日ぐらいで夕方からしか働けないという、店にとっては難しい条件だった。雇う側の勝手な都合で言えば、どの時間でも入ってくれる、福井のような生活のかかったフリーターが一番の理想なのだ。

面接での歩美は少しうつむき加減で話し、時折ちらっと桧山の顔を窺った。その表情に、初めて学校以外の社会に出ようとする戸惑いと、何かを求めようとする希望を感じた。バイトをする理由を訊かれて、歩美は将来看護師になりたいから、学校に行く資金を貯めたいのだと答えた。今までさんざん親に迷惑をかけてきたから、せめて学費ぐらいは自分で出したいのだという。

歩美の言葉を聞いて、桧山は何か運命的なものを感じた。祥子がこの店の面接にやって来たときも、同じことを言ったのだ。緊張しているのか、表情のひとつひとつがどことなくぎこちなく思えたが、これからの夢を語る歩美の真摯な眼差しを見たとき、そこに祥子がいるような錯覚におちいった。結局、桧山は三人の中から歩美を採用することにした。

「何か?」

参考書から顔を上げた歩美が桧山に訊いた。

「ああ、いや……」桧山は慌てて歩美から視線を外した。「今日はずいぶんと混んでたね。レジは大丈夫だった?」

「ええ、何とか。ちょっと大変でしたけど、福井さんがフォローしてくれましたから」

「あいつはベテランだからね。教え方も上手いし。そう言えば、福井が褒めてたよ。仁科さんは真面目だし、それにかわいいって」

カップに口をつけた歩美の頬が、少し赤らんだような気がした。

「勉強頑張れよ」

と、声をかけて、桧山は事務所を出た。

店内に貫井の姿はなかった。レジの前を見ると、客が店の外まで並んでいる。夏休みに入ってようやく好天に恵まれ、大宮公園へ遊びに出かけようという人たちが、テイクアウトの飲物を買っていくのだろう。桧山は急いでカウンターに入った。

桧山は、コーヒーマシーンの前に立った。レジの福井が次々とオーダーを通す。桧山は黙々とドリンクを作っていった。カウンターに入って無心に仕事をしていれば、鬱陶しい気持ちが振り払えるかもしれない。そう思ったが、福井のオーダーに機械的に反応しているだけで、頭の中ではずっと違うことばかりを考えていた。

貫井の言葉が気になって仕方がなかった。沢村は板橋に住んでいた。学校とも職場とも関係のない大宮に、なぜ沢村はやってきて殺されたのだろうか。偶然の出来事なのだろうか。大宮に知り合いでもいて、遊びに来たときに強盗や通り魔に襲われてしまったのか。もしくは、再び悪い仲間とつるんで遊んでいたところ、他の不良グループと喧嘩にでもなってしまったのだろうか。

それは桧山が考えつく一番楽観的な想像だった。そんな気休めをずっと頭に貼りつけていたかったが、思考の断片が勝手に、沢村に恨みを抱いていたであろう人物を列挙していった。

一番目はやはり桧山自身だった。次に祥子の肉親である澄子だ。祥子には姉妹はなく、父親も澄子と離婚した後、祥子が中学生のときに他界している。

祥子の死を悲しむ人たちの顔が浮かんだ。定時制高校の同級生、ブロードカフェで一緒にアルバイトをしていたスタッフ。中学時代の親友の早川みゆきの顔も浮かんだ。きっと犯人に対する憎しみはあるだろう。だが、その者たちに犯人を殺害しようとするだけの強い怨念があるとは、どうしても思えなかった。それに、沢村和也の名前を知っているのは、記録の閲覧を認められた、桧山と澄子だけなのだ。

桧山は思い悩んだ挙句、客が途切れたときを見計らってカウンター裏の備品置き場に向かった。携帯電話を取り出して、最初の言葉を考えながらボタンを押した。

5

川越駅で東武東上線に乗り換えると、午後十時を過ぎていた。車内は頬を赤く染めた酔客《すいかく》や、勤め帰りの会社員で混み合っている。桧山の顔に、蒸れた汗とアルコールが混合した濃い空気がまとわりついてきた。

桧山の袖を摑んで立っている愛実が、眠たそうに目をこすっている。目の前に座っていた女性が、席を詰めて愛実が座れるぐらいのスペースを作ってくれた。桧山は、女性に会釈して愛実を座らせた。愛実は今にも寝てしまいそうな顔をしている。

桧山は閉店した後、残りの仕事を急いで片付けると、みどり保育園に愛実を迎えに行った。

「愛実、これからお婆ちゃんの家に行かないか？」

桧山の突然の言葉に、愛実は眠たそうな目を向けて、「坂戸のばあば?」と返した。

「いく。でも明日はプールだから今日は早く寝ようね」

「そうだよ。眠いか?」

愛実は釘を刺した。

愛実を澄子の家に連れて行くのは久しぶりだった。あの事件の直後はしばらく澄子の家で世話になっていたが、桧山が事件の三週間後に蓮田のマンションに引っ越してからは、年に二、三度程度しか澄子に会っていなかった。

電車は埼玉県の田園地帯へと入っていく。十分ほど電車に揺られると、車窓の外には漆黒の闇が広がっていた。桧山は窓ガラスに映る自分を見つめながら、これから澄子に会って沢村の事件についてどう話そうかと思案した。

澄子が今回の事件に関係しているとは思っていなかった。祥子が殺されたとき、澄子は桧山が感じていた憎しみとは全く別の感情を少年たちに向けていた。それは憂《うれ》いのようなものであった気がする。祥子の事件のとき、マスコミからコメントを求められると、澄子は桧山とは対照的に静かな物腰で、罪を犯した少年たちの将来を憂慮していた。澄子の表情からは犯人に対する憎しみは窺えず、少年たちの真の更生をただ願っているように思えた。

桧山はそんな澄子の態度に少し違和感を覚えた。祥子が殺されたときにあれだけの悲しみを抱えながら、いくら犯人が少年であろうと、そこまで寛容になれる澄子を少し奇異に感じたのだ。

少年たちの保護処分が決定した後に、桧山は少年たちの保護者を相手取って民事訴訟を起こそうと考えた。少年法が改正されるまで、被害者の遺族が事件の記録を知りたいと思うと、民事訴訟に訴えるしか手がなかったのだ。それに事件以後、いっこうに桧山の前に姿を見せず、無責任に逃げ回る少年の保護者たちにも、何らかの形で制裁を加えてやりたかった。

金などはどうでもよかった。金など、大切な人を失った悲しみを埋めるのに何の役にも立たないことを、桧山は痛いほどよくわかっていた。

桧山は中学三年生のときに、両親を交通事故で失った。

雨の降る夜に、横断歩道を渡っていた両親が、大学生の運転するスポーツカーに撥《は》ねられたのだ。父親は即死で、母親も一週間後に息を引き取った。一人息子だった桧山は父方の伯父の家に預けられることになった。

しばらくして伯父の家に、保険会社の人間がやって来た。桧山が両親を撥ねた大学生は来ないのかと問うと、その保険屋は加害者に代わって示談の代行をするのだと言って、応接間で伯父と膝を突き合わせながら、保険金の見積もりを出していった。

両親の人生の価値が、ホフマン式だかなんだか知らないが、計算式で足し引きされ算定されていく。そこには、桧山が両親とこれから持ち得たであろう幸せな日々や、両親に対する思いなどが入り込む余地など微塵《みじん》もなかった。

桧山は伯父と保険屋のやりとりを見つめながら、居たたまれない気持ちになった。たとえ高額な保険金が入ってこようと、桧山の心は満たされることも癒《いや》されることもない。ただ加害者の大学生が両親の仏前で涙を流してくれたら、そんな姿を見せてくれていたら、どんなに自分の心が救われていただろうと今でも思う。

今度は逃がしはしない。最愛の家族を再び失った桧山は、奥歯を噛み締めながら強く思った。保険会社が肩代わりする、痛みを感じない金ではなく、少年たちの家庭から多額の賠償金をむしり取って、衣食住もままならない生活の中で、一生涯自分の犯した罪の重さを考えて悔いて欲しいと考えた。それでしか、桧山の報復は果たせないのだ。

そんな思いで弁護士事務所に足を運んだ桧山は、ここでも犯罪被害者に対する法律の理不尽さを思い知らされた。

仮に裁判で勝訴して高額な損害賠償の判決が下りたとしても、短期間で賠償金を払える家庭などほとんどない。結局、二十年ローンとか三十年ローンを組んで、月数万円ずつ支払うことになるが、最初の何年かだけ支払ってその土地から姿を消してしまうか、もしくは判決が出た途端に加害者の家族が自己破産を申請して、賠償も慰謝料も免責されてしまう。そういうパターンがほとんどなのだという。

日本の法律では、民事訴訟や和解における支払い命令を履行《りこう》しなくても、何の罰則規定もない。おまけに加害者の行方がわからなくなってしまったら、被害者が自力で捜さなければならないのだ。今までそういうケースをたくさん見聞してきたと、その弁護士は語った。

それに裁判を起こす側には多大なリスクがある。訴訟を起こせば、印紙代や弁護士への着手金など多額の費用が必要になるし、裁判の長期化も避けられない。家裁で審判が行われた少年事件の記録は、地裁の職権により入手することができるが、高額な謄写《とうしゃ》代が必要になる。犯罪被害者は、事件についての情報を買わなければならないのである。

多大な出費と時間を捻出して、魂を擦り減らすように泥沼の戦いを続けたとしても、相手にはいくらでも逃げ道があるのだ。無責任という逃げ道が。

澄子は民事訴訟を起こすことに反対した。長い裁判で神経を擦り減らして、愛実の子育てをおろそかにするよりも、いつも愛実のことだけを考えて立派に育てることの方が、祥子の供養になると言った。

澄子の言葉に、桧山は戦意を喪失した。戦うことより、愛実との平穏な日常を取り戻すことを選択した。


遅い時間にもかかわらず、澄子は桧山と愛実の来訪を歓迎してくれた。久しぶりに見る孫の顔に、西瓜《すいか》を運んできた澄子は顔を綻《ほころ》ばせている。

愛実は西瓜を食べながら、「明日、パパとプールに行くんだ」と嬉しそうに自慢した。澄子も、そんな孫の明るい笑顔に癒されているように、「よかったね」と微笑んでいる。そんな光景を見ながら、桧山は少し後ろめたい気持ちになった。澄子の笑い皺の隙間にわずかな翳《かげ》りを感じ取っていたからだ。電話では何も話をしなかったが、桧山の来意をわかっているようだった。

しばらくすると喋り疲れたのか、愛実は畳の上でごろんと寝てしまった。澄子は愛実にタオルケットを掛けて、皿を台所の流しに運んでいく。桧山は台所へ向かう澄子の後ろ姿を目で追い、会話のきっかけを探していた。

「ビールでも飲む？」

桧山の思いを察していたのか、澄子が振り返った。澄子の表情は暗かった。

「いただきます」

桧山は神妙な顔で答えた。

澄子は大瓶とグラスを二つ持ってくると、桧山のグラスにビールを注いだ。

「ここにも来たんですね？」

澄子のグラスにビールを注ぎながら訊ねた。

「ええ、あの刑事さん。祥子のお焼香をしてくれた」

乾杯はしなかった。澄子がビールを飲むのを見て、桧山もグラスを傾けた。三枝刑事。ビールと一緒に飲み込んだ名前が、喉元にいつも以上の苦さを感じさせた。

「何を訊かれましたか」

「色々訊かれたわ。祥子が殺された時にはろくすっぽ何も教えてくれなかったのに」

言い辛そうに桧山から視線を逸らした。「貴志さんの最近の様子はどうだったかって訊いてきたわ」

「沢村和也が大宮公園で殺されました」

澄子が頷いた。

「びっくりしたわ。あの刑事さんからアリバイというのを訊かれたの。その日の夜は、ちょうど会社の同僚の送別会があったのよ」

「アリバイは確認されたんですね」

桧山は安堵した。

澄子は川越の保険会社で外交員をしている。祥子がまだ幼い頃に離婚した澄子は、それ以来女手一つで祥子を育ててきたのだ。

「貴志さんはどうなの？」

それが気懸かりだったというように訊いてきた澄子に、桧山は頭を振った。

「その時間は店で一人でした。大宮公園までは歩いて十分ほどで行けますし、警察は僕のことを疑っているみたいです」

「馬鹿馬鹿しい。こんな可愛い子供がいるのに、人なんか殺せるわけないじゃないの。ねえ」

澄子は脇で眠っている愛実を見た。桧山も愛実に視線を向けた。

「彼らのことを憎んでいたのは事実です。警察が疑うのもしょうがないかもしれない」

「誰だって、自分の大切な人の命を奪った人間を憎いと思うわ」

桧山はゆっくりと澄子に目を向けた。

「大切な人にされたことと同じ思いを味わわせてやりたいと思うのは、しごく正直な気持ちよ。だけどほとんどの人間は、じっとその気持ちを抑えつけているの。これ以上大切なものを失いたくないからね。胸が張り裂かれるような思いを一生抱えながら犯罪被害者は生きていくんです。そう言ってやったわ」

澄子の言葉は、桧山の心情を代弁していた。寛容に見えた澄子だが、心の中には、今も一人娘を失った悲しみが止むことなく吹き荒んでいるのだろう。

「三枝刑事は何て言ってましたか」

「黙って頷いてたわ」と桧山のグラスにビールを注いだ。「心配しなくても大丈夫よ。すぐに疑いなんか晴れるわ」

「ええ」

桧山は力なく相槌を打った。

「だけど沢村君はどうして殺されてしまったんだろうね」

そう呟いた澄子を見て桧山は戸惑った。澄子の瞳には、祥子を亡くしたときと同様の悲嘆が漂っていた。どうしてそんな目になれるのだろう。自分の大切な娘を殺した人間ではないか。澄子に対する違和感が再び桧山の頭の中にもたげてきた。

桧山は沢村の死を知ったとき、悲しいとも痛ましいとも思えなかった。ただ何とも言えない無念さのようなものが、胸に絡みついてはきたが。

「あの事件からもうすぐ四年だから、あの子たちは十七、八歳になったのよね」澄子の視線は宙を彷徨《さまよ》っていた。「彼の人生はこれからだったのにね」

桧山は澄子の瞳の動きを見据えていたが、その胸中にある悲哀の正体を窺い知ることはできなかった。

「何かの事件に巻き込まれてしまったのかしら。それとも……」

澄子はじっと考えを巡らせているようだ。

桧山には澄子の言いたいことがわかった。沢村の死を知ってから、桧山もずっと想像していたことだ。沢村はまた人から恨まれるようなことをしたのだろうか。祥子の事件を教訓にすることなく、反省や更生とは程遠い生活を送っていたのではないだろうか。

「結局、あの子は更生できなかったのかしらね……」

澄子は憂いを湛えた目を桧山に向けた。

桧山は返答に窮した。答えようがなかった。沢村が事件の後にどんな生活を送っていたのか、桧山には知る由もないのだ。

少年法は、少年の保護と健全な育成を謳《うた》い、犯した罪を不問にしたり、刑罰ではなく教育を施す。それは立派な理念だろうが、少年たちがその後どのように更生しているのかを、桧山たち被害者側が知ることはない。相手から会いにでも来ない限り、彼らがどのような反省の気持ちを持っているのか、どのような人間になっているのかを知ることはできないのだ。被害者側は心をずたずたに切り裂かれたまま、切り裂いた加害者は闇の中に消えていく。

桧山はふと思った。澄子の中にある悲哀の正体を少しだけ感じ取ったような気がしたのだ。澄子は一人娘を失った苦しみと対峙しながら、ずっと心の寄辺《よるべ》を探していたのではないだろうか。どんなに少年たちに憎しみを募らせても、死んでしまった祥子が戻ってくることはない。そんな悲しい現実に、澄子はとっくに気づいていたのではないだろうか。

澄子は待っていたのかもしれない。いつの日か、少年たちが自分の犯した罪をきちんと受け止めて更生し、社会に戻ってきて自分たちと向き合うことを。失ったものは何があろうと戻ってくることはないが、被害者側の苦しみを多少なりとも癒せるのは、もしかしたら加害者本人だけなのかもしれない。

「知りたいですね……」

桧山は呟いた。

彼らのことが知りたいと思った。彼らは施設の中でどんな生活を送り、どんなことを考えてきたのだろうか。社会に戻ってきた彼らは、祥子を殺した罪をどんな風に感じているのだろうか。彼らにとってはすでに過去の躓《つまず》きとして忘却され、何事もなかったかのような日々を送っているのだろうか。

「彼らはとっくに社会に戻っています。沢村たちが本当に更生したのかが知りたい」

「知りたいって、一体どうやって？」

澄子が心配するように訊いた。

「沢村が送致された施設に行ってみようと思います。明日」

桧山は昂《たか》ぶった気持ちを抑え込めずに、ビールを飲み干した。

澄子はそんな桧山をしばらく黙視すると、気持ちよさそうに眠っている愛実の頭を優しく撫でた。

桧山は激しく疲労した目を愛実に向けた。幸せそうな寝顔だった。プールの夢でも見ているのだろうか。愛実と楽しい日々を過ごしたい。だけどその前に、どうしても確かめなければならないことがあるんだ。

桧山は愛実の寝顔に向かって、ごめんと心の中で呟いた。

第二章　更生

1

　真夏の陽射しに照らされた穂波《ほなみ》が青々と輝いている。延々と続く眩《まばゆ》い田園風景に、桧山は目を瞬《しばたた》いた。高崎線の下り電車はがらんとしている。冷房の効き過ぎた車内は少し肌寒かった。

　昨晩、澄子の家から帰宅した桧山は、少年法改正後に閲覧、謄写した少年たちの記録を改めて精読してみた。桧山が知ることができたのは、犯行の動機や事件の態様などを記載した非行事実に関する記録と、少年たちと法定代理人の氏名や住所と審判結果とその理由だけだった。家裁の調査官が作成した社会記録や、鑑別所の技官が作った技官記録など、少年の性格や生い立ち、家庭環境などを綴った記録は、少年のプライバシーに関わるとのことで公開を拒否された。

　非行事実の記録は、桧山が新聞や雑誌で知っていたことがほとんどで、目新しい事実はなかった。ただ、少年たちの処遇には差異があった。少年Aこと、八木将彦《やぎまさひこ》は男子対象の児童自立支援施設の中で唯一、行動の自由を制限する強制的措置のとれる国立の施設に送致された。少年Bこと、沢村和也は埼玉県にある児童自立支援施設に送致され、少年Cこと、丸山純《まるやまじゅん》は保護観察処分となった。同じ罪を犯しながら処分に差が出たのは、八木には、事件前にも万引きや恐喝を行って補導された経験があり、犯罪傾向が他の二人よりも進んでいると判断されての結果であろう。

　八木が他の二人をそそのかして、あの犯罪へと導いたのだろうか。少年たちが事件を起こすまでどんな生活を送り、三人の性格や人間関係がどういったものだったのか。肝心なことを何ひとつ知ることができない桧山は、少年たちを事件へと駆り立てていったものの正体を、想像することすらできなかった。

　深谷駅《ふかや》に着き、冷房の効いた車内からホームに降り立つと、真夏の強い日差しが容赦《しゃよう》なく突き刺さった。今日の埼玉の気温は三十五度を超えている。絶好のプール日和だったな。駅前の涼やかな噴水を見て、プールに行けないと告げたときの愛実の泣き顔を思い出した。

みどり保育園に着くまで、愛実は一言も口を利いてくれなかった。みどり保育園に着いた愛実は、桧山を振り返ることもなく、ぷいっと頬を膨らませたまま奥に消えていった。

桧山から話を聞いて事情を察したみゆきも、眉間に皺《しわ》を寄せた。みゆきのそんな表情を桧山は初めて見た。

「愛実が一番欲しがっているオモチャを知りませんか」

弁解しながらみゆきに訊ねた。

「ももちゃんのままごとセットが欲しいって言ってましたけど、それで帳消しになんかなりませんよ」

みゆきは、しかめっ面で言った。

わかってます。桧山は重々承知の言葉を飲み込んだ。

みゆきの態度から、娘の約束を破った立腹以上の困惑を感じ取った。みゆきの心配はもっともだと思う。余計なことに関わって、何か厄介なことに巻き込まれるのではないかと心配してくれているのだろう。それでなくとも、自分は警察から疑いの目を向けられているのだ。犯人が捕まるまでおとなしくしているべきだと、桧山にもわかっていた。

桧山は駅前のロータリーで地図を広げた。沢村和也が送致された県立若槻《わかつき》学園は、埼玉県深谷市にあり、高崎線の深谷駅からは約三キロほどあった。駅前の案内板を見て、若槻学園に向かうバスを探した。目的のバスがちょうど停車している。灼熱《しゃくねつ》したアスファルトから逃れようとバスへと急いだ。

何かに急《せ》かされていた。これから自分がやろうとしていることに、どれほどの意味があるのか判然としないまま、ただ居ても立っても居られなかった。若槻学園に行ったところで、沢村の話が聞けるかどうかもわからない。少年のプライバシーを盾に門前払いを食らう可能性も高いだろう。施設の人間は、沢村殺しの疑いもある桧山に、嫌悪感を顕《あらわ》にするかもしれない。愛実のあんな悲しそうな顔を見てまで、沢村の生活を知ることにどれほどの意味があるのだろうか。愛実のことを何よりも優先すべきなのに。

駅から十分ほどで若槻学園前のバス停に到着した。

桧山はバスを降りて、地図を確認すると、大通りから脇道に入った。しばらく歩くと、機械の振動音と、蟬《せみ》の唸る重奏が耳に響いた。迷路のような細い路地を歩きながら辺りを見廻した。古い住宅と町工場と物流倉庫が立て込んでいて、妙な圧迫感に包まれている。この路地に入ってから、間違いなく体感温度が三度は上昇しただろう。額から溢れてくる汗を拭い、桧山は探訪を続けた。

機械の振動音が遠くなり蝉の独奏になったとき、新たな音が耳に割り込んできた。吹奏楽の音だ。少し調子っぱずれだが、エーデルワイスの音色が遠くから聴こえてくる。視界に緑の壁が広がってきた。

桧山は辺りを見渡した。広い敷地を囲んだそれほど高くない金網には草木が絡まり、奥には背の高い常緑樹が生い茂っている。桧山は金網越しに中を窺ってみた。その空間は広大な森林公園か雑木林のように静けさに包まれ、細い道一本隔てた周囲の喧騒とは異質の空気と時間が流れていた。

間違いない。ここが沢村のいた若槻学園だ。

桧山は、草木に絡まれた低い金網を見て、自分の想像していた光景とのあまりの相違に驚いた。罪を犯した少年が入る施設ということで、頑丈なコンクリートに囲まれた荒涼とした光景を勝手に思い描いていたのだ。

桧山は少年たちの保護処分が決まったとき、児童自立支援施設という耳慣れない施設のことについて調べた。祥子の命を奪った少年たちがこれからどんな施設に入れられ、どんな償いの日々を送るのかが知りたかったのだ。

児童自立支援施設は、不良行為をしたり、するおそれがある児童や、家庭環境などの理由から生活指導を必要とする児童を入所させ、豊かな自然環境の中で、自立を促す児童福祉施設である。以前は教護院と呼ばれていたが、児童福祉法の改正により名称が変更された。教護院という名称は桧山にも聞き覚えがあった。

伝統的には小舎夫婦制《しょうしゃ》という、夫婦の職員が家庭的な雰囲気の寮舎で二十四時間子供たちと暮らしを共にする形態が大きな柱だった。最近では職員の交代制の施設が増え、寮舎の大きさも大舎、中舎、小舎とさまざまある。施設では通常の学校のように授業があり、クラブ活動もある。また作業指導では、子供たちの情操を養うのに最適ということで、農作業や土木作業などが取り入れられている。

桧山はとりあえず正門を求めて、金網沿いに歩いた。時折、金網越しに中の様子を覗き見る。菜園があった。トマトやきゅうりが生《な》っていて、ジャージを着た子供たちが農作業をしている。

木々の隙間から二階建ての建物が何棟か見えた。窓外に洗濯物が掛かっている。エーデルワイスの音色が次第に大きくなっていく。一際大きな建物が見えた。体育館だろうか。子供たちの歓声が聴こえてきた。

その楽しげな声に、桧山は徐々に神経が尖っていくのを感じた。ここにいる子供たちへの感情ではない。だが、この学園に沢村和也はいたのだ。祥子の命を奪い去ったあの少年が。

これは罪に対する罰じゃない。桧山は、少年たちの保護処分が決まったときに感じた憤りを甦《よみがえ》らせた。

職員と共に暮らして、勉強をして、クラブ活動をして、農作業をして、学園で快活な生活を送る。そんな生活をしたことで、彼は自分の犯した罪を償ったと勘違いして社会へ戻っていったのだろうか。

やり切れなさに空を仰いだ桧山は、その場に立ちすくんだ。金網の向こう側に屹立《きつりつ》したユリノキの大木が、外の俗世や子供たちの生活を脅かすものを睨みつけて、学園を守っているように感じた。

生垣の隙間から校庭が見えた。体操着を着た子供たちが野球に興じている。校庭の奥に見える二階建ての建物が校舎だろう。

桧山は校門をくぐった。校門のそばの花壇に、ヒマワリが咲いている。左手に広がる校庭を目に留めながら校舎へ向かった。

野球をする子供たちの表情は伸びやかだった。それぞれが何か問題を抱えた子供のようには見えない。仕事帰りに見かける塾通いの子供たちよりも、よほど子供らしい快活さに溢れている。

足もとにボールが転がってきた。桧山はボールを掴むと、追ってきた少年に投げ返した。ボールを受け取った少年は、「ありがとうございます」と元気に言って、輪の中に戻っていった。

子供たちにノックをしていた若い教師風の男と目が合った。若い男が桧山のもとにやって来る。

「こんにちは」浅黒い肌に汗を滴《したた》らせた若い男が桧山に声をかけてきた。「何か御用でしょうか」と愛想よく訊ねてくる。

好感の持てる笑顔は、子供たちから兄と慕われる体育教師を連想させた。

しばらく桧山が返答に窮していると、「すいません。ここは関係者以外立ち入り禁止なもので」と遠慮がちに言った。

「以前、この学園にいた沢村和也君のことについて、少しお話をお聞きしたいのですが」

桧山の言葉を聞いて、若い男の顔つきが変わった。

「マスコミの方ですか」

さっきまでの笑顔は瞬時に消失していた。探るように桧山の顔を見ている。

「いえ、私は桧山といいます」

若い男はその名前を聞いて、表情をこわばらせた。

桧山は男の表情を見て、その名前がここ数日、学園内を駆け巡っていたであろうことを察した。

慌てふためいた若い男は、桧山のことを問い質《ただ》すことも、門前払いをすることも自分では判断できない様子で、とりあえず桧山を校舎の応接室に通した。

応接室のソファでしばらく待っていると、さきほどの若い男と一緒に年配の女性が現れた。

「この学園の園長をしております、桜井です」

ふくよかな女園長は穏やかな口調で自己紹介をすると、若い男と一緒に桧山の向かいに腰を下ろした。

桜井園長は桧山にお茶を勧めて、「沢村君のことでお話があるそうですが」と切り出した。

「はい。突然お邪魔しまして申し訳ありません」

問答無用の拒絶か厳しい詰問を覚悟していた桧山は、桜井の、険《けん》を全く感じさせない物腰に安堵した。

「沢村君のどういったことをお聞きになりたいのでしょうか」

「ご存知でしょうが、彼は私の妻を殺しました」

桜山の直截《ちょくせつ》な言葉に、桜井は初めて戸惑いの表情を浮かべて、隣の男にちらっと目をやった。若い男は、学園に異物を入れてしまった負い目を感じているのか、うなだれた。

「刑事罰を問われなかった彼はこの学園に送致されました。彼がこの学園でどんな毎日を過ごし、どんなことを思っていたのかが知りたくて、失礼を承知で参りました」

「桧山さんのお気持ちはわかりますが、生徒のプライバシーに関することをお話しすることは難しいです。この学園に入所してくる生徒たちは、それぞれ複雑な事情を抱えている子供たちが多いのです。そんな彼らを指導していくには、生徒と職員との密な信頼感が重要になってきます。私たちが部外者の方に生徒のプライバシーを勝手に喋ってしまうことで、生徒との信頼感を損ねてしまう恐れがあります」

桜井園長の穏やかな口調の中に、強固な壁を感じた。桧山は少し落胆した。

「プライバシーとおっしゃいますが、ここでの生活を知ることが何かの弊害《へいがい》になるのでしょうか」

桧山は何とか突破口を開こうと言葉を繰り出した。

桧山の問いかけに、桜井園長は返答に窮したように沈黙した。桧山を見ながら考えを巡らせているようだ。

「私には娘がいます」桧山は構わず話を続けた。「娘は生後五ヵ月の時に目の前で母親を失いました。まだ赤ん坊だったので、幸いにもその時の記憶はないようです。娘は今年四歳になりましたが、まだ自分や母親が遭遇してしまった事件について理解できる年齢ではありません。母親は空に上ってお星様になったんだよ、と言ってもまだ何とか納得してくれる年頃です。しかし彼女もいずれは自分と母親の身に起こったことを知るでしょう。そして、事件と向き合わなければならない時がくるでしょう。その時に、自分の母親の命を奪った加害者について、彼女は何も知ることができないんです。親としても何も話せない。彼らのことを何もわからないんですから」

「不幸な事件ですね……」桜井園長は愛実の将来を慮《おもんばか》ったのか嘆息した。「お嬢さんは事件のことを知りたいと思うでしょうか。自分の母親の命を奪った加害者のことを」

「わかりません」桧山はひとつ息をついた。「ただ、彼女には知る権利があると思います。彼らがどんな贖罪《しょくざい》の気持ちを抱きながら生きているのか。それを知りたいと思うのは、遺族にとっては当たり前のことだと思います。当たり前で、切実なことなんです」

そんな当たり前で切実な心情は、少年の保護と未来とやらのために、いつも隅に追いやられてしまう。被害者の心は一生落ち着く先を見つけられず、いつまでもやり場のない怒りを抱え続けなければならないのだ。愛実には、そんな思いをさせたくはないと思った。

「沢村和也はもうこの世にはいません」

桜井園長と若い男の表情が同時に曇った。数日前に起こった沢村の死をあらためて実感したのだろう。

「正直言って、私は今でも彼を恨んでいます。もう永遠に彼から謝罪の言葉を聞くことも、彼の更生した姿を見ることもできません。このままでは、私も娘も彼を一生赦《ゆる》せないまま生きていかなければならないかもしれません」

桜井園長は憐憫《れんびん》の表情を桧山に向けていた。それは妻を失った男に対する同情だろうか、それとも死んだ人間を憎み続ける男への哀れみだろうか。桜井園長は心の中で逡巡《しゅんじゅん》しているようだった。

桜井園長は若い男に向かって、「伊藤君、鈴木さん夫妻を呼んできて」と命じた。

伊藤と呼ばれた男は一瞬戸惑った表情を浮かべたが、「はい」と応接室を出て行った。

鈴木夫妻が現れるまで、桜井園長は桧山にこの学園の説明をした。若槻学園は小舎夫婦制を採用していて、全部で七つの寮がある。沢村は鈴木夫妻の寮舎で二年間生活していた。鈴木夫妻は二十年近くこの学園で働いており、ずっと子供たちと生活を共にしながら、子供たちの自立のために献身している。

もともと児童自立支援施設は、刑務所のように罪を償わせる施設でも、少年院のように矯正させる施設でもない。あくまでも子供の自立を目的とした福祉施設だ。

現行の少年法では、未成年者が殺人などの重大事件を起こしても、十四歳以上でないと少年院には入れられない。十四歳未満であれば、どんな重い罪を犯しても児童自立支援施設に入れざるを得ないのだ。若槻学園でも、殺人事件に関わった少年を預かるのは沢村が初めてで、最初はかなり困惑したようだ。

「失礼します」と静かに鈴木夫妻が入ってきて、桧山は顔を向けた。五十がらみの中年夫婦は、通夜の帰りのような沈痛な面持ちでうつむいていた。

「寮長、こちらは桧山さんです」

桜井園長が紹介しても、寮長と呼ばれた初老の男はなかなか桧山と目を合わせようとはしない。室内に重苦しい空気が漂った。

「寮母をしております鈴木です」

寮長の妻が、垂れ込めた重い空気の圧力に負けたように頭を下げた。

「何でしょう、話ってのは」

寮長は、敵意をむき出しにした目つきで桧山を見下ろした。

「まあ、お二人とも座って下さい」桜井園長がとりなした。「桧山さんが、沢村君の様子をお聞きになりたいそうなんです」

「今更そんなこと聞いてどうしようって言うんですか」寮長は吐き捨てた。「和也が死んで、あなた満足してるでしょう」

「鈴木さん。落ち着いてください」

それでも鈴木寮長の憤りは止まらない。

「テレビで言ってたでしょう。和也たちを殺してやりたいって。あの言葉が和也をどれだけ傷つけ、彼の更生を阻害するものなのかおわかりですか」

「鈴木さん！」桜井園長がたしなめた。「桧山さんも奥様を亡くされてるんです。桧山さんは彼を赦したいと思うから、わざわざここまで足を運んで下さったんですよ」

寮長は無理やり感情に蓋をされたように押し黙った。それでも溢れんばかりの感情が暴れているのだろう。ソファに座って落ち着きなく身体を揺らしている。

　二年間、学園の中で一緒に暮らしていれば、鈴木夫妻にとって沢村は、きっと息子と同じような存在になっていたのだろう。その彼が無残な形で殺された。桧山は鈴木夫妻の心情を少しは理解できた。

「どんなお話をすればいいんですかね」

　寮母が桧山に訊ねた。

「彼は事件に関してどんなことを話していましたか」

「正直言って、事件のことについてはほとんど話をしたことがないんですよ。といいますか、私たち職員ができるだけその話題を避けてましたから」

　寮母は静かに答えた。

「そうですか」

「桧山さんにとってはご不満でしょうねぇ。もちろん日常生活においていけないことをしたときには注意しますし、反省を促したりもするんです。日々の生活の中で子供たちの性行を指導改善して、非行から立ち直らせたり自立していけるように努めているつもりなんですが。でもあの事件のことに関してはねぇ……」そこで寮母が言い淀んだ。「精神的に成熟していない児童に、自分の犯した罪の重さを突きつけたとしたら、その罪の重さに耐え切れなくなって、パニックになってしまうんじゃないかって思うんです」

「彼はどういう少年でしたか」

「入園当初は全身の神経を針のように尖らせていた感じで、人を寄せ付けない雰囲気のある子でした。あんな事件を起こしてしまって、どこか自暴自棄になっているんじゃないかと思いましたけどねぇ。他の児童は当然、沢村君の起こした事件のことなど知りませんが、彼には、周りの者が自分のことを白い目で見ているという被害妄想があったのかもしれません。でもここでの生活を続けていくうちに、沢村君はもともと野球が得意だったので野球部に入部してからは特に、だんだんと他の児童とも打ち解けるようになって、最初の頃とは見違えるように明るくなっていったんですよ。本来はきっとそういう少年だったんでしょうねぇ。学園で問題を起こしたことは一度もありませんし、むしろ学園にいる児童の中でも聞き分けが良くて、素直で優しい子だったと思います。ですから、彼がどうしてあんな事件を起こしてしまったのか、私はいまだに信じられないくらいなんです」

「事件を起こす前はどうだったんですか」

「小学校六年の時に、一度万引きで捕まったことがあると聞いています。親御さんがお店に謝りに行ったと。他には特に目立った非行はなかったようですけどね」

「家庭環境は？」

「問題はありません。学園の児童の七割ほどの家庭では実父母が揃っていないんですよ。母子家庭であったり、父子家庭であったり、再婚なさっていたり、親が行方不明の子供もいます。子供にとって家庭環境というのは本当に重要ですからねぇ」

寮母の話を聞いていた桧山は、ふっと愛実のことが頭をよぎった。愛実も父子家庭の子供なのだ。桧山は、自分の愛情のすべてを愛実に捧げてきたつもりでいた。それでも愛実の心の中には、ところどころピースが欠けたパズルのような、どこか満たされない寂しさがあるのではないだろうか。

桧山の表情を見て寮母がはっとしたように、「もちろん、それが直ちに非行の原因となるわけではないでしょうが」と締めくくって口を閉ざした。

「気にしないで下さい。彼の家庭環境は良好だったんですね」

「ええ、よく家族揃って学園を訪ねてきていましたねぇ。最初は親御さんと会うことに抵抗があったようですが、ご両親が時間をかけて彼の気持ちを解きほぐしていったんでしょうね。年の離れた妹さんがいて、沢村君はずいぶんと可愛がっていましたよ」

桧山は複雑な心境になった。それだけ自分の家族には誠実に接せられるのに、沢村和也も、その家族も、祥子に線香の一本も上げに来ることはなかったのだ。家族の修復に費やす時間の一部でも使って、被害者のために何かをする気にはなれなかったのだろうか。

「ここを出てから、彼がどういう生活をしていたか御存知ですか」

桧山は憤りを抑え込みながら訊いた。

「定時制高校に通いながら、昼間は近くの印刷工場で働いていたと聞いています。初めてお給料が出た時には、ここの児童のためにお菓子をたくさん買い込んで報告に来てくれました」

「最近でも彼は学園に顔を出していたんですか」

「いいえ、ここ一年ほどは来ていません。きっと、学校や仕事が忙しいのだろうと思っていました」

「最近、悪い仲間と付き合っていたようなことはありませんか」

「ないと思いますけど」

「誰かから怨みを買うようなことをしていたとは考えられませんか」

今まで淀みなく沢村のことを話していた寮母が、口をつぐんで寮長を見やった。

「彼は本当に更生したんでしょうか」

桧山は詰問口調になっていた。

桧山の問いかけが心に引っ掛かったのか、鈴木夫妻はしばらく顔を見合わせた。

「本当に更生したと思いますか」

桧山は暗く沈んでいく鈴木夫妻の顔を見て自己嫌悪を感じながら、もう一度訊いた。

「和也は更生したんだ」

今まで黙っていた寮長が口を開いた。

桧山は寮長に視線を向けた。寮長はじっと桧山を見据えている。それは確信ではなくすがるような目だと、桧山は感じた。

「どうしてそう言い切れるんですか」

「私は和也を信じています」

寮長は毅然とした口調で言った。

答えになっていないと桧山は思った。ただ、寮長の言葉には理屈では測れない重みがあった。二十年近くもの間、自分の人生を子供たちの自立に捧げてきたこの人たちにとって、信じるということは何よりも大切な信念になっているのだろう。

桧山は少年の更生に携《たずさ》わる人たちに対して頭の下がる思いを抱いた。それでも、子供に愛情を注いで更生を促そうとする者と、その子供に大切な人を奪われた被害者との間に横たわる、大きな溝を埋めることはできないようだ。

　寮長が寮母を見た。

「りえちゃんのこと覚えてるか」

　桧山は何の話だろうと寮母のほうを向いた。

「りえちゃんというのは、沢村君が寮でオヤをやっている時に学園に入ってきた女の子なんですけどねぇ。小学校六年生でしたが、家出や深夜徘徊を繰り返していて、将来罪を犯すおそれがある虞犯《ぐはん》という扱いで児童相談所から送られてきました」

「オヤというのは？」

「この学園では、児童同士の中でオヤコ制度というものを取り入れているんです。生徒間で先輩が新入生のオヤになって、寮での生活や学園での決まりなんかを指導するんですよ。オヤを経験することで教えることの難しさを学んで、自分に自信をつけていくことを目的にしてます。沢村君も退園までの一年間オヤになりました。沢村君はやりたがらなかったのですが、寮でオヤを任せるということは私たちが信頼を寄せていたということです。そんな時に、りえちゃんが私たちの寮に入ってきました」

　寮母が何かを思い出したように苦笑いを浮かべた。

「りえちゃんは、大人に対して不信感を募らせていたのか反抗的で、問題行動も多くて、私たちもずいぶん手を焼きました。沢村君はそんなりえちゃんに腹立たしさを感じていたと思います。自分がオヤの時に何でこんな面倒な子が入ってきたんだと、最初はそう思っていたんでしょうねぇ。ある日、夕食の時にりえちゃんが自分の家庭の話をしました。彼女のお母さんは彼女が赤ちゃんの時に亡くなって、それ以来父親と二人で暮らしてきたんだそうです。父親は毎晩仕事で帰りが遅く、りえちゃんは毎日寂しい思いをしていたと言いました。何気ない会話だったんですが、その話を聞いて急に沢村君が泣き出したんです。嗚咽が止まらずに、ずっと食卓に突っ伏して泣きじゃくってしまいましてね。りえちゃんも他の児童もわけがわからず唖然として沢村君のことを見ていました」

なぜ、沢村は突然泣いたのだろう。その疑問に答えるように、寮母は温かい視線を桧山に向けた。

「きっと沢村君は、桧山さんのお嬢さんのことを思って泣いていたんじゃないでしょうか。それまで桧山さんたちに対する具体的な言葉はありませんでしたが、彼の中にはきっと抑えきれない後悔と罪悪感の気持ちがあったのではないかと、私たちは思うんですよ。それ以来、沢村君は本当に親身になってりえちゃんの面倒を見ていました。りえちゃんの中で欠けた何かを埋めようと、必死に頑張っていたように思います。そんな彼の語りかけに、りえちゃんも少しずつ心を開いていきました」

桧山は黙って寮母の話を聞いていた。

沢村の嗚咽――

それは本当に愛実のことを思ってのことなのだろうか。沢村の心中にあった後悔や罪悪感の発露なのだろうか。

「更生というのは時間がかかると思います」寮長が感慨を込めるように言った。「ごめんなさいと、和也があなたの前で泣きじゃくれば反省になったんでしょうか。そんなこと、口でならいくらでも言えますよ。心では思っていないことを、その場を繕うために言える子供はいくらでもいます。残念ながらそういう子供たちも、私たちはたくさん見てきました。本当の反省は、心の中でゆっくりと静かに芽生えていくものだと思うんです。結局、これからの彼らの人生から感じとっていくしかないんですよ」

桧山は鈴木夫妻の話を聞いて静かに目を閉じた。じゃあ、自分はもう感じられないんですね。沢村に対する思いを飲み込んだ。

「ありがとうございました」

これ以上訊くべき言葉を見つけられない桧山は、鈴木夫妻や桜井園長に頭を下げて応接室を後にした。

校庭では子供たちがまだ野球に興じていた。伊藤が子供たちに檄《げき》を飛ばしながらノックをしている。桧山と目が合って少し気まずそうに軽く会釈した。

赤いジャージを着た少女が校門の花壇に水をやっていた。少女は校門に向かって来る桧山に軽く会釈した。桧山も会釈を返して校門を抜けた。しばらく歩いて、ふと振り返った。髪を後ろに束ねた少女は、慈《いつく》しむような表情で花を見ていた。

彼女にはどんな事情があるのだろうか。少女の透き通るような肌を見ながら思った。

2

高崎線に揺られながら、桧山は若槻学園で聞いた話を思い出していた。

なおも曖昧《あいまい》な輪郭《りんかく》でしかないが、鈴木夫妻が語った沢村の印象は、桧山の想像を裏切るものだった。沢村の中には抑えきれない後悔と罪悪感があったと、鈴木夫妻は語った。ただ、その言葉を鵜呑《うの》みにすることはできない。桧山の胸中に、もやもやとした思いだけが増していく。

車窓を流れる田園風景を見つめながら、もうひとつの疑念が桧山の脳裏に浮かんだ。

沢村は事件前まで学校でも特に問題のある生徒ではなかった。明るく優しい面倒見のいい少年だったと、寮母も語っていた。本来はそういう少年だったのだろう、とも。家庭環境にも問題はない。家族は仲が良かったようだ。そんな少年がなぜあんな事件を起こしてしまったのだろう。

同級生の八木将彦や丸山純の影響なのだろうか。

ズボンのポケットで携帯電話が震えた。取り出してディスプレーを見ると、みゆきからメールが届いていた。

『早く帰ってきてください！』

メッセージの横には、顔文字の『怒った顔』が添えられている。

電車は上尾を過ぎてもうすぐ大宮に着く。桧山は腕時計を見た。二時半を過ぎたばかりだ。これからみどり保育園に戻って、愛実の機嫌直しに映画に連れて行くこともできる時間だった。

だが、桧山にはもう一ヵ所行ってみたい場所があった。少年たちが住んでいた街だ。今さら彼らが住んでいた街に行ってどうしようというのだ。そう異を唱える自分もいた。沢村は板橋に引っ越したのだ。他の少年たちもとっくにその土地から姿を消しているに違いない。でも、もしかしたら事件前の少年たちの生活を窺い知れるものを見つけられるかもしれない。

『ごめんなさい』と、桧山はみゆきにメールを返した。メッセージの横には顔文字の『謝った顔』をちゃんと添えた。


大宮から、彼らの住んでいた所沢市にある航空公園へ行こうとすると骨が折れた。いくつかの行き方があるが、いずれにしても、同じ駅で繋がっていないＪＲと私鉄を乗り継ぐため、駅から駅まで徒歩で移動しながら、数回の乗り換えを行わなければならないのだ。桧山は川越駅まで出て、そこから十分ほど歩いた本川越《ほんかわごえ》駅から西武新宿線に乗ることにした。

航空公園駅に降り立つと、清々しい空気を肌に感じた。

駅前から伸びる整備された道路の両端には、けやき並木が延々と連なっている。木洩れ日を浴びながら大通りを行くと、瀟洒《しょうしゃ》な文化センターの建物があった。すぐそばには緑に溢れた広大な航空公園があり、景観の整った清閑な光景が一面に広がっている。

子供を育てるには申し分のない環境だ。桧山は愛実と、この通りを散歩する光景を想像した。思わずここにやって来た理由を忘れてしまいそうになり、想像をうち払うように地図を取り出した。

桧山は地図で少年たちの住所と中学校の位置を確認すると、航空公園を横断した。芝生の匂いに包まれた公園では、カップルや家族連れが散歩を楽しんでいる。広場では子供たちが手作りのジャンプ台を置いて、ローラースケートやスケートボードで遊んでいた。

この街には自然が溢れ、遊び場所もたくさんある。沢村たち少年は、この街でどんな暮らしをしていたのだろうか。スケートボードに興じる子供たちを横目で見ながら桧山は想像した。刺激に乏しい毎日だと感じていたのだろうか。

彼らは、隣駅の所沢にあるゲームセンターやカラオケボックスで遊んでいた。この空の半分も見えないであろう繁華街にたむろしていた少年たちは、やがて遊ぶ金がなくなり、空き巣に入ろうと思い立った。そして、桧山たちが住む街にやってきたのだろう。

それからの想像を、突然湧いてきた疑問が邪魔をした。彼らはなぜ北浦和に来たのだろう。なぜ、航空公園に住む彼らが空き巣を働こうと思い立った場所が北浦和だっ

たのか。

さっきも思ったように、彼らがいた所沢から、桧山が住んでいた北浦和に行こうとすると、かなり骨が折れる。駅から駅まで徒歩で繋ぎながら、最低でも三回は乗り換えをしなければならず、一時間近くはかかるだろう。しかも桧山のマンションは、北浦和駅から徒歩で十分ほどかかる。

空き巣を働こうとするなら自分たちが住んでいる場所から遠くで、という感覚もわからないではないが、かなりの交通費と手間をかけるのはあまりにも効率が悪いように思えた。八木は事件前にも恐喝などで補導されたことがあると、週刊誌に書いてあった。単にゲームをやる金が欲しいだけなら、もっと簡単な方法があったのではないか。彼らの中で北浦和に土地勘のある者がいたのだろうか。家裁で閲覧した記録の中には、その点について記されたものはなかった。

桧山は公園を進みながら、考えを巡らせた。

最初は小さな疑問だった。自分に近しい人の死は、どんな形であっても不条理に思えるものなのかもしれない。しかし、祥子の死は何か強引な運命によって、無理やり手繰《たぐ》り寄せられたもののように思えてならなかった。

少年A――。八木将彦が事件当時住んでいた家は、閲覧した記録によると航空公園と国道に挟まれた住宅街にあった。すぐそばで行き交う車の騒音と、森林の静謐《せいひつ》が同居している。桧山は目当ての番地を見つけ、ぐるりとその区画を廻ってみた。狭い宅地に古い家と新しい家が肩を寄せ合うように建っている。その中に八木という表札はなかった。

ガレージで洗車していた男と目が合った。この周辺を徘徊する桧山を不審そうに見ている。

「何か御用ですか」

男が怪訝な表情を浮かべて訊いてきた。

「この近くに八木さんというお宅はありますか」

男はその名前を聞くと、嫌悪感を滲ませて向かいの家を指さした。

「そこに住んでいたけど、今はもういないよ」

不快感を顕《あらわ》にした口調に、桧山は質問を続けることをやめた。

あの事件が起こったとき、近隣住民はマスコミの訪問など何らかの形で迷惑を被《こうむ》ったのだろう。桧山は男に礼を言って立ち去った。

少年C――。丸山純が当時住んでいたのは、駅前から続く大通りに面したマンションだった。高級感溢れる佇《たたず》まいで、敷地に入ると建物の入り口まで緑豊かな小広場があった。広いエントランスにはオートロックがついていて、管理人が常駐しているようだ。

桧山はエントランスのポストを見て廻った。七一二号室。やはりそこに丸山の名はなかった。

「何か御用ですか」

管理人室の小窓から、初老の男が桧山に声をかけた。

「七一二号室の丸山さんは引っ越されたんですか」

桧山は小窓に近づいて管理人に訊ねた。

「七一二号室の丸山さんて、あの丸山さんかい？」

興味を持ったらしい管理人が小窓から顔を突き出した。

「ええ」

「あなた、丸山さんの知り合い？」

「まあ、知り合いといいますか……」

桧山は言葉を濁した。

「もしかしてマスコミの人？」

桧山が黙っていると、管理人は自分の想像が当たったと嬉々とした表情で、「やっぱりね。テレビで観たことあるもん、あなたの顔。あの事件についてまだ調べてるの？」

「ええ、まあ」

桧山は管理人の勝手な解釈に乗ることにした。

「でもね、丸山さんはとっくに出て行ったよ。あの事件が起きてすぐにね」

「そうですか。その後、どちらに行ったかご存知ですか」

「いや、知らないね。何しろ逃げるように出て行ったからね。周りにも何の挨拶もなかったようだし」

桧山は興味本位の眼差しを作って管理人に向けた。

「丸山純君はどんな少年でしたか」

「どんなって、普通の子供だったけどね。会ったらきちんと挨拶もするし、別に不良というわけでもなかったよ。どちらかというとおとなしい子供だったね。それにね、あそこに大学病院があるでしょう。私は肝臓の調子が悪くてあそこの大学病院に通ってたんだけどね、純君のお祖母さんも心臓を悪くして一時期入院していたんだよ。よく純君がきれいなお花を持ってお見舞いに来ているのを廊下で見かけたよ。優しい子供だったから、あの事件が起きたときにはたまげたね。きっとおとなしい子だったから、悪い友達にそそのかされたんだろうね。奥さんも出て行く前に、そんなことをこぼしてたよ。この街になんか来なければよかった、環境がよさそうな所だからってわざわざ移ってきたのにって」

小さな箱に閉じ込められてよほど退屈していたのか、管理人は饒舌《じょうぜつ》に語った。

「丸山さんはいつ頃ここに越してきたんですか」

「このマンションができたのが六年前だから、事件の二年前だね」

事件の二年前ということは、丸山純が小学校五年生のときか。

「他の二人がどういう少年だったかご存知ですか」

「いや、直接は知らないね。でも一人は学校でも札付《ふだつ》きの不良だったんだろう。何でも万引きや恐喝の常習犯だったって、週刊誌にも書かれてたね。純君はその二人からいじめられてたんだろうって、それで無理やり仲間に引き入れられたんだって」

「純君のお母さんが言ってたんですね」

「そう言ってたね。うちも被害者だって」

その言葉を聞いて、腹の底からこみ上げてくる怒りを感じた。

自分たちも被害者――

桧山は胸の中で波打った憤怒を押し殺しながら、管理人に礼を言ってエントランスを出た。

あの二人は、今どんな生活を送っているのだろうか。彼らや彼らの家族にとって、祥子を殺したという罪は、もはやかすり傷ほどの跡も残っていないのではないだろうか。桧山の心の傷は、いまだにえぐられた肉と神経が剝《む》き出しになったままだ。ただ生きているだけで、何かの拍子に激しい痛みに苛《さいな》まれることがある。こうやって彼らの軌跡を辿っているだけで、不快な痛みが胸を突いてくる。だが、それでも彼らに会わなければならないと思った。

今まで感じてきた数々の疑問を解明しなければ、祥子は浮かばれない。彼らはなぜあのとき北浦和に行ったのだろうか。なぜ祥子は死ななければならなかったのか。彼らは本当に罪を悔い改めて更生したのだろうか。それらの疑問の答えは、彼らに実際に会ってみるしか知りようがないのだ。

桧山は少年たちが通っていた中学校に行った。彼らの同窓生の名簿を手に入れたかったのだ。その名簿から、もしかしたら八木や丸山と今でも交遊している者がわかるかもしれない。

フェンス越しに見た校庭は、夕陽に照らされてオレンジ色に染まっていた。だだっ広い空間に生徒の姿はなく、校舎もひっそりと静まり返っている。桧山は夏休みだということを思い出した。

一階の一室から灯りが洩《も》れていた。夏休みでも登校している教師が数人はいるのだろう。だが事情を説明したところで、生徒たちの名簿を易々と見せてくれるとは思えなかった。桧山は歩道からフェンスを覗き込んでしばらく逡巡《しゅんじゅん》した。

クラクションが鳴った。

突然の音に驚いて道路を振り返ると、白のブルーバードが停まっている。

桧山は停車したブルーバードを見つめた。かなり型落ちしたものだと見分けがついたとき、助手席の窓ガラスが下りて、身を乗り出すように男が顔を突き出した。

「こんにちは、桧山さん」

男の声と丸々とした輪郭を見て、桧山はその場に立ちすくんだ。

「こんなところで会うなんて奇遇ですね」貫井がいつものように鼻をひくつかせながら言った。「こんなところで何をしてるんですか」

「別に何でもありませんよ」

桧山は努めて冷静に答えた。

「ここは少年たちが通っていた中学ですよね」貫井は中学校を指さした。「こんなところをうろうろしてたら怪しまれますよ。特に桧山さんの場合はね。沢村の事件以来、またマスコミがここら辺に集まっているんですから」

「あなたこそ何をやっているんですか」

「沢村が殺害された事件の周辺取材ですよ。犯人が逮捕された時のために、彼らがそれぞれどんな生活を送っていたのかを調べているんですよ」

桧山は不安な顔を貫井に向けた。

「沢村が殺された事件と、祥子の事件が関係あると思っているんですか」

「編集部の連中はその方向で考えてますよ。ちょっとできすぎだと私は思いますけどね」

「できすぎ？」

「ここで会ったのも何かの縁ですし、桧山さんのコメントをいただきたいな。編集長が桧山さんのコメントが欲しいって言ってましてね。あなたとは懇意な間柄だと思われてるらしい」

「冗談じゃない」

桧山は吐き捨てた。

「でしょうね」貫井が苦笑した。「でも僕は桧山さんがここにいることが、別の意味で興味深いですよ」

貫井はじっと桧山に視線を据えている。

「ただ、彼らがどういう生活をしているのか知りたかっただけですよ」

貫井に見つめられ、桧山は仕方なく答えた。

「ほう」

貫井は興味深そうに頷いた。

「被害者は加害者のことを何も知ることができない。施設に入ってどんな生活を送っているのかも、本当に更生したのかもわからない。だからこの目で確かめたかったんです」

「それで、ここに来てわかりましたか」

「彼らはとっくにこの街を出て行きましたよ。だから学校に行って彼らの同窓の名簿を見せてもらおうと思ったんだけど」

「学校に行ったって見せてなんかくれませんよ」

「でしょうね」桧山は溜息をついた。「それに祥子の事件に関しても釈然としないことだらけだ」

「どういうことですか」

貫井は興味を覚えたようにさらに身を乗り出した。

桧山はさっきまで感じていた疑問を貫井に話した。沢村にしても丸山にしても、あのような犯罪を犯すとは思えないと皆口々に言った。なぜ彼らが事件を起こしてしまったのか。なぜ少年たちは所沢からわざわざ北浦和までやって来て空き巣を働こうと思い立ったのか、ということだ。

貫井に対する反感はあったが、胸につかえていた疑問を人に話して整理したいという欲求の方が勝った。

「なるほどね……」桧山の話を聞いた貫井は呟いた。「たしかに不自然ではありますね」

貫井はしばらく真剣な表情で考えを巡らせているようだった。ひとつの謎を共有しているうちに、貫井に対する嫌悪感が少し和らいでいくのを桧山は不思議に思った。

いや、親身になったふりをするのがこの男の常套《じょうとう》手段ではないか。この男に隙を見せてはならないと、桧山は気を引き締め直した。

「真意は彼らの口から直接聞くしかないようですね」

貫井は助手席に置いた鞄の中から紙を取り出して、窓から差し出した。

桧山は窓に近づいて、訝《いぶか》りながら紙を摑んだ。

年賀葉書だった。宛名は見知らぬ名だった。差出人は八木将彦とあった。住所は埼玉県朝霞《あさか》市となっている。

「一昨年、八木が友人に出した年賀状です」

桧山が裏面をひっくり返そうとすると、「見ないほうがいいですよ」と貫井が止めた。

桧山は構わずに裏面を見た。

A HAPPY NEW YEAR
元気にしてるか～ 俺はようやくみそぎが済んで別荘から帰って来たぜ。
別荘での生活は不自由はないけど、毎日ホントに退屈で、退屈で。
まったく運が悪かったぜ。
家に帰ってからは今まで溜まってたぶん一日中ゲーム三昧。
暇してるからまた遊ぼうぜ。じゃーな

網膜から怒りが体中に充満して、年賀状を持つ手が小刻みに震えた。

「必要なら差し上げますよ」

「どうして俺にくれるんだ？」

貫井が少し考えてから言った。

「別に。マスコミが知っていることを、あなたが知ることができないのがおかしいってだけの話ですよ」

「恩を売ったってコメントなんかしませんよ」

「やっぱり駄目ですか」

貫井が鼻をひくつかせて笑った。


桧山は貫井からもらった年賀葉書の住所を頼りに、武蔵野線に乗った。八木が住んでいるという北朝霞にあるマンションに向かうためだ。

帰宅ラッシュにぶつかってしまい車内は混み合っていた。ドアに身を押し付けられて電車に揺られるうちに、今日一日の疲労が一気に噴き出してきた。冷たいドアのガラスに額をつけると、ひんやりとして頭が少しだけ冴えてくる。

若槻学園の鈴木夫妻は、沢村には後悔と罪悪感があったと言った。沢村は更生したと。だが、他人にその人間の本心などどれだけわかるというのだろう。施設では我慢していい子に振る舞っていても、期間が過ぎれば反省も人に対する痛みも感じないいま社会に戻っていく。所詮それが現実なのではないのか。それがこの国でいうところの更生であり、少年を保護するということではないだろうか。

桧山は八木と会ってからのことを考えた。問い質したいことは山ほどあったが、八木と会いたいような、絶対に会いたくないような複雑な思いが絡まっている。あの年賀状を見て、八木が事件について反省などしていないことは明白にわかった。

桧山は怖かった。八木の顔を見て、自分が平静でいられる自信がなかった。どんなに事件について詫びても、泣いても、八木は心の中では舌を出して笑っているのだ。それを見抜いてしまったとき、自分の怒りの衝動を抑える自信がなかった。

電車が北朝霞の駅に着いた。桧山はすでに、八木の住むマンションへと続く反対側のドアへ、人の群れを押し退けて向かう気力をなくしていた。

八木の家に行くのを断念した桧山は、電車を乗り継いで大宮駅に戻った。駅近くのデパートの玩具フロアに駆け込むと、閉店間際の蛍の光が流れる中、ももちゃんのままごとセットを包んでもらい、みどり保育園に急いだ。

いつもよりは少し早めの時間だったので、みどり保育園にはまだ何人かの園児が残っていた。

入り口で、みゆきが何か言いたげな顔で桧山を迎えた。みゆきは、他の園児と遊んでいた愛実に、「愛実ちゃん、パパが帰ってきたよ」と呼んだ。

愛実が仏頂面で桧山のもとにやって来た。

「愛実、ももちゃんのままごとセットだぞ。家に帰って遊ぼうな」

桧山はデパートの袋を差し出して御機嫌を取った。

愛実は袋を手に取ると、ぷいっと奥に消えていった。

「おいおい……」愛実の後ろ姿を目で追って桧山は溜め息をついた。「完全に嫌われちゃったな」

「明日、勉くんと一緒に遊ぶつもりなんですよ」桧山の落胆ぶりがおかしかったのか、みゆきが笑った。「ちゃんとそばにいなきゃそのうち誰かに取られちゃいますよ。パパがどこかに行きたいって言っても、私デートだからって、素っ気なくされちゃっても知りませんから」

「すでにランクはかなり下でしょう。一番が勉くん、二番がみゆき先生、三番がももちゃんで、僕はいったいどこら辺にいるんだろう……」

桧山は、いじけて呟いた。

「わかってないですね。パパが一番に決まってるじゃないですか」

みゆきが当たり前のように言った。

しばらくすると、愛実が眠そうに目をこすりながら戻ってきた。無言で靴を履くと、帰ろうと右手を桧山に差し出す。

みゆきが桧山を見て微笑んだ。

桧山は胸を撫で下ろして、小さな手をぎゅっと握り締めた。

3

翌朝、桧山は店に出勤すると真っ先に、カウンターの奥で洗い物をしていた福井に礼を言った。

「福井、昨日はありがとう。一日通しで大変だっただろう」

今のところ、売り上げ計算や発注など、店全般の業務を熟知しているのはベテランの福井だけで、他に任せられる者がいなかった。だから桧山が休みを取ろうとすると、福井は長時間の勤務になってしまう。だが、愛実のことを気にかけてくれる福井は、いつも桧山のわがままを快く引き受けてくれた。

「気にしないで下さい。俺もちょっと稼ぎたかったんで。愛実ちゃん、喜んでましたか」

「あ、ああ……」

桧山は口ごもった。事務所に向かうと、カウンターから福井が出てきた。

「あの、店長」福井が小声で話しかけた。「昨日、店長にお客さんが訪ねてきました」

「スーパーバイザーの小池さんか？」

桧山は、ブロードカフェの店舗を巡回している現場監督者を思い浮かべた。

「いえ、それが名前も名乗らずに、桧山店長はいますかと訊いてきたんです。そういう人が三人訪ねてきました」

「三人？」

「俺の勘なんですけど……」福井が珍しく憂鬱そうな表情で呟いた。「マスコミじゃないですかね。前にもたくさんやってきたじゃないですか。雰囲気がそんな感じだったんです」

桧山は福井の顔を見ながら、「そうか」と特に気にも留めてない素振《そぶ》りをして事務所に入った。

ドアを閉めた途端、桧山の胸中に不安が広がってきた。おそらく福井の勘は当たっている。昨日の貫井といい、マスコミは沢村の事件と桧山とを結びつけ始めているのだ。

またマスコミという暴風に身をさらされることになるのだろうか。あのときのように、仕事場や家に押しかけてきて、不躾な質問の数々を桧山に浴びせるつもりだろうか。時間をかけてやっと修復してきた愛実との平穏な生活を、踏み荒らすつもりなのか。しかも今度は容疑者に近い存在でだ。冗談じゃない。そんな状況に巻き込まれたら愛実はどう感じるだろうか。

福井は現在のスタッフの中で唯一、あのときの状況を知っている。祥子の事件が起きたのは、福井がまだアルバイトに入って一ヵ月ほどのときだった。福井は仙台の高校から東京の大学に通うために上京したが、入学して半年ほどで退学してしまったのだ。それ以降、この店でずっと働いている。

桧山はそれまでフリーターという存在をあまり快く感じていなかった。飲食業にとって、フリーターという存在はなくてはならないものだが、桧山自身は先のことをあまり考えず、流れに身を任せるように生きる彼らにあまり好感を持っていなかった。だが、そんな考えを福井によって改めさせられた。

祥子の事件が起きた後、かなりの数のスタッフが辞めていった。連日押し寄せてくるマスコミや、終日かかってくるいたずら電話の対応に疲れたのか、いつも世間に対する怒りを充満させ、ぴりぴりしている桧山を見限ったのかは定かではないが、一時期この店はがたがたになった。それでも福井は店に残ってくれて、それまでと変わらない態度で接してくれた。

桧山の発言が一部の人たちからバッシングを受け、店のシャッターに心無い誹謗中傷《ひぼうちゅうしょう》の落書きをされたとき、福井は黙々とデッキブラシで汚れを落としてくれた。桧山はあのときの福井の顔を忘れない。いつもひょうきんな男が、世間の悪意に寡黙《かもく》に抵抗している、そんな顔をしていた。福井の暗い表情を見たのは後にも先にもそのときだけだ。福井の大らかさが、毎日一緒に仕事をする桧山にとって救いになった。だから、再び福井の塞《ふさ》いだ表情を見て心が痛んだのだ。福井もまた、嵐の予感を感じているのかもしれない。

その日は一日中、憂鬱な気分で店にいた。閉店時間になり、看板を片付けてシャッターを半分下ろすと、桧山は重い溜息を吐いた。

結局、恐れていたマスコミなどの訪問者はなかった。

桧山は、アルバイトに指示をしながら、一緒に掃除をした。タイムカードを押してアルバイトたちが帰ると、急いで売り上げ計算と、食材の発注を終わらせた。今日は少しでも早く家に帰りたかった。帰宅して風呂に入れると、いつも愛実はすぐに寝てしまう。仕方のないことだが、今日は少しでも愛実との時間を持ちたくて、休憩時間に絵本を買ってきたのだ。

店を出ると、氷川参道を通って大通りに向かった。両脇を並木に囲まれた参道は深々と静まり返っている。昼間はうだるような暑さだったが、今は心地よい風が吹いていた。すぐそばには繁華街の喧騒が溢れているのに、氷川神社から伸びるこの参道だけは、違う空気が流れてくるようだ。街灯の下に猫が数匹たむろしていた。斑《ぶち》の色を判別できないほど辺りは薄暗かったが、この辺でよく見かける親子だろうと勝手に想像した。あいにく今日は餌にやれる物を何も持っていない。

草木が音を立てて、猫がひょいと身を翻《ひるがえ》した。その瞬間、桧山の首筋に熱い衝撃が走った。視界が暗くなり、右頬にざらっとした痛みとコンクリートの冷たさを感じた。

桧山は呻《うめ》きながら片手で首筋を押さえた。熱さとも痛みともつかない衝撃が延髄を駆け巡り、頭蓋骨の内側で不快なノイズを打ち叩いている。コンクリートのざらざらした触感を唇に感じながら、自分の置かれている状況をおぼろげに察知した。背後から首筋を何かで殴られ、倒れてしまったのだ。

顔を上げようとしたとたん、蹴りを入れられた。咄嗟《とっさ》に目を閉じると、暗い視界に燃えるような炎が広がり、右目の辺りに鋭い痛みが走った。桧山は顔を地面に向けると、売上金の入ったセカンドバッグを腹の下にして、頭を抱えて亀のように防御の体勢をとった。

声が聞こえた。数人の男の笑い声だ。桧山の背中が粟立った。次の瞬間、横っ腹をえぐるような激痛が襲った。続けざまに背中、太腿、頭部を守った手に痛みが突き刺さる。男たちは怒声や罵声《ばせい》を浴びせながら桧山を蹴り続けた。何を言っているのかわからない。

金が目的なのか？

相手の攻撃は容赦なかった。感覚が麻痺して、痛みが焼けるような熱さに変わってきた。

もう我慢できない。桧山は力を振り絞って、腹の下で守っていたセカンドバッグを放り投げた。路上に落ちたセカンドバッグの中で硬貨が擦《こす》れ合う乾いた音が響いた。

男たちの動きが止まった。

「ユリ、お前もやれよ」

男の声がかろうじて聞き取れた。

「カズヤの仇《かたき》をとりたいって言ってただろう」

カズヤ——聞き覚えのある名前を耳にして、痺《しび》れる脳で思考した。沢村和也のことを言っているのか？　桧山は麻痺した首筋を必死に捻《ひね》って見上げた。

若い女が桧山を見下ろしていた。右手には鈍く光った棒を握っている。突き刺すような視線を桧山に向けていた。

「沢村和也の知り合いか？」

口中に溜まった血で口調がおぼつかない。

女はずっと桧山を見下ろしたまま動かない。肩が微かに震えていた。

「早くやっちゃえよ。人が来ちゃうだろう」

桧山は声のする方へ顔を向けた。三人の若い男がセカンドバッグのところに寄っていくのが見える。桧山はゆっくりと頭を戻す。そんな動作さえ重労働だった。

女は両手で棒を握り締めている。

「どうして和也を殺したんだ」

「俺は殺してない」

口ではうまく伝わる自信がなくて、しっかりと目を向けた。

「ユリ！　早くしろよ。もう行くぞ」

女は、男たちの催促の言葉に棒を振りかぶった。桧山のことを睨《にら》み付けながら、何度か小さな深呼吸を繰り返す。心の中で逡巡しているようだが、ふと若い男たちの方に目を向けて、「何してるんだよ」と叫んだ。

桧山は女の視線の先に目を向けた。男たちがセカンドバッグを手にして去ろうとしている。

「それは違うだろう！」

女は棒を握ったまま向かっていった。

「いいだろう。それぐらいの制裁は与えなきゃよ」

「そういうことは和也に失礼なんだよ！」

女は血相を変えて男たちに向かっていき、セカンドバッグを奪うと桧山のもとに戻ってきた。

女の勢いに圧倒されたのか、男たちは愚痴りながら消えていった。

女は無造作にセカンドバッグを桧山のそばに落とすと、再び正面で棒を構えた。

「言ってただろう。和也を殺してやりたいって」

「ああ……」桧山は女をじっと見据えた。「大切な人を殺されたらそんなことも考える。君だってそうだろ？」

女は桧山の挙動を見逃すまいと凝視している。

「だけど、もし沢村和也を殺した人間に遭遇したとしても、君には殺せない」

「何でそんなことが言えるんだよ！」

女はむきになって返した。

「君にはそんなことはできない。わかるんだよ」

女がふと視線をずらした。

桧山はその視線を辿《たど》った。桧山の胸もとで、びりびりに破れた包装紙の中から絵本が覗いている。散々踏み荒らされ、表紙は足跡と血痕で汚れていた。

「本当に殺してないんだな？」

女の口調に少し心苦しさが混じっていた。

桧山は頷いた。「これ以上大切なものを失いたくないからな」


夜の大宮公園は、深い闇に沈んでいた。果てしなく広がる静寂の中で、木々のざざめきだけが耳に響いてくる。

桧山は児童遊園地のベンチに腰を下ろしていた。目前にそびえる飛行塔の大きな輪郭だけが、暗闇の中にぼんやり浮かんでいる。飛行機を模した乗り物で、上に吊り上げられて回る仕組みになっているらしいが、桧山はこの飛行塔が動いているのを見たことがない。高度成長期の頃に作られたであろうレトロな趣きのある遊戯施設は、本来の役目をとっくに終え、今では広大な公園の待ち合わせ場所の役割を担っているに過ぎない。

飛行塔の柱に花束が供えられていた。この場所で沢村和也は殺されたのか。桧山はひっそりと置かれた花束を見ながら想像を膨らませた。暗闇に支配されたこんな場所で、沢村は何をしていたのだろう。誰かを待っていたのだろうか。

大きな音がして、想像が途切れた。桧山は自動販売機に目を向けた。

加藤友里《かとうゆり》はこの場所で話がしたいと言った。桧山は歩くのも辛いほど全身を痛めつけられていたが、友里はこの場所でなければ駄目だと頑として譲らなかった。

大宮公園に向かう間、友里は自分の名前を名乗ったきり無言になった。棒を握り締めて睨み付ける形相は般若のようだったが、横を歩く彼女は、くっきりとした二重瞼のかわいい少女だった。今となっては、男たちを恫喝《どうかつ》して追い払ったとは夢にも思えない。

友里が桧山の前にやってきて缶ジュースを差し出した。

「これで冷やして」

桧山がポケットから財布を取り出そうとすると、「いい。お詫びだから」と友里は首を振って桧山の隣に座った。

「ずいぶん安い治療費だな」

桧山は皮肉を返し、缶ジュースを眼に押し付けた。

「ごめんなさい……」友里は素直に頭を下げた。「和也が殺されて、普通じゃなかった。どうかしてた」

桧山は友里の横顔を見た。うなだれた友里は先ほどとは別人だった。憑《つ》き物が落ちた、そんな感じだ。

「君は、沢村とどういう関係なんだ」

「和也とは家が近所で幼馴染《おさななじみ》だったの。幼稚園から中学の途中までずっと一緒だった」

「さっきの男たちは？」

麻痺した指先で何とかプルトップを抉《こ》じ開けてジュースを飲んだ。炭酸が口中にしみた。

「ああ、あの人たちは和也の小学校時代の同級生。私の通っている高校に通っていて、私が今日のことを頼んだの。和也に対して多少の弔《とむら》いの気持ちがあるのかと思ってたけど、さっきのを見てたらそんなものなんかないことがわかった。ただの憂《う》さ晴らしで付き合ってくれただけだって」

たしかに、桧山は蹴られながらも、そこには憎しみではなく、享楽しかなかったと感じていた。「たまらないね」桧山は顔を歪めた。

「ごめんなさい」

友里がうなだれた。

「君は……」桧山は先ほどの友里の表情を思い出して言った。「ただの幼馴染じゃないんだろう」

友里が頷いた。「ええ。高校に入ってから付き合い始めたの。親にも内緒の付き合いだったけど」と複雑な表情をした。

「沢村が若槻学園を退園してからか」

友里が顔を上げて桧山を見た。

「昨日、若槻学園に行ってきたんだ。彼が入っていた寮の人たちとも話をしてきた」

「どうして？」

友里がじっと桧山を見つめた。

「彼のことが知りたかった」

友里はしばらく視線を宙に彷徨わせて、「それで、和也のことを知ることはできたの？」と視線を桧山に戻した。

桧山は沈黙した。答えようがなかった。ポケットから煙草を取り出して、店の紙マッチで火をつけようとするが、指先が震えてうまくつけられない。友里が百円ライターを取り出して桧山の煙草に火をつけた。ベンチに置いた桧山の煙草を手に取って、「貰っていいですか？」と訊いた。

未成年だとわかっていたが、桧山は頷いた。

友里は煙草に火をつけて煙を吐いた。

「子供の頃からの付き合いなのに、私にもわからないことだらけ。いまだに信じられない。和也があんなことをしただなんて」友里は手に持った煙草を震わせながら呟いた。「あんなに優しいお兄ちゃんだったのに」

「そういえば、沢村には妹がいたんだったな」

「九つ年下の早紀ちゃん。私にも同じ年の弟がいて、和也はよく一緒に遊んでくれた。自分の妹にも、私の弟にも優しい、いいお兄ちゃんだった」

友里は煙草を吹かした。煙を吸い込んで苦しそうにしている表情を見ると、昂ぶった感情を紛らわせようと無理をしているのかもしれない。

若槻学園でも、沢村は妹を可愛がっていたと聞いた。年下の児童の面倒を見る、優しい少年だったと言われていたのを思い出した。

「でも、うちの親はもう会っちゃいけないって弟に言った。弟が私に訊くの。どうして和也兄ちゃんに会っちゃいけないのって。和也は施設を出てからも、ずっと怯えていたと思う。今はお兄ちゃんってなついてくるけど、いずれ早紀ちゃんが、自分のやった行為を理解する時がくるだろうって」

友里の話を聞いて、沢村が自分の犯した罪を、激しく後悔していたことが窺えた。いろんな人たちの話を聞いて沢村のことを知れば知るほど、なぜあんな事件を起こしてしまったのか不思議でならなかった。

「彼は、八木将彦や丸山純とは親しかったのか？」

「八木君とは、小学校の時からの友達だったの。同じリトルリーグに入っていて親しかった。でも、小四の時に八木君の両親が離婚して、八木君はお父さんに引き取られて、その後お父さんが再婚したの。新しいお母さんとはうまくいってなかったみたい。お母さんが自分の連れ子だけを可愛がってたみたいで、その頃から八木君の様子がおかしくなっていった」

「グレたってわけか」

「そう。暴力的になって、万引きをしたり、下級生を恐喝したり。昔からの友達はみんな離れていっちゃったけど、和也は放っとけなかったんじゃないかな」

「丸山純は？　小五の時に越してきたって聞いたけど」

「あんまり印象がなかった。影が薄いっていうか。女子の間では気にも留められてなかったな。しばらく男子の間でいじめに遭ってたみたいだけど、八木君とつるむようになってからは、いじめもなくなったみたい。みんなは八木君のことを恐れていたから」

八木は学校でも問題児だった。それなら率先して丸山のいじめに加わりそうなものだが。桧山は疑問を口にした。

「丸山君は八木君のパシリみたいなもんだったから。結構お小遣いを持っていて、よくゲームセンターにたむろしてた」

なるほど。金で八木の気を引いたのか。桧山は納得した。

桧山は三人の人間関係を頭の中で整理してみた。沢村も丸山も事件の前までは特に非行傾向があったわけではなかったようだ。やはり祥子の事件では、八木が主導的な役割だったのだろうか。

「若槻学園を出てから、沢村はどんな生活をしていたんだ？」

「事件の後、和也の家族は板橋に引っ越したの。和也も施設から戻って、板橋の定時制高校に入学した。それもずいぶん迷ったみたいだけど……」

「どうして？」

「だって、あんな罪を犯した自分が、のうのうと学校に行くことに耐えられなかったんだよ。親の説得でとりあえず高校だけは通うことにしたみたい。朝から夕方まで近くの印刷工場で働いて、夕方から学校に通ってた」

「施設を出てから、彼にはどんな友人がいたんだろう」

桧山は気になっていることを訊いた。

「高校でも、仕事場でも、親しい友人はほとんどいなかったみたい。きっと人と接するのが怖かったんだと思う。親しくなっても、自分の過去を知った時に離れていってしまうのが。和也は私以外、昔からの友人とは全員連絡を絶って、友人も知人もいない土地で、どうしようもないくらい寂しく暮らしてた」

桧山は沢村の孤独を想像してみた。自分の犯した罪によって、世間からの忌避《きひ》を恐れ続けながら生活することを。

「君だけなんだな」

沢村の唯一の拠り所であった友里に目を向けた。友里は、意味が通じたらしく、小さく頷いた。

友里の話を聞いて桧山の想像は破綻した。沢村は悪い仲間と付き合っていたわけではなさそうだ。友人もいない孤独な生活を送っていた沢村は、誰から恨みを買い、殺されたのだろうか。

「なぜ、彼はこんなところに来たんだろう……」

桧山は暗闇に目を向けながら呟いた。

「私もそれが不思議だった!」

「彼は大宮に土地勘があったのか?」

「おそらく今まで来たことないと思う。だから事件のことを聞いて、桧山さんとの接点しか思いつかなかったんだ」

「彼が事件に遭う前に、何か変わった様子はなかったか」

「あった」友里が桧山を見つめて言った。目がうっすらと潤んでいた。「別れを切り出されたの」

予想してなかった返答に、桧山は言葉に詰まった。沢村に他に好きな女性でもできたというのだろうか。

「これから本当の贖罪《しよくざい》をしなきゃいけないから、別れてくれって」

「本当の贖罪？」思いがけない単語に桧山は友里に向き直って訊き返した。「どういう意味なんだ？」

「わからない……」友里がうつむいた。「私は真剣に付き合っているつもりだった。たとえ親から反対されたとしても、和也の力になりたかった。だからそんな言葉だけじゃ納得できないんで、何度も訊いてみた。何で別れなきゃいけないのって。だけど和也はそれ以上何も答えてくれなかった」

　本当の贖罪？　贖罪というのは、祥子の事件に対しての償いという意味だろうか。沢村は、祥子や桧山の家族のために何かをしようとしていたというのか。何を？

「最初は、他に好きな人ができたんじゃないかって思った。自分の過去を知っている人間が疎《うと》ましくなったんじゃないかって。だからもっともらしい別れの言葉を使って、私と別れるつもりなんじゃないかって。だけど、さっきの連中の一人から聞いたんだけど、和也は最近、昔の友達に連絡を取って八木君の居場所を探していたそうなの。和也は、八木君とも丸山君とも二度と会いたくないってずっと言ってた。あれだけ昔の友達を避けて生活してきたのに、自分から連絡を取って八木君のことを探していたなんて。それを聞いて、私も和也が本当に何かをしようとしていたんじゃないかと思った」

「八木が関係しているんだろうか」

「わからない……」友里は首を振った。「そのことと和也が殺されたことに関係があるの？」逆に訊いてきた。

「何ともいえない。直接会って訊いてみるしかないな」

「会うって……八木君に会うつもり？」

桧山は少し考えて決心した。

「沢村が何をしようとしていたのか知りたい」

「私も知りたい」友里が懇願した。「このままじゃ和也が浮かばれない。協力させてください」

桧山は頷いた。「じゃあ、八木のことで何かわかったら連絡をしてくれないか」

と、ポケットから携帯電話を取り出すと、ディスプレーが砕け、ガラクタになっていた。

「さっきので……」友里が申し訳なさそうに言った。

桧山は代わりに店の紙マッチを渡した。「ここに連絡して」

マッチを受け取った友里は、すがるような眼差しを桧山に向けた。

「和也を殺した犯人を捕まえたい」

友里の視線に桧山は戸惑った。コーヒーショップの店長に一体何ができるというのだ。「きっと警察が捕まえてくれる」そう答えるのが精一杯だった。

駅に繋がる大通りまで来て友里と別れた桧山は、銀行の夜間金庫に売上金を預けると、みどり保育園に向かった。

十一時を回っていた。いつも桧山の迎えが遅いといっても、さすがにこの時間ではみゆきも心配しているだろう。気持ちは焦っていたが、体が思うように動いてくれなかった。

ガードレールを掴み、軋《きし》む筋肉に鞭を打ちながら足を前に出した。全身が熱かった。頭がふらふらしている。

ようやくみどり保育園に辿り着いてドアを開けると、桧山は急に力が抜けて、前のめりに膝をついて倒れ込んだ。

「桧山さん！」

顔を上げると、みゆきが目の前で息を呑むように桧山の顔を覗き込んでいた。

「どうしたんですか、その顔！」

「何でもないんです。ちょっとつまずいて」

みゆきは、すぐに部屋の奥の棚から救急箱を取ってきた。

「とにかく、上がってください」

桧山は緩慢《かんまん》な動作で靴を脱ぐと部屋に上がった。

「いったい何があったんですか」

桧山の顔の傷に消毒用のガーゼを押し付けながら、みゆきが訊いた。

「よそ見をしてたら電柱にぶつかっちゃって……」

桧山は白々しい嘘を並べてみたが、みゆきは信じていないようだった。ガーゼを押し付ける力加減でわかった。

「最近の桧山さんは何だかおかしいです」

みゆきの表情に怒りが滲んでいた。

「そうですか？」

桧山は、みゆきの言葉を認めていたが、そう答えるしかなかった。

「そうですよ。この前のプールだって。今までだったら絶対に、愛実ちゃんとの約束を破ることなんてしなかった。いったい何をしているんですか」

みゆきは、片手を桧山の頬に添えて、じっと桧山を見つめていた。みゆきの表情が、怒りから不安に変わっていくのを桧山は感じた。

「パパ、おかえり」

愛実の声に、桧山は横を向いた。

目を覚ました愛実が立っている。桧山と目が合った愛実はびっくりして泣き出した。

「愛実ちゃん、大丈夫だからね」

みゆきが慌てて愛実のもとに駆け寄っていった。

桧山は、救急箱の中に入っていた鏡を取り出して、自分の顔を見た。桧山の瞼の上は、大きく腫れあがって黒ずんでいた。これでは愛実が泣き出すのも無理はない。

みゆきが、泣きじゃくる愛実をなだめている。愛実の泣き顔が、みゆきが押し付けた消毒液よりも、じりじりと沁《し》みた。

家に帰った桧山は、愛実と一緒に布団に倒れ込んだ。

愛実を風呂に入れてやる気力も残っていなかった。当然、絵本も読めずじまいだ。

桧山は愛実の布団をかけ直して、眠っている愛実の髪を撫でた。そんな動作にすら身体が軋んだ。

みゆきの言うことはもっともだった。最近、愛実の笑顔を見ていないような気がする。桧山は、自分にとって何よりも大切なものを、ないがしろにしているのだと認めざるをえなかった。

沢村の死から、桧山の心は何かに囚われていた。それを知りたいと思った。ただそれは、愛実との楽しい日々と引き換えにするほど重要なものなのだろうか。自分は何のためにこんなことに拘《こだわ》っているのだろう。悲しいばかりの過去を自分の眼前に引き寄せて、いったい何になるというのだ。少年たちのことをいくら知ったところで、祥子は帰って来ないじゃないか。愛実にとって大切なのは、母親を失った過去ではなく、桧山と一緒に過ごす現在であり、これからの未来ではないのか。桧山は自問自答を繰り返した。

祥子はどう思っているだろう。薄暗い天井を見上げながら桧山は考えた。祥子は、大切な娘をないがしろにしている桧山を咎《とが》めるだろうか。それとも、自分の人生に起こった悲劇の顚末《てんまつ》を、娘にすべて伝えて欲しいと思っているだろうか。

沢村は贖罪を考えていた。祥子を殺めた後悔と罪悪感に駆られて、何かをしようとしていたのだ。桧山は、沢村が何をしようとしていたのか、どうしても知りたかった。

今まで桧山の胸中には、少年たちに対する怒りや憎しみだけが充満していた。このまま何も知らなければ、いつ爆発するとも知れない引火性の感情を抱えながら、これからも生きていくことになるのではないか。一生誰かを憎みながら生活して、顔も知らない人間を死ぬまで赦せずに生きていく。そんな父親に育てられる愛実は果たして幸せだろうか。

愛実がいつの日か、母親の死や、母親を殺した少年たちのことについて、知りたいと思うかどうかはわからない。ただ、もし愛実が知りたいと思ったなら、桧山は語るべき言葉を持っていたかった。母親を殺した少年たちへの、憎しみとは違う言葉を。

4

朝のシャワーは苦痛をともなった。

激痛で、いつもより一時間以上早く目を覚ました桧山は、全身の痛みを撫でるように、ゆっくりとシャワーを浴びた。朝食の準備も愛実の支度も、いつもの三倍以上の時間がかかり、みどり保育園に着いたのはかなり遅い時間になった。

みゆきの視線が突き刺さったが、腫れあがった顔を他の保護者に見られなかったのがせめてもの救いだった。

みどり保育園を出ると、駅近くの公衆電話から店に電話をした。午後からの出勤で大丈夫かと訊くと、福井が、「そんなに忙しくないですから大丈夫ですよ」と言ってくれた。

桧山は大宮から南浦和に行き、武蔵野線に乗った。座りたかったが、座席はあいにく埋まっていた。桧山はドアに半身を預けた。乗客の視線が気になって、視線を窓にやった。

北朝霞の駅で電車を降りると、駅前の交番で地図を確認した。

八木のマンションはすぐに見つかった。駅から十分ほどの場所で、開発中の住宅地の中で、古びた大きなマンションは目立っていた。

桧山はエントランスに入った。オートロックはついていない。エレベーターに乗ると五階で降りて、八木の部屋の前まで来た。表札を確かめて呼び鈴を押した。

しばらくすると、中で足音が迫ってきてドアが開いた。

「タケシ君?」と野球帽を被った子供が、小麦色に日焼けした顔を覗かせた。

小学校二、三年ぐらいだろうか。大きな目をじっと桧山に向けた。桧山の眼の上に貼りつけた絆創膏《ばんそうこう》に興味があるようだ。

桧山は、じっと見つめられて少し気後れしたが、「お兄ちゃん、いるかな？」と少年に訊ねた。

「いない」少年は素っ気なく答えると、桧山には興味を失ったのか奥に走っていって、「お母さん」と呼んだ。

奥で、「すぐに開けちゃだめじゃない」と母親の小言が聞こえた。

「どちらさまですか」と母親が玄関にやって来た。「新聞ならもう取ってます……」

言い終える前に、母親は桧山を見て怪訝な表情を浮かべた。

「桧山と申します」

桧山は母親に顔を向けた。

母親は、桧山の名前を聞いて動転したように顔を硬直させた。

桧山の顔に動転したのか、瞼《まぶた》の上の傷で凄みを増した顔に怯えているのか。おそらく両方だろう。母親は立ちすくんだ。

桧山もしばらく無言でその場に突っ立っていた。母親の次の対応を待った。

「あ、あ、何でしょうか」

ようやく絞り出した母親の声は上擦っていた。

「将彦君はいらっしゃいますか」

「お、おりませんが……」

怯えた表情で、母親は身を引きながら答えた。

母親の態度に、わずかながらの期待は砕かれた。自分の子供が殺してしまった人間の遺族との対面は、この母親にとって避けたい以外の何ものでもないのだろう。

「何時頃帰ってきますか」

桧山は失望を顕《あらわ》にして訊いた。

「どういったご用件でしょうか」

「将彦君にいろいろと訊きたいことがありましてね。どうしても会いたいんです。また日を改めてお伺いします」

「ほとんど帰ってきませんから。何度いらっしゃっても無駄足になりますよ」

桧山の再訪を断固拒否するように母親が言い放った。

「ほとんど帰ってこない？　施設を出てから、学校に通ってるんじゃないんですか」

「高校も中退してしまって、今じゃほとんど家に寄り付きませんよ」

息子を見限った母親の表情に桧山は呆れた。

「保護者なのに、それを放っているんですか」

「保護者といっても、あの子を育てたのは六年ぐらいです。私が悪いんじゃありません。前の母親の躾《しつけ》がなってないからこうなったんです」

　母親はヒステリックな声を上げた。

「それで責任放棄ですか」桧山は母親の言い草を聞いて、怒気を強めた。「子供があんな罪を犯しても、自分たちは関係ないと言うんですか」

「裁判でも起こすつもりですか」

　迷惑だと言わんばかりに顔を歪める母親へ、桧山は蔑《さげす》んだ視線を向けた。

「もし、裁判を起こすおつもりなら、あの子に対してだけ起こしてください。うちにはそんなお金の余裕なんかありませんから。あの子が一生かかって払えばいいんです。私たち家族だって迷惑してるんです。あの事件のせいで、主人は仕事を辞めなければならなかったし、せっかく買った家も出て行かなければならなくなったんです。世間からも冷たい目で見られて。あなたの気の済むようにしてください。あの子を痛めつけるなり、なぶるなり、お好きなようにしてくださって結構ですから。だけど私たち家族のことは放っておいてください！」

　母親は一気にまくし立てた。言い終えると、目にうっすらと涙を滲ませた。

　桧山は、放心したような母親を見ながら、虚しさを感じた。

　この母親から見れば、桧山は自分たちの生活を脅かしかねない外敵なのだ。桧山がこれから襲来してくるであろうマスコミに脅えるように。母親は、自分たちの家族を守るために必死に抵抗した。その家族の中に八木将彦は入っていないのだ。八木将彦もまた、この家族にとっては厄介な外敵でしかないのだろう。

桧山は踵《きびす》を返した。

「これから何かお話のある時は、弁護士の先生を通してください」

ドアが閉まると、すぐさまチェーンのかかる音がした。

マンションの廊下を歩きながら、なぜか若槻学園の桜井園長や鈴木夫妻の顔が浮かんだ。自分の生涯を懸けて、赤の他人である子供たちと生活し、護り、必死に更生へと導こうとする人たち。

八木将彦にとっては、施設にいた時間はどんなものだったのだろう。それがどんな時間であったにせよ、施設を出た八木に家族という寄辺《よるべ》はなかったのだ。

桧山は、昼過ぎに店に出勤した。

早速、カウンターに立っていた福井が、桧山の顔を見て驚いた。

「どうしたんですか、その顔？」

「ちょっと階段から足を踏み外してな。この顔でカウンターに立ってたらお客が逃げちゃうな」

桧山は冗談で返した。レジに事務所の鍵がなかった。

「仁科さんが休憩に入ってます」

桧山は事務所のドアをノックした。しばらくして内側からドアが開いた。「おはようございます」と桧山の顔を見た歩美が、驚愕の表情を浮かべた。

桧山は事務所に入って机上を見た。アップルデニッシュとカフェラテと参考書があった。

「店長、どうなさったんですか」

「昨日久しぶりに深酒したら、階段から足を滑らせちゃってね」桧山は頭を掻いた。自分でも白々しいと感じる嘘に言葉が続かず、「勉強してたんだね。気にしないで続けて」と机上を指差した。

歩美は机に戻って参考書を読み始めた。

桧山は壁にかけたシフト表に目をやった。今日は一日アルバイトが揃っていた。これならば自分はカウンターに立つ必要もなさそうだ。事務所でアルバイトの給料計算でもしていよう。

棚から帳簿を取り出して歩美の向かいに腰を下ろした。ふと歩美を見た。真剣な表情で参考書に目を走らせている。その光景に何だか懐かしさを感じた。

祥子も、休憩時間にはいつもそうやって勉強をしていたのだ。労働の合間のささやかな楽しみに、チョコレートソースのたっぷりかかったデニッシュを大事そうに頬張りながら、早朝から夕方まで週六日この店で働いて、夕方から学校に出ていた。

祥子の生活を知るにつれ、ちゃんと寝ているのかと桧山も心配に思い、シフトを楽にしようかと訊ねてみても、祥子は少しでもたくさん働きたいと意欲を見せた。桧山は、十六、七歳の少女がどうしてそんなに働き詰めるのか、不思議に思った。母子家庭で、経済的な援助でも必要とされているのだろうかと、そのときは考えた。

実際、祥子は仕事にも熱心だったし、少しでも多く働いてくれるのは店にとっては大助かりだった。年少者であるにもかかわらず、スタッフからの人望も厚かったし、桧山も信頼を寄せていた。

祥子はひたむきで愛らしかった。周りの男性スタッフからも人気があった。だが誘いをかけた男性はみんな玉砕《ぎょくさい》したようだ。

当時、桧山は店を開店したばかりで、慣れない雑務に追われ、頭を抱えながらよく机に向かっていた。だが、一日三十分、祥子と休憩時間に向かい合っているときだけは、心地よさを感じることができた。いつも話すことは二言、三言なのだが、自分のこれからやりたいことを語る祥子の言葉は、なぜか桧山の胸に響いた。

桧山にはそんな情熱はなかった。いつの間にか人に対する不信感を募らせ、組織に属することを避けて、両親の遺してくれた保険金で店を出したにすぎなかった。前向きな思考ではなかったのだ。一国一城の主といえば聞こえはいいが、アルバイトのわがままや人間関係の煩《わずら》わしさに、さっそく嫌気がさし始めていた。

今を一生懸命に生きている祥子が羨《うらや》ましかった。人の命を救う仕事がしたい。そのために日々努力をしている祥子が、桧山には眩しく映った。そんな祥子に惹《ひ》かれていくのは時間の問題だった。

歩美がふと顔を上げたので、目が合った。

「どうしたんですか？」

歩美が桧山を見つめて言った。

だいぶ緊張が解《ほぐ》れてきたんだろう。今では桧山の目をまっすぐ見ながら話してくれる。桧山は嬉しかった。

「いや、頑張ってるなと思って。受験は再来年だろ？」

「うちの高校ものすごくレベルが低いんで、相当頑張らないと難しいんです」

「そうなのか？」

「履歴書見ませんでしたか。バカ高校って有名ですよ」

桧山は意外に思った。歩美は聡明な子だ。この数日の仕事振りを見て、歩美の仕事覚えの早さに桧山はちょっと驚いていた。歩美ならきっといい高校に入れただろうに。もっとも、学力と、社会で実際に必要とされる能力はまた別物だと思うが。

歩美は時間が惜しいというように、すぐに視線を参考書に落とした。

桧山は、いろいろと書き込みがされた参考書を見た。参考書の脇に映画のチケットが置いてあった。

「それは？」

「さっき福井さんがくれたんです。一緒に行かないかって」

歩美は顔を上げずに答えた。

「そうか」

桧山は微笑んだ。そういえば、祥子を最初に誘ったのも映画だったなと思い出した。

「でも、お断りしようと思って」

参考書に視線を走らせながら歩美が言った。

「映画は好きじゃないか？」

「やらなければいけないことがあるんです」

下を向いている歩美の表情はわからなかったが、口調には揺るぎない意志を感じた。

桧山は苦笑して、祥子をデートに誘ったときのことを思い出した。いや、何度も体《てい》よく断られた日々を思い出していたのだ。福井のことをちょっと応援してやりたくなった。

「行きたくないんなら断っても、あいつはそんなことを根に持つような奴じゃないよ。だけど自分のことを見てくれる人がいるから、勉強も仕事も、頑張れるってこともあるかもしれないよ」

「考えてみます」

桧山を見つめて、歩美がぽつりと言った。

タイマーが鳴った。

休憩時間が終わり、歩美が参考書を鞄に入れて、トレーを持って立ち上がった。

「悪かったな。勉強の邪魔しちゃって」

「いえ」

歩美が出て行ってしばらくすると、ノックの音がして福井が休憩に入ってきた。

福井は煙草に火をつけてまじまじと桧山の顔を見ると、「店長もまだまだ若いっすね。喧嘩なんて」と茶化した。

桧山も煙草に火をつけた。「福井」と呼んだ。

「へい」

「今度煙草一箱おごれよな」

第三章　罰

1

桧山は瞼の上に貼った絆創膏を取って、手洗いのゴミ箱に捨てた。二日経って、腫れもだいぶひいてきたようだ。

手洗いを出ると、桧山はフロアからカウンターを眺めた。今日は福井が珍しく休みを取っている。アルバイトの鈴木裕子を呼び止めた。

「鈴木さん、ちょっと汚れているから、Cチェックお願い」

「はーい」

裕子が生返事をしながら、渋々といった様子でトイレ掃除に向かった。

店は忙しかった。ひっきりなしに客がやって来るが、レジを担当する歩美の客さばきは滑らかだ。笑顔を絶やさず、オーダーを次々と通していく。はきはきと丁寧に受け答えする歩美を見ていると、桧山もすがすがしい気持ちになる。だが急に、背広姿の男性の注文に流れが止まった。歩美と二言三言、言葉を交わしている。

「店長」歩美が桧山を向いて呼んだ。

男性が桧山を振り返った。

その顔を見て、桧山の晴れやかな気分は一気に消失した。

目の前の男は背筋を伸ばして座っていた。

桧山よりもいくつか年上だと思うが、脂っけのないさらさらした髪に大きな目が、若々しさを感じさせた。童顔を隠すようにかけた銀縁の眼鏡だけが、男を怜悧《れいり》に見せている。

ノックの音がして、トレーを持った裕子が事務所に入ってきた。男と桧山の前にコーヒーを置くと出て行った。

「おいくらですか」

男は小銭入れを取り出した。

「いいですよ」

「そういうわけにはいきませんから」

男は少しむきになって言った。桧山が仕方なく値段を言うと、小銭入れからきっちり二百七十円を机上に置いた。貸し借りなしの関係に持っていって満足したのか、今度は桧山に名刺を差し出した。

見るまでもなかった。男の顔は、一時テレビでよく見たことがあった。

男に見つめられて、桧山は仕方なく名刺を見た。〈相沢光男《あいざわみつお》法律事務所　弁護士　相沢秀樹《あいざわひでき》〉とあった。

「お忙しいところ申し訳ありません」

口調だけは慇懃《いんぎん》だったが、相沢の顔にはわずかな緩《ゆる》みも浮かんでいなかった。

「いえ」

それっきり重い沈黙が流れた。桧山は自分から口を開くことをしなかった。ただ沈黙に耐えられなくなり、どうぞとカップを指した。

「失礼します」と、相沢はポーションシュガーをコーヒーに落とすと、スプーンを手にした。

桧山はブラックのままコーヒーに口をつけた。コーヒーをかき混ぜる手の染みを眺めながら、相沢がどのように口火を切るのかを想像した。

コーヒーを一口飲んで相沢が言った。

「どういうおつもりでしょうか」

「何がですか」

桧山は、相沢に相対する視線を向けた。

「一昨日、八木将彦君のお宅に押しかけて行かれたそうですね」

やはりその話か。桧山の想像は当たっていた。

「なぜそんなことをなさるのですか」

相沢は丁寧な口調の中に、咎《とが》めという棘《とげ》を練りこんでいた。

「八木将彦に会うためですよ」

「何のためにです」

「八木にはいろいろと訊きたいことがあるのでね」

「何をお聞きになりたいのですか」

「そんなこと、あなたにお話しする必要はないでしょう」

桧山がきっぱりと言うと、相沢は露骨《ろこつ》に口許を歪めて黙ってしまった。頭の中で、どうやって目の前の男を説き伏せようかと思案しているのだろう。

「私は彼らの付添人でした。私には彼らの人権をこれからも守っていく義務があるのです」

「人権ですか」桧山は鼻で笑った。

「そっと見守ってあげることはできませんか」相沢は憐《あわ》れむような眼差しを向けた。

「彼らは施設を出て、これからやり直そうと必死に頑張っているんです」

「人権とおっしゃるなら、こちらにも知る権利というものがあるでしょう。少年というだけで、被害者側は加害者のことを何も知ることができない。施設に入ってどんな生活を送ってきたのか、どんな反省の気持ちを持っているのかも知ることはできない」

相沢は困ったといわんばかりに頭を掻いた。

「これは私自身の心情なのですが、知る権利と少年の人権を比べるとしたら、私は少年の人権を優先すべきだと考えます。桧山さんのお気持ちもわかります。本当に痛ましい事件だったと思います。ただ、だからといって、桧山さんが彼らの生活に踏み込んで掻き回すことは、彼らの将来を、更生を阻害することになるのですよ」

「更生を阻害する？」

桧山は相沢の言い草を聞いて、憤《いきどお》りを顕《あらわ》にした。

「桧山さんは彼らを憎んでらっしゃる。それも仕方のないことだと思いますが、そんな桧山さんが目の前に現れたら、彼らはどう感じるでしょうか。自分に対して激しい憎しみを持った人間を前にして、彼らは前向きになれるでしょうか」

「確かに憎んでいますよ。大切な人を奪われたんですから、当たり前でしょう。でも何も知ることができなければ、いつまでも憎んだままですよ。被害者はいつまでもこんな気持ちを押さえつけながら生きていけというんですか」

「少年は社会全体で守っていくべき存在なんです。桧山さんにも社会の一員として、お力添えをお願いしたいですね」

「冗談じゃない」

相沢は、桧山の受け答えに苛立《いらだ》ちを感じ始めているのか、しきりに眼鏡の銀縁を指先でいじっている。

優しさや温かさを、いかようにでも表現できそうな相沢の大きな目に、刺し貫こうとする険《けん》が浮かんできた。桧山はその目に、この男の本性を垣間見た気がした。

「以前マスコミの取材などで、祥子さんのお母様もお話しされてましたね。お母様は非常に理性的な考えをお持ちだが、桧山さんは少年法の理念をあまり理解してらっしゃらないようだ」

「欠陥だらけの法律を理解なんかできない」

「私は貴い法律だと思いますよ」相沢はいったんコーヒーで喉を湿らせてから話を続けた。「子供は大なり小なりいろんな失敗を繰り返しながら成長していくものです。だから躓《つまず》きには罰ではなく教育を、というのが少年法の理念なのです。そして、子供が罪を犯すのは、今の社会を作ってきた我々大人にも大きな責任があるはずです。非行の内容が深刻であればあるほど、子供をその非行に至らしめてしまった社会の歪みを、私は感じます。社会がその自戒もせずに、犯罪が起きたら少年に厳罰を加えればそれでいいのだという昨今の世論には、とても賛同できません」

相沢は雄弁にまくしたてた。

桧山はうんざりして、抗弁する気にもなれなくなった。

少年を擁護しようとする者たちは、社会や環境という言葉をよく使う。社会や環境や教育が悪いからこんな犯罪が起きるのだと。そういう面も確かにあるだろう。ただ、苦難に満ちた子供期を乗り越えて、罪を犯さない人だってたくさんいるではないかと桧山は思う。中学生のときに両親を失った桧山も、幼い頃から母親と二人で生活してきた祥子も、色々な思いや様々な苦しみを乗り越えながら懸命に生きてきたのだ。

相沢の主張に、桧山は報復してやりたい気分になってきた。

「相沢さんはご家族はいらっしゃいますか」

突然、話題が変わって、相沢が戸惑うように桧山を見た。

「妻と娘がおりますが」

「お子さんはおいくつですか」

「四歳ですが」

愛実と同い年だ。桧山は罪悪感を押し払った。

「もし、あなたのお子さんが少年たちに絞め殺され、切り刻まれたとしても、あなたは今と同じことが言えるでしょうか」

桧山の問いかけに、相沢の視線が落ち着きをなくして宙を彷徨《さまよ》った。

おそらく家庭ではよき父親であろうこの男は、日常生活では決して思い浮かべることのない光景を想像してしまったのだろう。桧山も、あの事件が起きるまでは決して想像のできなかった光景だ。

相沢の表情を見ながら、どんな答えが返ってくるのかをじっと待った。このような主張を繰り返す人たちに、どうしても一度は訊いてみたかったことだ。

「私の考えは変わりません」気を取り直して視線を桧山に戻した相沢は毅然と言った。「子供というのは本当に可塑性があり、無限の可能性があると私は思っています。恵まれない環境で育ち、痛ましい事件を起こしてしまった子供でも、その後に努力を重ねてきちんと更生し、今では立派な職業に就き、社会に貢献している人間もいます。私はそういう子供たちをたくさん知っています。今回の件でも、確かに少年たちは重大な過ちを犯しました。しかし、少年たちは必死に更生への道を歩んでいます。ご存知だとは思いますが、沢村君は痛ましい事件に遭遇してしまいましたが、施設を出てから、仕事をしながら定時制高校に通って真面目な生活を送っていました。丸山君は私立高校に通って一生懸命勉学に励んでいます。八木君は、家庭の問題もあるのか、一概に更生したとは言い切れませんが、それでも本人なりにこれからの人生を模索しているのだと思います。少なくとも警察の厄介になるようなことはしていないようです」

「相沢さんは、それが少年たちの更生だと思いますか」

「どういう意味でしょうか」

更生とは何だろうか。桧山はずっと考えていた。

罪を犯した者が勉学に励み、真っ当な仕事に就くことが更生なのだろうか。二度と刑罰法令に触れる行為を行わないということを更生というのだろうか。確かに社会にとってはそれも重要なことだろう。しかし、桧山は違うと思った。これから自分がどう生きていくかという前に、自分が犯してしまった過ちに、真正面から向き合うということが、真の更生なのではないだろうか。そして、そう導いていくことが本当の矯正教育なのではないかと。

更生とは何ですか。

それを問いかけようと顔を上げた桧山に、相沢が先に言葉を発した。

「桧山さんにも確か、お嬢様がおられましたね？」

「ええ」

「桧山さんは、子育てに戸惑うことなどありませんか」

「ありますよ、そりゃ……」

「そうですよね。私にもよくあります。どういう育て方をすれば、この子が罪など犯さない善良な人間に育ってくれるのだろうかと、いつも考えています。子供を育てる親なら誰でも、自分の子供を犯罪者になどしたくはありませんからね。あの少年たちの親御さんだってもちろんそうだったでしょう。ただ残念なことに、子育てに絶対的な正解などないのではないかと、私は考えてしまうのです。桧山さんはどう思われますか」

桧山は相沢を見据えながら、愛実との生活に思いを巡らせた。子育ては試行錯誤の連続だ。それは認めざるを得なかった。

「どんなに躾《しつけ》を厳しくしても、子供の情操を育《はぐく》もうと努力しても、家庭が円満であっても、そんなこととは関係なく、子供は時に過ちを犯してしまうことがあります。私の子供にも、桧山さんのお子さんにも、そんなことなどありえないと言い切れるでしょうか」

言い切れるだろうか。桧山は心の中で考えた。だけど、子供が過ちを犯さないために、最大限の努力をするのが親の使命ではないのか。

「私は娘がそうならないように、きちんと伝えます。それが親の責任です」

「自信満々ですね」

相沢は、冷ややかに笑った。

そこには、童顔はすでになく、人の意見をどこかで翻《ひるがえ》させてやろうとする冷徹さがあった。

「もし過ちを犯してしまったなら、それをどう受け止めて、どのように生きていくべきかを、娘と一緒に考えます。あなたに訊ねたい。更生とは何ですか」

桧山は、相沢へ据えた視線に力を込めて訊いた。

「過去を清算して、生活態度を改めること。辞書にはそう書いてありますね」

相沢は、桧山の思いを受け止めることなくはぐらかした。

「あなた自身は、どうお考えですか」

桧山の詰問を、相沢は大仰《おおぎょう》な溜息で返した。

「いくらお話ししても平行線のようですね」

相沢はわざとらしく腕時計に目を向けると、立ち上がった。

「まだ話は終わってない」

「私もいろいろと用事があるものでしてね」相沢が桧山を見下ろしながら言った。

「子供たちの環境を整えていくことが、親の使命だと思いますが。私が言いたいのはそれだけです。今日はお時間を割《さ》いていただきまして、ありがとうございました」

相沢は取ってつけたように早口で言うと、そそくさと事務所を出て行った。

相沢が閉めたドアに向かってカップを投げつけてやりたい衝動に駆られたが、かろうじて思い止《とど》まった。

苦々しい思いで、冷めてしまったコーヒーを喉に流し込むと、カップをトレーに載せて事務所を出た。トレーを乱暴にカウンターの返却口に置いた。返却口の奥にいたアルバイトの裕子が、びっくりした顔で桧山を見た。

「さっき出て行ったのは、相沢先生じゃないですか」

桧山は声がした方を向いて驚いた。カウンター前のテーブル席に貫井がいる。

桧山と顔を合わせた貫井は、桧山の険しい表情を見て、一瞬顔を引きつらせた。

「弁護士先生と殴り合いでもしてたんですか」

テーブル席から桧山のもとにやってきた貫井が、桧山の顔をまじまじと見つめて言った。

「ちがいますよ」

桧山は腹立たしさを少しでも紛らわせようと、返却口に置かれたカップやグラスの整理を始めた。

「あの先生は能弁家だから、殴り合いじゃないなら桧山さんには分が悪かったでしょう」

貫井は桧山をなだめようと、冗談っぽく笑った。

「言いたいことだけ言って逃げやがった」桧山は腹の虫がおさまらずに吐き捨てた。

「弱い立場の人間を護《まも》るのが弁護士じゃないのか」

「彼らから見れば、被疑者や加害少年というのが弱い立場なんですよ」

「どうしてそうなるんだ？　何の落ち度もないのに、いきなり理不尽な犯罪に巻き込まれた被害者の人権より、加害者の人権の方を弁護士は大切にするというのか」

「日本の刑法学の体系がそうなっているんですよ」

貫井が事も無げに言った。

桧山は納得のいかない顔を貫井に向けた。

「戦前に特高警察というのがありましたよね。彼らは酷《ひど》い拷問を行って、無実の人間を投獄したり、思想弾圧をしてきました。それに戦後にも数多くの冤罪《えんざい》事件が起きました。そういう苦い歴史を踏まえて、人権というのはまず警察に逮捕された被疑者や、裁判にかけられる被告人を、国家暴力から守る権利として意識されてきたんです。ただ、弁護士も刑法学者も、国家から加害者の権利を奪還すべきだ、少しでも刑罰を軽くしようということに主眼を向けるあまり、今度は被害者の人権をなおざりにしてしまったんです。大学なんかでも、被疑者や被告人や受刑者の処遇問題なんかは詳しく教わりますけど、被害者のことなんてろくに教わりませんでしたよ」

「法学部だったんですか」

「ええ、まあ」

「でも、そうじゃない弁護士だっているでしょう」

「もちろんそうです。ただ相沢先生の義父である相沢光男先生は元日弁連の副会長で、少年法改正の議論の時も反対派の急先鋒になった方です。がちがちの人権派ですよ。その婿養子である秀樹氏にもまた、御父上の主義がよく染み渡っているのでしょう。いずれは相沢光男法律事務所を継ぐ存在ですからね」

「法曹界の未来は明るいですね」

被害者の痛みを感じられない弁護士の存在を桧山は皮肉った。

「秀樹氏は苦労人のようで、家庭の事情で高校には進学していなくて、大検を受けて有名国立大学の法学部に入学したそうですよ」

「やけに詳しいですね」

「少年法が改正された直後に、雑誌で対談したことがあるんですよ。今回の改正に対してどう考えておられるのかを」

「どんな話をしたんですか」

「さっきまで桧山さんとお話ししていたようなことでしょう」

桧山は、さっきまでの相沢とのやり取りを思い出して、さらに不愉快になった。

「桧山さんがどういう感想を持ったかはわかりませんが、ある部分では的《まと》を射ているようにも感じました」

桧山も、相沢の主張がすべて間違っているとは思っていなかった。

しかし、相沢の視点は一方的で何かがずれているとも感じた。子供の保護だけに目を向けて、被害者の視点に立つことがなければ、被害者の感情とは永遠に嚙み合うことはないだろう。

「ところで、今日は……」

桧山は、貫井が何のためにここにやって来たのかを考えて、憂鬱な顔を向けた。

「そんな顔しないでくださいよ」貫井が愛嬌を湛《たた》えた顔を向けた。「今日は桧山さんにお願いがあって参上しました」

「なんですか」

桧山は愛想なく言った。

「実は今度、社会学者の宮本信也氏と共著で本を出版することになりまして。少年犯罪と少年法問題に関する本です。少年法が改正されて二年半経ちますが、まだ、様々な問題や不備があると思うんです。そこで、戦後に起こった少年犯罪の実例やデータを検証しながら、立場の違う方々のお話を聞かせてもらって、少年法問題を総括できるような内容にしたいと思っているんです」

桧山は貫井の話を聞いて拍子抜けした。沢村の事件とちっとも関係ないではないか。

「保護派、厳罰派双方の忌憚《きたん》のない御意見を載せたいと思っています。家裁の裁判官、調査官、弁護士や、教育者、マスコミ関係の方など数人の協力者は取り付けているんですが、桧山さん……」そこで貫井が熱っぽい視線を桧山に止めた。「被害者の立場から、桧山さんにこの本で思っていることを語って欲しいんです」

「え？」

桧山は驚いた。

貫井の真意がわからなかった。少年犯罪の被害に遭った人はたくさんいるのに、なぜ自分なのだ。今の桧山は沢村殺しの疑いをかけられているのだ。貫井自身、桧山を疑っているのではないのか。

「いろいろと、思うところがあるようですしね」

「俺が捕まったら本の宣伝にでもなりますか」

桧山の憎まれ口を聞いて、貫井が表情を曇らせた。

貫井の視線が冷めていくのを感じて、桧山の胸に苦いものが広がってきた。冗談にしてしまおうと、視線をそらして無理に笑った。

「店長」と備品置き場の入り口から裕子が呼んだ。「加藤さんという方から電話です」

助け舟だった。「事務所に繋いでくれ」裕子に告げると、桧山は貫井を残して事務所に行った。

桧山が受話器を握ると、「傷の具合はどう？」と友里が訊ねてきた。

「ああ、大丈夫だ」

「八木君にはもう会いました？」

「会えなかった。八木はほとんど家に帰ってないらしい」

「そうなんだ……」暫《しば》しの沈黙があった。「八木君と中学の時に親しかった友達に訊いてみたんだけど、今ではほとんど付き合いがないんだって」

「そうか」桧山は落胆した。

「ただ、八木君は池袋でよく遊んでいるみたい。桧山さんはカラーギャングって聞いたことあるかな？」

カラーギャング。聞いたことがあった。アメリカのストリートギャングのような服装で、路上強盗や恐喝をする集団だ。グループによって赤や青のギャングカラーがあるようで、大宮にもそういう輩《やから》が徘徊《はいかい》していた。

「今でもそういう呼び方をするのかはわからないけど、八木君はそういう仲間とつるんでるみたい。彼らの溜まり場があってお店を教えてもらったんだけど、一人で行くのは心細いから……」

「そんなところに行っちゃ駄目だ」桧山は友里を止めた。「今、どこにいるんだ」

「池袋」

相沢の言葉が頭をよぎったが、八木に会いたいという衝動を抑えられなかった。沢村の言っていた本当の贖罪がどういうものなのか、どうしても知りたかった。

桧山は壁に掛かったシフト表を見た。アルバイトが一人、七時で仕事を上がるが、それまでは三人アルバイトがいる。七時までに戻ってくれれば店は回せるだろう。

「今から行くから、どこかで待ち合わせよう」

待ち合わせ場所を決めると、桧山は電話を切った。

事務所を出ると、目前のトイレのドアノブに『清掃中』の札が掛かっていた。指示されなくてもまめにCチェックに入ってくれるのはきっと彼女だろう。桧山はドアをノックした。

案の定、モップを持った歩美が顔を出した。

「これからちょっと出かけてくる。七時までには戻るから皆に伝えといて」

「はい。いってらっしゃい」

フロアに貫井の姿はなかった。少し心苦しさを感じながら桧山は店を出た。

大宮駅から埼京線に乗った。座席はほとんど埋まっていたが、一人分のスペースが空いている。まだ身体の節々が痛む。桧山は遠慮なく座った。窓外の空はまだ明るかったが、腕時計を見ると四時を過ぎている。池袋に着くのは五時になるだろう。

武蔵浦和の駅を過ぎた頃、車内に赤ん坊の泣き声が響いた。

桧山は、斜め前に置いてあるベビーカーを見た。ベビーカーの前に座った若い母親があやしている。それでも赤ん坊の泣き声はどんどん激しくなった。母親の顔に狼狽《ろうばい》が浮かぶ。周りの乗客は、不快な視線を母親に投げ始めていた。母親は困ったようにベビーカーから赤ん坊を出して、胸の上であやし始めた。それでも泣き止まない。次第に車内の視線が尖っていくのを感じる。露骨に舌打ちする者もいた。母親は半分泣きそうな表情を浮かべて、赤ん坊をあやしている。

桧山は居たたまれない思いになって、母親から視線を外した。

赤ん坊の泣き声を聞いているうちに、祥子の憂いを帯びた瞳を思い出した。

祥子から妊娠を告げられたとき、桧山は自分の頬が紅潮していくのを感じた。寒い夜だった。何年も一人で生きてきたと感じていた桧山は、家族という想像に身も心も暖められたのだ。

「結婚しよう」

桧山はその場で迷わず言った。

だが、顔を上げた祥子を見て、さっきまでの暖かさが嘘のように消え去った。

祥子の瞳に、深い憂いが宿っているように感じたのだ。恋人として付き合っていた間にも、店で働いているときにも感じたことのない暗さだった。

祥子は堕《お》ろすつもりだと言った。桧山に話すべきかさえ、さんざん迷った、とも。

祥子は自分を拒絶しているのだろうか。いや、違う。祥子は自分を愛してくれているはずだ。では、何故なんだ。

桧山は途方に暮れながらひたすら考えた。ひとつ思い当たることがあるとすれば、看護師になりたいという祥子の夢だった。祥子はこの春に看護師学校の受験を控えている。確かに妊娠、出産、子育てともなれば、しばらく看護師の学校に通うことは難しくなるかもしれない。祥子は看護師になるためにこの数年間、必死に勉強してきたのだ。しかし、子育てが落ち着けば学校に通うことも可能だし、桧山はそのことに反対するつもりはなかった。桧山も協力すると説得した。

それでも、祥子は頑なに首を振り続けた。

「君は人の命を救う仕事がしたいんだろう。それが自分の願いだって。だったらその子を生んでくれ。それは君にしかできないことなんだから」

桧山は必死に訴えた。

桧山の訴えに、固い殻《から》が破れた。祥子はなぜかその場で泣き出してしまった。しばらくの間ずっと泣いていた。

しかし、愛実を無事に出産した後も、祥子の瞳から完全に憂いが消えることはなかった。自分の子供を目の前にすれば、嬉しさが勝るはずなのに。桧山はたびたび不思議に思った。

祥子は子育てというものに、不安や戸惑いを感じていたのではないだろうか。そう感じたのは、テレビのニュースを観ているときだった。ニュースでは、毎日のように子供たちの犯罪が報じられていた。また、県内では児童を連れ去るいたずら事件が度々起こっていたし、子供が被害者になる事件も後を絶たなかった。そういうニュースを観るたびに、祥子の憂いがどんどん深くなっていったのだと思う。自分の子供が、被害者にも加害者にもなりえる時代。こんな時代に子供を産んで、育てることの難しさを祥子はずっと感じていたのではないだろうか。

子育てに絶対的な正解などない。

桧山は相沢の言葉を思い出していた。そうかもしれない。人の親なら誰だって子供を育てることに不安を抱き、悩んでいるだろう。祥子も社会に対して不安を抱き、子育てに悩みながらも、一生懸命に愛実と向き合っていたのだ。

　祥子はベビーベッドで眠る愛実に向かって、よく何かを語りかけていた。言葉のわからない愛実に、何を伝えようとしていたのだろうか。祥子は愛実に惜しみない愛情を注いでいた。たった五ヵ月ではあったが、祥子の愛情が今の愛実を支えているのだ。

　車内では相変わらず赤ん坊が泣いていた。この場に置かれた自分こそ泣きたいのだ、母親はそんな顔をしながら、胸に抱えた赤ん坊をあやしている。

　桧山は精一杯の柔らかい視線を投げかけた。それが若い母親に届いているかどうかはわからないが。

2

　池袋駅の構内を出て西口公園に行くと、噴水の前に加藤友里が待っていた。

　桧山と友里は公園の向かいにある喫茶店に入った。

　飲み物を注文すると、友里が待ちきれないという様子で、鞄《かばん》からメモ紙を取り出して桧山に見せた。

「ロサ会館の近くにあるルーズというバーが、八木君の仲間たちの溜まり場なんだって」

ロサ会館は池袋西口の繁華街にある。飲み屋や風俗店やゲームセンターが混然とひしめく一画だ。

桧山はメモを摑んだ。「俺が行ってくる。君は来ない方がいい」

「どうして？」

友里は不満顔を見せた。

「俺は腕《うで》っ節《ぷし》には自信がない。だけど一人なら逃げられる」

桧山は苦笑した。

「腕っ節に自信がないのはこの前でわかってる。だからこそ」

「君はこれ以上関わらない方がいい。もし、八木があの事件に関係しているのなら危険だ」

友里が納得できないという顔で桧山を見た。

「八木から聞いたことはすべて君に話す。沢村がどんなことを考えていたのか、必ず君に知らせるから」

桧山は必死に説き伏せた。

友里はしばらく考え込んでいる。「本当に？」と、おもむろに鞄から一枚の写真を取り出した。

桧山は渡された写真を見た。写真にはあどけない顔をした少年が三人写っていた。

「参考になるかどうかわからないけど。桧山さんは八木君の顔を知らないでしょう？」

「彼らか？」

桧山は友里に目を向けた。

友里が頷いたのを見て、桧山は再び視線を写真に落とした。

「あの事件の少し前に、キャンプに行った時の写真なの」

写真を摑んで凝視した桧山は、少年たちの姿に愕然《がくぜん》とした。そこに写っているのは、三人のあまりにもあどけない表情だった。

「これが和也で、こっちが八木君。この眼鏡をかけているのが丸山君」

友里が指をさしながら説明した。

真ん中に写っているTシャツを着た沢村は色黒で、いかにもスポーツ少年という感じだ。右側の丸山は色白で、華奢《きゃしゃ》な感じの少年だった。万引きや恐喝をしていたという八木も、他の二人よりは少しばかり身体が大きいだけの、桧山から見ればあどけない顔をしたごく普通の少年にすぎない。

三人がその後に起こす事件を知っている桧山から見れば、少年たちの普通さが逆に衝撃だった。

「和也もこの頃に比べると随分変わったわ。背もかなり伸びたし、大人っぽくなった。他の二人もこの頃から比べたら変わっていると思うけど、何かの参考になれば」

友里が託すような視線を桧山に向けてくる。

桧山は頷いて、写真をポケットにしまった。

喫茶店の前で友里と別れた桧山は、西口の繁華街に向かった。

ロマンス通りのアーケードを抜けると、けばけばしい電飾と店先から撒《ま》き散らされる雑多な喧騒に覆われた。夕闇が濃くなってきた歓楽街は、通り行く人々への挑発をさらに強めていく。視覚と聴覚を煽《あお》られながら桧山は通りを進んだ。

カラオケボックスや飲み屋を抜けて、さらに裏通りに入ると風俗店が連なった一画に入り込んだ。メモを片手にうろうろしている桧山に、風俗店の呼び込みがしつこくまとわりついてくる。桧山は呼び込みの誘いを適当にあしらいながらも、徐々に動悸《どうき》が激しくなっていくのを感じた。

BAR《バー》 LOOSE《ルーズ》は、風俗店やテレクラが集まった雑居ビルの地下にあった。風俗店の派手な電飾看板に隠れるように、粗末な看板プレートがビルの壁に掛けてある。およそ繁盛店を目指そうなどという心がけなど微塵《みじん》も感じさせない店構えだった。

地下への階段を一段下りて足を止めた。地階は洞窟のように暗く、階下から漂ってくる空気は明らかに一見客お断りを知らせている。言われなくても二度と来ることはないだろう。桧山は意を決して階段を下りた。薄暗い階段で足元さえおぼつかないが、安っぽいリノリウムの床の軋《きし》む音だけが耳に響いてくる。

階下に降り立ち目の前のドアを開けると、身体を押し返すようなラップの重低音が腹に響いた。

狭い店内は、許容量をはるかに超えた紫煙《しえん》が充満していた。六、七人ぐらい座れそうなカウンターと、テーブル席が三組ある。桧山は真ん中のテーブル席で足を投げ出していた客たちに目がいった。ぶかぶかのタンクトップを着た四人の若者は、酒を飲みながらだるそうに煙草を吹かしている。

もしかしてこの中に八木がいるのだろうか。桧山は何気なさを装って見廻してみたが、薄暗い店内で顔までは判別できなかった。四人の若者の二の腕や首筋に、おびただしい数の刺青《いれずみ》が鎮座していることは確認できた。

ライオンの鬣《たてがみ》のような髪型をした男が、入り口に立つ桧山に一瞥《いちべつ》をくれた。その男の視線を辿って、他の三人も桧山を向いた。その視線は鋭く、桧山は数日前の痛みを思い出して筋肉を硬直させた。桧山は目を逸《そ》らさなかった。痛い視線にさらされた代償に、彼らの中に八木らしい人物がいないことを確認した。

桧山は視線を外してカウンターに目を向けた。眉毛の薄いバーテンが冷ややかな目でグラスを拭いている。Tシャツから覗いた腕には手首までびっしりと半魚人の鱗《うろこ》のような刺青をしていた。

桧山はカウンターの一番奥に座った。こちらに目もくれないバーテンにビールを注文する。

バーテンが桧山の前にやって来て、鼻の先であしらった。「お客さん、店間違えたんじゃない？」

「いや、ビールを」

バーテンは面倒臭いという顔で、桧山の前にバドワイザーの缶を無造作に置いた。グラスも出てこない。バーテンは桧山を無視するように離れていって、カウンターの端で腕を組んだ。同じサービス業として、この接客で商売が成り立つことをある意味羨《うらや》ましく感じた。この一缶がいくらするのだろうと心配になってくる。

　桧山はプルトップを開けてビールを飲んだ。味などわからなかった。ただの炭酸水を出されても今なら気づかないだろう。ちっとも酔いの回らないビールを飲みながら、桧山は八木のことを探るきっかけを必死に思案した。だがいくら考えたところで妙案が出ない。やはり中央突破しかなさそうだ。

「今日は八木君は来てないのかな？」

　桧山はバーテンを向いて、努めて何気なさそうに訊いた。

　店内の空気が一瞬にして変わった。今まで桧山の後ろの席でつまらない話に興じていた男たちの声がぴたりと止まったのだ。桧山は背中に痛いほどの視線を感じた。あの四人は八木の仲間なのだろう。背中に目がなくても今の彼らの表情がわかるようだ。

　バーテンが怪訝な顔で桧山を見た。

「あんた、マサヒコの知り合い？」

「知り合いというか、八木君に会いたいと思って探してるんです」

「何者？　保護観察官か何か？」

「ちがうよッ！」

後ろで尖った声がした瞬間、桧山のうなじに鋭い風がかすった。

突き刺さる音に桧山が右を向いた。横の壁に掛かったダーツ盤に矢が突き刺さっている。桧山はテーブル席を振り返りながら思わずうなじを撫でた。鳥肌が立っている。テーブル席の男たちが冷笑していた。

「おっさん、テレビでわめいてた奴だろう」

鬚の男が挑発的な目で吠えた。

「なんだよ、テレビって」

バーテンが訊いた。

「将彦が言ってたじゃない。昔、将彦たちを殺すってテレビでほざいてた奴の話」

「ああ」バーテンは合点がいったという顔をした。

「昔のダチが暗がりで不意打ち食らわされて殺されたって」

「俺は何もしていない」

桧山は弁解した。男たちが今にも桧山に咬みつきそうな勢いで立ち上がった。

「やれるもんならやってみろって将彦が言ってたぜ。タイマンならいつでも相手になってやるってな」

「俺は八木と話がしたいだけだ」

桧山は身構えながら訴えた。

「施設なんてハクにもなんねえから、てめえぶっ殺して少年院か刑務所に行ってやるってな」

男の言葉を聞き、桧山は怒りを込めた目で睨み返した。

もう一人が桧山の胸倉を摑んで吠えた。

「なんなら俺たちが相手になってやってもいいぜ」

桧山は男の手を振り払った。

「八木をどうこうしようなんて考えちゃいない。俺は話が聞きたいだけだ」

「おっさん、調子こくんじゃねえよ」

「やめろ！」バーテンがカウンターから出てきて怒鳴った。「ここで騒ぎを起こすんじゃねえよ」

バーテンの一喝に男たちの動きが止まった。バーテンの形相に男たちの態度が殊勝《しゅしょう》なものに変わっていく。ここでの本当の力関係を思い知った。

バーテンは桧山の襟首を摑んで店外に摘み出した。

「金はいらねえから出て行ってくれ」

「八木に会って、どうしても訊きたいことがあるんだ」

「あいつはしばらく顔を出してねえよ」そして桧山の耳元で囁《ささや》いた。「あんな強がりを言ってるけど、昔のダチが殺されてあいつも少しビビってるんだよ」

「本当に俺は何もしていないし、するつもりもない。ただ話がしたいだけだ」桧山はポケットから店の紙マッチを出した。「これを八木に渡してくれないか?」

バーテンが一笑に付した。

「渡したって電話なんかしねえよ。あいつにとって世の中で一番怖いのはあんたなんだ」

「渡してくれるだけでいい」

桧山は紙マッチをバーテンに託した。

バーテンは、仕方ないという顔でマッチをズボンのポケットに入れて店内に戻った。

池袋駅に戻ってくると六時四十分を過ぎていた。とても七時までに店に戻れそうにない。桧山が戻るまで二人のバイトで頑張ってもらうしかなかった。公衆電話を探した。携帯電話が壊れてから、なかなか新しいのを買いに行く時間の余裕がなかったのだ。

埼京線の四番ホームは、帰宅ラッシュとぶつかって混雑していた。狭いホームには、疲れきった一日を早く終えたいと急《せ》いた人いきれで溢れている。ちょうど電車が停まっていたが、桧山は乗るのを諦めて次の列に並んだ。アナウンスと、喧騒と、けたたましく鳴るベルの音がやけに耳障りだった。周囲には目に見えない溜息が充満していた。見なくとも一様にどんよりとして生気がないのがわかる。桧山の心も淀んでいた。

さっきの男たちの言動に、八木の現在の姿をまざまざと見せつけられた気がした。八木は決して反省も改悛《かいしゅん》もしていない。桧山のささやかな期待はあっさりと打ち砕かれた。祥子の死は、彼らにとっていったい何だったのだろうか。彼らに施された矯正教育とはいったい何だったのか。こうやって何かを知るたびに、怒りと虚しさが鉛のように胸底に溜まっていくばかりだ。

——電車がまいります。

掲示板が点《とも》り、アナウンスが流れた。

果たして八木は連絡してくるだろうか。

八木は桧山のことを恐れていると、さっきのバーテンが言っていた。八木は、沢村を殺したのは桧山だと思っているのだろうか。八木は虚勢を張りながら、死の恐怖に脅えているのだ。それがせめてもの救いのように今の桧山には思えた。それが罪を問われず、反省もないお前にとっての罰なのだ。

ホームの喧騒を、悲鳴が切り裂いた。

桧山は顔を上げた。視界の右端に一瞬、信じられない画像を捉えた。人影がホームから飛び出して浮かんで見えた。すぐに見えなくなった。線路に落ちたのだ。とっさにそう思った。

右隣の列に並んでいた人々がざわついて線路を見下ろしたが、耳をつんざく警笛に驚いて反り返った。

怒号のような警笛と急ブレーキの轟音《ごうおん》を撒《ま》き散らしながら、電車が突っ込んできた。桧山の頰を生温い風が触れたが、背中には悪寒が走った。

鼓膜《こまく》を刺す不快な音を立てて電車が停まった。予定の停車位置の少し手前でしか停まれなかったようだ。桧山は辺りを見廻した。ホームのあちこちで耳を塞いでいる者がいる。ざわめきと悲鳴が巻き起こった。桧山の後ろからすごい力が押してくる。ホームにいた人たちが、男が落ちた現場を見ようと集まってきた。電車のドアは開かない。中の乗客が興味深げにホームを見ている。

一瞬の出来事だった。非常通報装置を鳴らす余裕もなかった。助かっただろうか。

一瞬見た限りでは男性のようだった。桧山は息苦しさを覚えた。どんどん人が押し寄せてくる。心配そうに見ている人もいるが、あきらかに野次馬根性を剝《む》き出しにしている者もいた。口許に醜《みにく》い笑みを浮かべて、現場を見なければ損だといわんばかりに群がってくる。

桧山は気分が悪くなった。四方から体を締め付けられる圧迫感と、この場に漂《ただよ》う薄汚い空気に吐き気さえした。早くこの塊《かたまり》から抜け出したかった。

誰かに肩を摑まれ、桧山は目を向けた。駅員が「すいません」と言いながら、桧山と隣にいた男性を掻き分けて電車に進んでいった。

「下がって、下がってください」

駅員はようやく電車の手前にたどり着くと、ドアの近くでしゃがんだ。ホームと電車の隙間を覗き込んで何か話しかけた。周囲の人間は息を吞むように見守っている。

「そこを動くな！」駅員が下に向かって大声で叫んだ。

その言葉を受けて、「生きてる」「生きてるって」と、安堵と落胆の混ざった声が群集の中で広がった。

桧山は、隣でつまらなさそうな顔をしている男を横目で見ながら、見も知らぬ人間の無事をとりあえず喜んだ。

だがこの状況では電車もすぐには動かないだろう。遠回りではあるが、田端《たばた》まで出て京浜東北線で大宮に向かうのが賢明なようだ。

桧山は人の流れに逆らって階段に向かった。


歩美と裕子が事務所から出てきた。

歩美がレジの前で売り上げ計算をしている桧山に、「おつかれさまでした」と声をかけた。

「おつかれさま。今日は本当に悪かった。残り物でなんだけど、好きなデニッシュを持って帰って」

「やった。ラッキーだね」と裕子が歩美に笑顔で言った。

桧山も笑った。現金なものだ。歩美はともかく、裕子は桧山が店に戻ってから今までずっと仏頂面をしていたのだ。

桧山が戻ったとき、店はかなり混んでいた。二人での営業は大変だったと思うが、歩美の仕事振りを見て桧山は安心した。歩美はレジだけでなくいつの間にかドリンクも作れるようになっていた。しかも早くて正確な仕事だ。福井の教えもいいのだろうが、歩美が努力家なのは言うまでもない。

裕子は嬉しそうに甘いデニッシュを紙袋に詰め込んでいく。

「仁科さんは何にする」

裕子の問いかけに、歩美は小さく首を振った。

「私はさっきの休憩のとき食べたし、ちょっと急いでるから」

「遠慮するなよ。明日でも明後日でも食べられるぞ」

「いえ、大丈夫です。お先に失礼します」

歩美は、桧山に挨拶すると半開きのシャッターをくぐって出て行った。

「じゃあ店長、仁科さんの分もいいですか」

裕子が桧山を見ながら微笑んだ。


ようやく売り上げ計算を終わらせて、桧山がコーヒーマシーンに残った出涸《でが》らしのコーヒーを飲んでいるときに、シャッターを叩く乾いた音が聞こえた。

忘れ物かな。そう思って入り口を見ると、「夜分遅く申し訳ありません」と背広姿の男がシャッターをくぐってきた。三枝刑事だ。

三枝はシャッターの外に向かって何やら手で合図した。外に誰かいるようだ。この間の長岡とかいう刑事だろうか。

「少しお時間よろしいでしょうか」

三枝がカウンターに近づいてきた。丁寧な物言いだが、この前以上に有無を言わさない圧力を感じた。

「外に誰かいるなら、入ってもらったらどうですか」

桧山はカップに口をつけた。煮詰まった苦味が口中に広がった。

「いえいえ、お気遣いなく。たいした話じゃないので。ちょっとした確認だけです」

「飲みますか」桧山はカップを掲げた。何を確認に来たというのだろう。不安がよぎった。三枝に見透かされたくなくて余裕を装った。「出涸らしでかなり苦いですけど」

「ありがたい。おそらく今日は徹夜になりそうなので」

桧山はカップにコーヒーを注いで三枝に差し出した。

「ありがとうございます」と三枝はカップを受け取って口をつけた。「おいしいですな。いい豆を使ってらっしゃるようだ」

桧山は苦笑いした。相当の味音痴らしい。

「それで今日は、何の確認ですか」

「桧山さんは、今日はずっとお店にいらっしゃったんでしょうか」

今日の行動を訊いてきた三枝を、桧山は怪訝に思った。

「どうしてですか」

「お気を悪くなさらないで下さい。単なる確認です」

三枝は相変わらず顔中の皺を駆使して愛嬌を振りまこうとしていたが、その眼光には強い思惑《おもわく》を感じた。

「四時過ぎに少し出かけましたけど」

「それで、何時頃お戻りになったんですか」

「七時半過ぎでした」

「どちらにお出かけだったんでしょうか」

「池袋です」

その地名を聞いて、三枝の瞳孔《どうこう》がかすかに揺れたのを桧山は見逃さなかった。嫌な予感がした。

「どんな御用だったんでしょう」

桧山はためらった。八木を探しに行ったとは言えない。言えばしつこく動機を問われることになるだろう。あの少年たちを襲うために居場所を探していると、あらぬ疑いをかけられては困る。

「ちょっとした買い物に」

「買い物ですか」三枝が唸った。

「何なんですか、いったい」

「どちらに、何を買いに行かれたんですか」

三枝が何事も見逃すまいという視線を桧山に向けてくる。

桧山は思わず目をそらしたくなった。いったい何を知りたいのか桧山には見当がつかなかったが、下手な嘘は通用しない。三枝の目はそう語っていた。

「東急ハンズにピッチャーを買いに……」

桧山は一ヵ月前を思い出して嘘を言った。

「ピッチャー？」

桧山はダストボックスの上を指さした。

「水入れですよ。ちょっと足りなかったので」

「領収書なんかはありますか」

「今日は買わなかったんですよ。欲しいサイズがなかったのでね」

「それは、忙しい時に抜け出してまで必要なものだったんでしょうか」

桧山は驚いた。三枝は、さっき出て行ったアルバイトのどちらかに桧山の行動を問い質《ただ》したのだろうか。

「もっと早く帰るつもりだったんですよ。でも帰りの電車が人身事故で止まってしまって」

「そうですね」三枝は承知済みだという顔で頷いた。「つい先ほど、池袋署から連絡が入りました」

「あなたにですか」

「六時四十八分、池袋駅の四番ホームから高校生が線路に転落したそうです。その時間、桧山さんはどちらにいらっしゃいましたか」

三枝が桧山に視線を止めた。

三枝に見つめられ、桧山の胸中に得体の知れない恐怖がこみ上げてきた。もはや隠しようもない不安が顔の筋肉を強張《こわば》らせていくのがわかる。

「転落したのは丸山純でした」

「えっ？」

桧山はその言葉の意味をすぐには理解できなかった。

三枝は桧山の反応を吟味するように黙っていた。

「そんな馬鹿な……」

「事実です」

桧山の視界が暗転していくようだ。目を凝《こ》らさないと目の前にいる三枝の顔さえ捉えられない。

「丸山純は予備校からの帰りに事故に遭ったそうです。幸いなことに、すんでのところでホームの下の空洞に避難できたので、転落した際に負ったかすり傷程度で済みましたが」

桧山の顔の筋肉を硬直させた不安が、今度は全身を駆け巡って微かな痙攣《けいれん》を起こした。桧山はコーヒーカップを置いた。カウンターに擦れた音が鳴った。

信じられなかった。八木将彦を探しに行った帰りに、期せずして丸山純と遭遇していただなんて。そんな偶然があるだろうか。

桧山は、あのとき視界の片隅に捉えた男の姿を思い出していた。

あの男が丸山純――

「事情を聞いた捜査員によると、丸山は後ろから誰かに押されたようだと話しています」

桧山は顔を上げた。今までの考えを打ち消した。偶然などと考えているのはきっと自分だけなのだということ。警察にとっては偶然などではなく必然なのだ。丸山の居場所を突き止めた桧山が、仕事を抜けて丸山の後をつけて彼を突き落とした。そう考えれば全てが整合するのだ。

桧山は舌打ちしたい気持ちだった。さっきまでの三枝とのやり取りを取り消したかった。警察は桧山が東急ハンズになど行っていないことをすぐに調べ上げるだろう。いずれは八木のことも、探しに行ったバーのことも、加藤友里のことも話さなければならなくなるだろう。今話すべきなのだろうか。桧山は迷った。

「桧山さんは事故を目撃されましたか」

三枝が核心に切り込んできた。

「はい……」逡巡《しゅんじゅん》しながら呟いた。「転落した男性の隣の列に並んでいました」

ここでごまかしを言っても無駄だと観念した。桧山の肩を摑んで人波を搔き分けた駅員と目が合ったことを思い出したのだ。警察が、桧山の写真を持って聞き込みをすればすぐにわかることだろう。

「そうですか」三枝は溜息をついた。「その時間、ホームはかなり混み合っていたようですね」

桧山は頷いた。頷きながら、頭の中で必死にあのときの人波にいた顔を思い出そうとした。あの周囲にいた人々の中に、丸山純を襲った人間がいたのだ。だが記憶は、熱せられたアルコールのようにすでに頭から気化していた。かろうじて言えるのは、桧山が見知った人物はいなかったであろう、ということだけだ。

「桧山さんがいらっしゃった場所を、きちんと証言してくれる人がいるといいんですがね」

桧山は三枝の表情を窺った。三枝の表情は、桧山のことを疑っているとも、案じているともとれる複雑なものだった。

警察はきっと、駅員やその場に居合わせた乗客たちに聞き込みをするだろう。あんなに人でごった返したホームで、桧山は隣の列にいて事故とは無関係だったときちんと証言してくれる人がいるだろうか。

「パパ。お仕事まだ終わんないの？」

突然の声にびっくりして、桧山は入口を見た。

愛実がシャッターをくぐって桧山に向かってきた。その後ろから入ってきたみゆきが、三枝の姿を認めて立ち止まった。

「ごめんなさい。お客様がいらっしゃったんですね」

「いえいえ、いいんですよ。こちらの方は？」

三枝が桧山に訊ねた。

「娘が通っている保育園の先生です」

「愛実ちゃん、今日は全然寝なくて、早くパパに会いたいっていうものですから……」

「気にしないで下さい。私も帰るところでしたので」三枝はさっきとは打って変わって穏やかな笑みを浮かべると、愛実の頭を撫でた。「愛実ちゃん、こんばんは」

「こんばんは」

愛実が笑顔で言った。

「どうもごちそうさまでした」三枝はカップを桧山に戻しながら囁いた。「これから丸山に事情を聴きに行かなければならないので」

三枝が、愛実とみゆきに笑顔を向けながら出て行った。

三枝が店を出て行くと、桧山は愛実の笑顔を必死に求めた。そうしなければ、正気でいられない気がした。

本部への発注を終わらせる頃には、カウンター前のソファ席で愛実が眠っていた。隣に座ったみゆきは、桧山の表情にただならぬものを感じているのだろう、ずっと不安げな眼差しを向けている。

仕事を終え、愛実を背負って、みゆきと一緒に大宮駅へ向かった。

途中、心配そうに問い質してくるみゆきに、桧山はさっき三枝から聞いた丸山純のことを簡単に話した。みゆきは、信じられないという表情で言葉を失っていた。

その後、みゆきが話しかけてくる言葉は、ほとんど耳には届かなかった。いや、耳には届いていたのだろうが、桧山の神経が本来とるべき反応を投げ出してしまっていたのだ。

大宮駅でみゆきと別れ、桧山は重い足取りで宇都宮線のホームに下りていった。

ホームにはまばらに、これから家路につこうという会社員や酔客がだらしなく立っている。一日中、仕事や接待で精根《せいこん》尽き果てた抜け殻だ。理由はまったく違うだろうが、桧山も彼らと同じように脱力していた。立っているだけで疲弊するほどの虚脱感が、桧山の全身を支配している。

愛実の小さな寝息が桧山のうなじを撫でた。

考えるんだ。そうしなければ、警察からの疑いを晴らさなければ、この生活を壊されてしまうかもしれないんだ。愛実と一緒に過ごす大切な時間を。今の自分にできることといえば、事件を分析するぐらいしかないではないか。

丸山純はいったい誰に襲われたのだろう。思考はすぐにそこへ飛んだ。

やはり沢村和也の事件と関係があるのだろうか。今日ホームで丸山を襲った人物が、沢村を殺害したのか。

共通点はあった。一つは、二人とも祥子を殺した加害者ということだ。もう一つは、二つの事件に桧山が大きく関わってしまったということだ。沢村和也の事件にしろ、丸山純の事件にしろ、桧山が警察に疑いをかけられるように仕向けられていると思えてならないのだ。しかし、そんなことが可能だろうか。沢村の事件のときにはそれがある程度は可能だった気がする。桧山の一日の行動を把握している犯人が、意図的に桧山が一人でいる時間を狙って、桧山のそばで沢村を殺した。

ただ、丸山の事件はどうにも説明がつかない。桧山の今日の行動はまったくの予定外だった。池袋に行くことを決めたのも今日の夕方になってからだ。あの時間に駅のホームに行ったのも桧山の意思なのだ。仮に犯人が、丸山純の行動を把握していてあの時間帯の電車に乗ることを知っていたとしても、犯人の意図によって桧山を丸山と引き合わせることなどできないだろう。桧山と丸山が同じホームの近くにいたというのは偶然でしかありえない。

丸山を襲った犯人は、最初から桧山に罪を被せる意図はなく丸山を襲った。そのとき偶然にも近くに桧山がいた、そう考えるしかなかった。あのホームの人ごみの中で、見知った人間を見かけなかったことだけはたしかだ。ということは、あの人ごみの中に桧山の知らない、沢村と丸山に殺意を持った人間がいたということだ。

誰なんだ——

桧山は、はっと思いついた。片手でズボンのポケットを探ると、友里から預かった写真を取り出した。

この頃から比べたら変わっていると思うけど、何かの参考になれば——。友里の言葉を思い出した。

「八木……」桧山は思いついた名前を呟いた。

沢村は殺害される直前に八木のことを探していた。それが何であるかはわからないが、本当の贖罪をするために。

桧山は現在の八木の顔を知らない。四年前の中学時代の写真を見ただけだ。多少の面影を残していたとしても、成長期の最中に四年も経っていれば、あの人ごみの中ではわからないだろう。

例えばこんな考えはどうだろう。丸山に対して、何らかの理由で殺意を持っている八木が、丸山を襲うチャンスを狙って尾行していた。そしてホームについた八木は犯行に及んだ。その現場にたまたま桧山が居合わせてしまった。もしくは、ホームまで丸山を追ってきた八木は、そこで偶然にも桧山がいることに気がついた。これは絶好のチャンスだと思い犯行に及んだ。

逆の考えもできる。桧山がバーを訪ねたときに、八木が近くにいたとしたら。八木は桧山を尾行して駅のホームまでついた。そこにたまたま丸山純がいた……。

光を放ちながら電車がホームに入ってきた。桧山は思わず二歩後ろに下がった。

軽く頭を振った。今までの考えは、頭の中での空想事に過ぎない。それでも桧山は、八木がこの二つの事件について、何らかの鍵を握っていると確信していた。

3

翌朝、大通りを進んで店が見えてくると、福井がオープンテラスに置いたプランターに水をやっていた。珍しい光景に、桧山は雨降り以上の嫌な予感を感じた。

桧山に気がついた福井が、ジョウロを置いて駆けてきた。

「今、お店に行かない方がいいっすよ」

福井が慌てたように言った。

「どうした？」

「マスコミがたくさんいます。カウンターの前の席を陣取って店長が来るのを待ち構えてます」

桧山は重い溜息をついた。予想はしていたことだ。

『危機一髪　高校生、奇跡の生還　池袋駅で転落事故』

今日の朝刊には小さいながらも丸山の転落事故の記事が載っていた。沢村の事件に続いて、今回の丸山の事件だ。マスコミが、桧山とのことを結びつけて考えるのも無理はないだろうと思った。

「いったい何があったんですか」

「大したことじゃないよ」

取ってつけたような気休めを返して、桧山は店に向かった。

出勤しないわけにはいかない。逃げているように思われるのも嫌だった。自分には何らやましいところなどないのだから。

それでもマスコミとの対面は避けられるのならば避けたかったが、この店には裏口や裏窓というものがない。事務所に入るにも、店の入り口から入ってフロアを通り抜けなければならなかった。

桧山は店に入った。

カウンターの前のテーブル席に座っていた一団が、桧山を確認して立ち上がった。

四、五人の記者が詰め寄ってくる。
「桧山さん、ご存知でしょうか。あの事件の加害者が二人襲われました。一人は殺害され、もう一人も怪我を負ったようですよ」

桧山は記者を避け、レジから事務所の鍵を取った。レジにいた歩美と目が合った。歩美は戸惑ったように視線を伏せた。

フロアを進もうとする桧山の前に、記者が立ち塞がった。見知った顔があった。祥子の事件のときにもこうやって桧山の生活を踏み散らしていった奴らだ。

「どう思われますか。一言お願いします！」

屈強なラグビー選手のような体軀《たいく》の記者に行く手を阻まれて、桧山は足止めを食らった。カウンターの奥のフロアにいた客たちが、好奇の眼差しを向けている。

「関係ありません」

桧山は記者の一人を睨みつけて言った。

その態度が記者の闘争心に火をつけたようだ。

「あの時、あなたがおっしゃっていた通りになったわけですよね。これは少年たちに対する罰なんでしょうか」

桧山は何も答えなかった。答えられなかった。記者を押し退《の》けるように振り切った。

「何か言ってくださいよ！」

背中に怒号を浴びせられたが、振り返りもせずに事務所に入った。

あれから何時間も事務所に籠《こも》ったままだ。事務仕事もまったく手につかずに、桧山は溜息ばかりをついていた。福井が気を利かせて牛丼を買ってきてくれたが、箸《はし》をつける気にもなれなかった。

ノックの音がした。桧山は立ち上がって内鍵を開けた。歩美がトレーを持って立っていた。

「休憩いいですか」

歩美が遠慮がちに訊いた。

「もちろん」

歩美はトレーからカップを桧山に差し出した。

「何か欲しいものがあったら、内線かけてくださいって福井さんが言ってました」

歩美は、桧山の向かいの席に座ると、鞄から参考書を取り出して開いた。

「騒がしくなってすまんな」

「いえ。最初は何だろうとびっくりしましたけど、福井さんから事情を聞きましたから」

「そうか」桧山は頷いた。「連中はまだいるかな？」

「いえ、さっきの人たちはもう帰りました」歩美は眉間に皺を寄せて吐き捨てるように言った。「人の苦しみを理解できない最低な連中ですよね」

桧山は歩美の言葉に驚きの目を向けた。歩美のそんな態度を見るのは初めてだった。いつも礼儀正しい歩美が、桧山のためにこんなに怒りを顕《あらわ》にしてくれている。憂鬱と心細さに閉じ込められた今の桧山には、歩美や福井の厚意がありがたく心強かった。

「店長の奥さんってどんな方だったんですか」

歩美は言ってすぐ、訊いてしまったことを後悔したように目を伏せた。悲しい過去を思い出させる問いかけをして、申し訳なく感じたのだろう。

「仁科さんに似ていたんだ」

桧山は精一杯の笑みを向けた。

「えっ？」

歩美は目を見開いた。桧山の笑顔が意外だったのか、自分の知らない女性が自分に似ているると言われて驚いているのか、戸惑った表情を浮かべている。

「彼女も看護師を目指していたんだ。ここでアルバイトをしながらね。毎日一生懸命に働いて、休憩時間には時間を惜しむように勉強に励んでいたよ。今の仁科さんのように。人の命を救うような仕事がしたいと話していた」

桧山は祥子に抱いている尊敬の気持ちを、歩美に話した。祥子の人生はもう終わってしまった。だけど、祥子と同じ夢を持って努力している人間が身近にいることが桧山には嬉しいのだ。その思いをどうしても歩美に伝えたかった。

「そうなんですか」

歩美は呟くと、視線を参考書に落とした。

歩美の態度に、少しがっかりしている自分に苦笑した。歩美ならもっと興味を示してくれると思っていたのだが。しかし、こんな話を聞かされても、歩美も何と言葉を返していいのかわからないのだろう。

歩美は脇目も振らずに参考書に視線を走らせて、蛍光ペンで線を引いている。蛍光ペンを持った手がかすかに震えていた。歩美なりに、見も知らぬ女性の無念を感じてくれているのだろうか。

事務所の電話が鳴った。

もしかしたらマスコミかもしれない。桧山は嫌な予感を感じながらも、電話に出た。

「もしもし」

無言だった。

「もしもし……もしもし……！」

繰り返すうちに、桧山は電話の主に思い当たった。

「八木か？　八木だろう」

桧山は、机で勉強している歩美をちらっと窺って、声を落とした。

「八木なんだろう？」

「何で俺をつけまわすんだよ」

歩美は、気を利かせてくれたのか事務所を出て行った。

「お前に訊きたいことがあるんだ」

「そういう口実で和也も呼び出したのか？　言っとくけどな、俺たちを恨むなんてお門違いもいいとこなんだよ」

「どういう意味だ！」

桧山は怒気を込めて言った。

「昨日、丸山を突き落としたのもあんたなんだろう」

八木は猜疑心《さいぎしん》の固まりのような声で訊いた。言葉の真意を確かめようと、桧山は耳を澄ませながら答えた。

「俺は何もしていない。彼らを襲ったのはお前じゃないのか」

「何で俺があいつらを襲わなきゃならないんだ」

「沢村は殺される前、お前のことを探し回っていた。本当の贖罪をするためにな」

「本当の贖罪？　何だそりゃ」

「それが何を意味するのかはわからない。だけどお前にはわかるはずだ。何なんだ、沢村がやろうとしていた贖罪ってのは？」

沈黙が流れた。やがて静かな水面にさざ波が立つように、くぐもった笑いが聴こえてくる。受話器越しに不快な息を吹きかけられたように胸がざわついた。

「あんたに面白れえもんを見せてやるよ」

「面白いもの？」桧山は眉間に皺を寄せた。「何なんだ、それは」

「見ればわかる。会う場所は俺が決める。いきなり首を切られたくないからな」

桧山は音を出さずに舌打ちした。

「どこだ」

「そうだな……さいたまスーパーアリーナは知ってるか」

「ああ、ここから近い」

「正面のCゲートに六時。今日はたしかブラディーサムのライブがあるから、人がいっぱいいてちょうどいいや」

「必ず行く」

桧山は電話を切った。煙草をくわえて火をつける。肺に二回吸い込んで、灰皿に揉み消した。落ち着かずに立ち上がって事務所を出た。

ちょうどトイレから出てきた歩美と目が合った。相当険しい顔をしていたのだろうか、桧山を見た歩美の表情がこわばっていた。

五時二十分過ぎに桧山は事務所を出た。カウンターに立った福井に声をかける。

「ちょっと出かけてくる。一、二時間で戻ってくるから」

「わかりました」

桧山は店を出ると、腕時計に目をやった。

さいたまスーパーアリーナは、大宮の隣駅のさいたま新都心にある。行ったことはないが、電車の車窓からその巨大な外観を何度か見たことがある。

八木はいったい何を見せようというのだろう。面白いものだと言った。それは沢村が言っていた贖罪という言葉に、果たして結びつくものなのだろうか。桧山の歩調が自然と速くなった。

大宮駅へ向かう途中で、「店長、待ってください」と後ろから声がした。

桧山は振り返った。息を切らせながらやって来る裕子に、「どうした?」と訊ねた。

「早川さんという方からお電話です」

「何だろう」

桧山は少し顔を歪めた。携帯電話を持たない不便を感じた。

「愛実ちゃんが病気みたいなんです。福井さんが早く呼んでこいって……」

裕子が言い終える前に、桧山は駆け出した。

店に戻ると、受話器を持った福井が、「今戻られました」と告げて、桧山に電話を差し出した。受話器を耳にあてると同時に尋常ではない声が被さってきた。

「愛実ちゃんが大変なんです!」

「いったいどうしたんですか」

思わず桧山の語気が強くなった。

「愛実ちゃんがひきつけを起こしちゃって」

みゆきはうろたえていた。保育士をしていれば、園児がひきつけを起こしただけで、そう慌てることはないだろう。尋常でないみゆきの狼狽ぶりから、桧山は顔から血の気が引いていくのを感じた。

「ひどいんですか」

「愛実ちゃん熱がないんです。熱を伴うひきつけならそれほど心配はないんですけど。それに何度もひきつけを繰り返して、意識もはっきり戻らないんです。さっき救急車を呼びました」

「わかりました。すぐ行きます」

桧山は受話器を置いて飛び出した。近くで聞いていた福井が心配そうに見送った。

桧山はみどり保育園に向かって走った。走りながら、八木との約束が脳裏をかすめたが、それ以上に愛実の顔が桧山の心を占拠していた。

救急車のサイレンが遠くに聞こえた。桧山はさらに速度を上げて走った。

テナントビルの前の道路に救急車が停まっていた。通行人が何人か足を止めている。ちょうど愛実を乗せた担架を救急車に搬入しているところだった。みゆきが不安な顔で付き添っている。

桧山は救急車の後部に駆け寄った。

「みゆき先生」

桧山の呼びかけに振り向いたみゆきは、少しばかりの安堵の表情を浮かべた。

桧山は担架に乗せられた愛実に目を向けた。愛実は顔面蒼白で、全身を突っ張らせて痙攣《けいれん》を繰り返している。

「愛実！」と呼びかけてみても、愛実は反応を示さなかった。

救急隊員に促されて、桧山は救急車に乗った。

「私も行きます」と、みゆきも乗り込んだ。

救急車がサイレンを鳴らして走り出した。

白目をむいた蒼白な顔を見て、桧山は激しく後悔した。愛実の小刻みに震える手に、静かに自分の手を添えた。小さな振動が桧山の自責の念を煽った。

これは罰だ。ちゃんと愛実のことを見ていなかった自分への罰だ。自分への罰で、なぜ愛実がこんなに苦しい思いをしなければならないのか。桧山は自分を責め続けた。

「大丈夫ですよね」

みゆきが、桧山の硬直した手の甲に暖かい温もりを添えた。

病院からタクシーでマンションに戻ったのは、もう夜中といってもいい時間だった。診察の結果、医者は、もう容態は落ち着いたので心配いらないでしょうと、愛実を帰してくれた。

タクシーの中で、桧山とみゆきに挟まれた愛実はぐったりとして眠っていた。小さな寝息を聞いて、桧山もみゆきも安堵の表情を浮かべた。

ドアが開くと、桧山は愛実を起こさないように抱きかかえた。

みゆきがタクシー代を払って降りてきた。

「すいません。後で」

みゆきは、そんなことはいいと首を振った。

「本当にご迷惑をかけてしまって」

「でも、本当に良かった。大事じゃなくて」と言ったみゆきが視線を止めた。

桧山はみゆきの視線に導かれてマンションのエントランスを見た。近づいてくる人物を確認して、桧山の神経が張り詰めた。三枝刑事と、長岡という刑事だ。

三枝は、桧山に抱かれた愛実の姿を認めると、「こんばんは」と小さく言った。

隣に立つ長岡は、相変わらず牽制《けんせい》するような視線を桧山に向けていた。みゆきが戸惑った表情で桧山を見る。

「お店に伺ったら従業員の方が、桧山さんはもう帰られたとのことでしたので」

病院から店に電話をすると、「今日はそのまま帰って下さい」と、福井が閉店業務を買って出てくれたのだ。桧山は福井の厚意に甘えて任せることにした。

「ちょっとよろしいでしょうか」

いつも穏やかなはずの三枝が、有無を言わさない強さで言った。

「娘がひきつけを起こしてしまって。明日にしてもらえませんか」

桧山は苛立《いらだ》ちを隠さずに言うと、目の前の男たちを素通りしてエントランスへ向かった。みゆきも桧山の後に続いた。

「八木将彦が殺されました」

三枝の言葉を聞いた瞬間、桧山の鼓動が激しくなった。胸に抱いた愛実が、振動で揺り起こされないか心配になるほどに。

「八木が……」

桧山がゆっくりと振り返ると、三枝は頷いた。

「今日の午後七時半頃、さいたま新都心付近の新幹線の高架下の駐車場で刺殺体が発見されました。八木が持っていた携帯電話の最後の発信記録は、桧山さんのお店になっていました。午後二時四十七分です」

みゆきが動揺した顔を桧山に向けた。八木とは何者なのかと問う視線だ。

「詳しいことは検死の結果を見なければなりませんが、発見された時の死体の状況から見て、死亡してからそれほど時間が経っていないとのことです。死亡推定時刻は、発見された七時半からおおよそ一時間ぐらいの間であろうと考えています」

桧山は三枝の視線を受け止めた。さいたま新都心付近の新幹線の高架下といえば、さいたまスーパーアリーナのすぐ近くだ。桧山を待っていた八木が殺された。その衝撃が桧山の心臓をさらに激しく揺さぶり続ける。

「失礼ですが、その時間帯に桧山さんはどちらにいらっしゃいましたか。従業員の方にお聞きしたところ、五時半頃から桧山さんは出かけられたとのことでしたが」

「病院にいました」みゆきが口を開いた。「桧山さんのお嬢さんがひきつけを起こして、救急車で病院に運ばれたんです。桧山さんは五時半過ぎに救急車に乗って、それからはずっと今まで病院にいました。私もずっと桧山さんのそばにいました」

みゆきが一気にまくし立てるように言った。

三枝が長岡と顔を見合わせた。そして桧山に訊ねた。

「どちらの病院ですか」

「大宮西総合病院です」

桧山が告げると、長岡がメモを取った。

「そうですか」

三枝が吐息をついた。当てが外れて残念に思っているのか、桧山にアリバイがあって安堵しているのか、三枝の吐息の意味は定かではなかった。

「夜分遅くに大変失礼しました」三枝は慇懃《いんぎん》に頭を下げた。そして初めて愛実を案じるように見た。「今日はもう遅いですから、明日、署の方でお話を聞かせてもらいたいのですが」

「わかりました」

桧山が答えると、三枝たちは引き揚げていった。

「八木って誰なんですか」

みゆきが戸惑いを隠さずに訊いた。

桧山は視線を彷徨わせながら言った。

「少年Aです」

桧山の答えを聞き、みゆきの眼差しが厳しくなった。言いたいことはわかった。愛実のことをないがしろにして、いつまでも少年たちに関わっていたことを咎めているのだ。

「タクシーを呼びましょう」

桧山は、はぐらかした。


桧山はタクシーに乗ったみゆきを見送ると部屋に戻った。

リビングからの光がなるべく洩《も》れないように、細く襖《ふすま》を開けて寝室に入った。布団の中で、愛実が小さな寝息をたてている。桧山は掛け布団を整えて、愛実の髪を優しく撫でた。

愛実に助けられた。そう思った。もうお前から目を離さない。もう終わったんだ。

全身から力が抜けていった。

ありがとう。ごめん。愛実の寝顔を見つめながら、何度も心の中で繰り返した。

リビングに戻ると、サイドボードの写真立てから祥子が笑いかけていた。

もしかしたら——お前が助けてくれたのか？

桧山は写真立ての中の笑顔を見つめた。そういえば昔から、困った人を見かけると手を貸さずにはいられない性分だった。

桧山は笑った瞬間に、涙がこぼれそうになるのを堪えた。

4

照明の電源を入れた。真っ暗だった店内が明るくなった。BGMをつけた。朝のさわやかなメロディーが響く。

紙コップにオレンジジュースを入れ、カウンター前のソファ席にちょこんと座る愛実に手渡した。いつもより早起きしても、愛実の目は爛々《らんらん》と輝いている。よほど今日を楽しみにしていたのだろう。

桧山はカウンターに戻って、コーヒーマシーンの電源を入れた。流しでダスターを洗い、手際よくカウンターに置いていく。

「おはようございます」

半開きのシャッターをくぐって、福井と歩美が入ってきた。

「おはよう。もうちょっとゆっくりして来ればいいのに」

店の開店は七時半からだった。朝は七時前に店に来て開店の準備をする。桧山は今日一日休みをもらった。福井と歩美が通しの仕事を買って出てくれたのだ。だから、せめて開店準備ぐらいは桧山が一人でやると二人には告げていたのに。

「おはよう、ケンちゃん」

愛実が笑顔を向けた。

愛実は福井と面識があった。ケンちゃんと呼んでなついている。

歩美がすぐにカウンターに入って、桧山の手伝いを始めた。

「おはよう愛実ちゃん。これ、お姉ちゃんとお兄ちゃんからのプレゼント」と、福井がお菓子の詰まったビニール袋を愛実に手渡した。

「ありがとう」

愛実がはしゃぎながら桧山に見せびらかした。

「二人ともありがとう」

桧山は、福井と歩美に礼を言った。

「いえ」

歩美が軽く会釈した。

カウンターの外で、福井が感嘆の声を上げながら、「仁科さん」と歩美を呼んだ。

桧山が目を向けると、福井が愛実の万華鏡を覗き込んで唸っている。

「きれいだな。こんなの見たことないや」

「おねえちゃんにも見せてあげる」

愛実がカウンターの中にいる歩美に微笑みかけた。

お菓子の効果ではないだろうが、歩美も愛実の大切な人の一人に仲間入りしたようだ。

人見知りする性格の歩美は、少し遠慮するそぶりを見せていたが、愛実と福井にせかされてカウンターを出た。

入れ違いに福井がカウンターに入ってきて、歩美の仕事を引き継いだ。まな板でレモンをスライスしていく。

「きれいでしょう」

愛実が自慢げに言った。

桧山も万華鏡を覗き込む歩美に目を向けた。あまりの美しさに感動したのか、我を忘れて見入っている。

「いいでしょう、いいでしょう」

万華鏡から目を離した歩美は、愛実の問いかけにも反応できないほど、自分の世界に入っていた。今度は、食い入るように表面の彫金細工の美しさを見ている。

「これ、どこで買ったの」

歩美が、どうしても知りたいという口調で、愛実に訊いた。

「わかんない。お母さんが買ってくれたんだ」

愛実は嬉しそうに答えた。

「仁科さん、よっぽど気に入ったみたいですね」桧山の隣にいた福井が言った。「店長、あれどこに売ってるんですか」

「俺も探したことがあったけど、わからないんだ。何だ、お前欲しいのか」

「彼女、もうすぐ誕生日なんですよ」

福井が小声で返した。

「そうなんだ」

桧山は顔を緩ませた。それ以上野暮なことは訊かないでおいた。

開店準備が終わり、店のシャッターを全開にすると、桧山と愛実は店の前に停めたパジェロに乗り込んだ。

「くれぐれもちゃんと休憩してくれよ。今日は何でも好きな物食べていいから」

見送りに出てきた福井に伝えると、桧山は車を出した。

バックミラーから後部座席を見ると、愛実がいつまでも後ろに向かって手を振っていた。

桧山は車を航空公園駅へと走らせた。

休みの日に、みゆきにわざわざ大宮まで出て来てもらうのは悪かったので、航空公園駅での待ち合わせにしたのだ。

見覚えのある光景が窓の外に広がってきた。桧山は、八木や丸山の家を訪ねてここへやって来たことを思い出して、少し複雑な気持ちで、駅前まで続く並木道を走らせた。

みゆきと、あの少年たちは、祥子の事件が起きたとき同じ土地に住んでいたのだ。

航空公園駅のロータリーに車を乗り入れてぐるりと廻った。

後部座席の愛実は、窓に顔を押し付けて外を見ていた。

「あ、みゆき先生だ」

先に見つけたのは愛実だった。愛実の声に、桧山もロータリーの歩道に視線をやった。目を向けて桧山は、みゆきを発見するのが愛実より一秒遅れた理由に納得した。

みゆきは、心地よい陽射しと同化したような爽やかな空色のワンピースを着ていた。片手に大きめのバスケットを持って、はにかんだ笑顔で手を振っている。いつもみどり保育園でジーンズ姿ばかりを目にしてきた桧山には別人に映った。一瞬目を細めたのは陽射しのせいばかりではなかっただろう。

みゆきは後部座席のドアを開けて乗り込んだ。

「おはようございます」そして隣の愛実にバスケットを見せた。「お弁当作ってきたよ」

愛実の歓声を合図に出発した。

所沢インターチェンジから関越自動車道へ入った。視界には雲ひとつない青空が広がっている。

桧山は時折、バックミラーに目をやった。後部座席で愛実とみゆきがしりとりをしている。ずっと見ることのできなかった愛実の満面の笑みがそこにはあった。

湾岸線に入ると、愛実はおとなしくなった。右手に見える東京湾を眺めているのだろう。

葛西臨海公園の広大な駐車場に車を停めた。車を降りると、肌を適度に刺激する陽射しと、東京湾から流れてくる潮風が桧山たちを出迎えた。

桧山は駐車場に立てられた案内板に目を向けた。

緑と水に溢れた広大な敷地には見るべきものがたくさんあった。水族園や鳥類園や自然公園だ。どこから回ればいいのだろう。

桧山が迷っていると、「とりあえず水族園に行きませんか」とみゆきが声をかけた。「ペンギンさんがいるよ」と愛実に教えると、愛実は待ちきれないといわんばかりに駆け出した。

愛実を真ん中に、三人で手を繋いで遊歩道を歩いた。愛実は桧山とみゆきの手にぶら下がった。

愛実の楽しそうな横顔を見ながら桧山は思った。こんな風に愛実と祥子と三人でどこかに出かけたことなどなかったのだと。こんな当たり前の楽しさを今まで愛実に与えてやることができなかった。

桧山は澄み切った空を仰ぎ見た。

祥子は、どこかでこの光景を見ているだろうか。

水族園に入ると、愛実の目はきらきらと輝いた。テレビでしか観たことがなかったペンギンを目の前にして、その一挙一動を好奇心の光で照らしている。そんな愛実に目を向けつつ、桧山は平穏さに浸っていた。この二週間、桧山の神経を侵してきた緊張と不安からようやく解き放たれたのだ。なのに、この心地の悪さは何なのだろう。

八木が殺害されたときの桧山のアリバイは確認された。これによって、桧山に対する疑いも薄くなっただろう。

桧山は警察署に出向いて事情聴取を受けた。沢村が殺害されてからの行動を正直に三枝に話したのだ。若槻学園に行ったこと、加藤友里から聞いた沢村に関する話、八木が殺害された当日に、電話で八木と交わした会話を思い出せる限り話した。三枝は興味深そうに桧山の話に耳を傾けていた。八木は桧山に、面白いものを見せてやると言った。しかし、八木の所持品の中には、それらしいものはなかったそうだ。このことに、三枝たち捜査陣は強い関心を示していた。

「少年たちが更生しているのか知りたいという桧山さんのお気持ちは理解できます。ただ、ここからは警察の仕事です。もう関わらないでください」

三枝は釘を刺すように告げた。

そんなことはわかっている。もどかしさを感じつつ、あとは捜査陣に犯人逮捕を委ねるしかないのだ。

桧山は思った。いつか、沢村の贖罪の中身を知ることはあるのだろうかと。

青々と広がる芝生の上で、みゆきの手作りおにぎりを頬張っていた愛実が、小鳥の鳴き声を聴きつけて駆け出して行った。

桧山は満腹感を感じて芝生に仰向けになった。空から気持ちのいい光を浴びても、心を覆った靄《もや》は相変わらず晴れなかった。

「楽しくないですか」

みゆきの素朴な問いかけが、棘となって突き刺さった。

「楽しいですよ。愛実もあんなに喜んでますし」

みゆきは、大木の下で小鳥のさえずりに聞き耳を立てている愛実を見つめた。桧山も同じ方を向いた。

「こういう時間が大事なんですよね」

みゆきの言葉を嚙みしめて、桧山は頷いた。

愛実が大切な秘密を抱え込んだように駆け戻ってきた。

「小鳥さんがたくさんいたよ」

「愛実、写真撮ろうか」

桧山はポケットから携帯電話を取り出した。

「新しいの買ったんですね。しかもカメラつきだ」

みゆきの言葉に嬉しそうに頷いて、愛実が桧山の膝の上にちょこんと乗った。「みゆき先生、こっち」と手招きする。

みゆきは少し遠慮の表情を浮かべながらも桧山の隣に座った。

桧山は自分たちに向けて写真を撮った。肩を寄せ合った三人の姿がフレームに納まった。

「家族みたいだね」

愛実の何気ない言葉に、桧山は少しばかり複雑な心境になった。みゆきは何も言わず、ただ微笑んでいる。

桧山たちは、鳥類園をぶらりと散策してから帰ることにした。

駐車場までの道のりを歩きながら、少し風を感じた。暮れ始めた空が、広大な敷地を茜色《あかねいろ》に染め上げている。

先頭を行く愛実が立ち止まった。桧山とみゆきは、愛実が見つめる先に目を向けると、同時に感嘆の声を漏らした。

遠くに見える大観覧車が宝石のような眩《まばゆ》い光を瞬かせている。

「万華鏡だ」

愛実が嬉しそうに言った。

そうだ。光を凝縮した円は万華鏡のように、様々な種類の華を咲き誇らせるようにきらめいていた。

愛実は両手で筒を作って覗き込んだ。くるくると回す仕草をしながら、夕空に浮かぶ万華鏡に見入っていた。

ゆっくりとしか進まない光の帯から、桧山はバックミラーに目を向けた。後部座席の愛実はみゆきにもたれかかって眠っている。

「今日はありがとうございました」

愛実の満足そうな寝顔を見て、桧山はみゆきに礼を言った。

「私こそ。本当に楽しかったです」

「せっかくの休日なのに」

「休日はやることがなくっていつも退屈してるんです。また誘ってください」

「ええ、もちろん。愛実も喜びますし。でも、みゆき先生にも大切な人がいらっしゃるでしょうし」

桧山は言い淀んだ。みゆきのプライベートな話を今まで聞いたことがなかった。

「いませんよ」

みゆきが微苦笑《びくしよう》を浮かべた。

「信じられないな。みゆき先生ならいくらでもいい人が……」

「桧山さんこそ、再婚はなさらないんですか」

「考えられないですね、僕は」桧山は静かに言った。「ただ、愛実にとってはどうなんだろうと思うことはあります」

「そんなことを言ってもらえる祥子さんが何だか羨ましいな」

「僕はきっといい夫じゃなかった」桧山は自嘲《じちょう》した。「みゆき先生には素敵な人が現れますよ」

「私は駄目です」バックミラーの中でみゆきは首を振り続けた。「臆病だから……」

みゆきの瞳を見て、桧山は思わずフロントガラスに目を戻した。意味不明の動悸が胸に広がった。みゆきの漆黒の瞳の奥に、いつかどこかで見た暗い光があったのだ。

第四章　告白

1

車は交差点を左折した。道路沿いにはファミリーレストランや車のショールームが連なる。大きな窓に反射した光が痛いほど差し込んできた。

「何だか、目がしばしばしますね」

運転席の長岡が愚痴をこぼした。

助手席の三枝は長岡を見やって苦笑した。仕方がない。このところ、長岡は署に籠《こも》ってビデオ漬けの毎日が続いていた。

八木将彦が殺害された翌日、桧山貴志が約束通りに出頭してきた。三枝は事情聴取に立ち会った。

三枝と差し向かい、桧山は緊張しているようだった。三枝が娘の様子を気遣うと、「大丈夫です」と少しだけ顔を緩ませた。ようやく緊張を解《ほぐ》したのか、三枝の質問にしっかりとした口調で答え始めた。

桧山の話は、三枝の興味を引くものだった。

三枝は早速、さいたまスーパーアリーナの各所に取り付けられた防犯カメラの映像を取り寄せた。桧山の言葉を裏付けるように、Cゲート付近を俯瞰《ふかん》できる防犯カメラに、八木らしい人物を確認できた。駐車場で発見されたときと同じ、濃い色のパーカを着て金髪を逆立てていた。

ビデオの中の光景はちょっとした騒乱状態だった。当日は、人気ロックバンドのライブが予定されていたため、黒ずくめの服に金髪姿の似たような格好の若者たちで埋め尽くされている。暴動でも起きるのではないかと思うくらいの熱気が画面に凝縮されていた。スタッフに訊くと、ロックバンドのメンバーが体調不良でこの日のライブが延期になったのだそうだ。

六時に、人波を掻き分けるようにやって来た八木は、落ち着きなく周囲を歩き回っている。それから七分後、八木の足が止まった。乱痴気騒ぎの渦の中で、八木はしばらく一方に顔を向けた後、フレームから消えた。その後、他の防犯カメラの映像の中にも八木の姿は確認できなかった。画面を埋め尽くす人ごみで八木の姿をはっきりと判別できないのだ。一時間半後、八木の姿はさいたまスーパーアリーナの裏手に位置する新幹線高架下の無人駐車場で確認された。背中を鋭利な刃物で刺された刺殺体となってだ。

桧山は電話での八木との会話を、思い出せる限り話してくれた。八木は桧山に面白いものを見せてやると言ったそうだ。この話に三枝は一番の関心を寄せた。八木の遺留品の中にそれらしいものがなかったからだ。財布と、携帯電話と、煙草とライターと鍵類だけだ。鍵類は家とバイクのもので、財布が残されていた点から見ても物盗りの犯行とは思えなかった。

桧山の言葉から、八木は身の危険を感じて相当な警戒心を持っていたことが窺える。八木は自分で待ち合わせ場所と時間を指定し、人がたくさんいる場所で桧山に会うことを決めた。それなのに、なぜわざわざ人気のない駐車場へと出向いて行ったのか。

八木はあのとき、何を見てその場を離れたのだろうか。考えられることは、八木の顔見知りの人物が八木を呼んだのではないかということだ。八木が警戒心を解くような人物。その人物が八木を駐車場へと誘い出して殺害した。そして八木が桧山に見せようとしていた何かを持ち去ったのではないか。

それはいったい何なのだろうか――

三枝は加藤友里の話を思い返した。桧山から加藤友里という少女の存在を知り、三枝も直接事情を聞いたのだ。あらかじめ、桧山から名前を出したと連絡を受けていたのだろう。三枝からの呼び出しに加藤友里は快く応じ、落ち着いた調子で話を聞かせてくれた。

話の内容は桧山が語ったことと一致していた。沢村和也は殺害される直前まで旧友に連絡を取り、八木が今どこに住んでいるのかを訊ね回っていたが、旧友にもその目的は語っていなかった。

沢村和也は、加藤友里に「本当の贖罪をする」と言ったそうだ。そのために沢村は八木のことを探していたのだろうか。そしてそれは、八木が桧山に見せようとしていた『面白いもの』と同一のものなのだろうか。その何かが、沢村和也、丸山純、八木将彦という三人の少年が襲われた原因となっているのだろうか。

三枝は軽く首を振った。わからないことばかりだった。捜査は完全に振り出しに戻ってしまった。ただ、桧山貴志への容疑が薄くなったということだけが、三枝の気持ちを少しだけ楽にしていた。

「もうすぐですよ」長岡が充血した目を向けた。

三枝は表情を引き締めて頷いた。糸口は彼しかなかった。


丸山純が住むマンションは北区の十条駅のそばにあった。賑やかな商店街から一歩入った住宅街に、真新しいベージュの外観の建物がそびえている。

三枝たちはエントランスに入り、インタフォンを鳴らした。

「今朝、連絡をいたしました埼玉県警の三枝です」

オートロックのドアが開くと、エレベーターで三階に上がった。

丸山の部屋の前まで行くとドアが半分開いて、若作りをした母親が押し売りの応対でもするような顔で三枝たちを迎えた。

二十畳ほどありそうなリビングのソファで三枝たちはしばらく待たされた。母親が紅茶とケーキを卓上に四人分置いた。職業柄、あまり慣れない手厚い扱いだが、母親の態度は冷ややかだった。

丸山純がドアを開けてリビングに入ってきた。三枝と長岡がすぐに立ち上がった。

三枝は努めて笑顔で語りかけた。

「体調が悪いのにごめんね。ちょっとだけ純君に聞きたいことがあってね」

丸山純は生白い顔で立っていた。黒ぶちの眼鏡だけが存在感を示し、それ以外が消え入りそうに霞《かす》んで見える。

母親に促されて、丸山純が母親と並んで三枝たちの向かいに座った。膝に置いた手が小刻みに震えている。

「そんなに怖がらなくてもいいから」

緊張を解そうと声をかけてみたが、ライオンに睨まれた小動物のように丸山純は縮こまっていた。

あの事件から四年経っても、丸山に関してだけは印象が変わらない。沢村和也も八木将彦も、四年の月日を経て見違えるように変わった。それは成長したといういい意味ばかりではないが、少なくとも肉体的には変貌していた。しかし丸山純に関してだけは、初めて中学校を訪ねたときからほとんど印象に差異がなかった。華奢な体つきに、眼鏡に存在感を消されたおとなしそうな面立ち。あのときも、三枝に校章がないことを問われると、今のようにおどおどと怯えていた。

「怖がるなとおっしゃる方が無理ですよ。殺されそうになったんですよ、純君は。いまだにご飯も喉を通らないんですから。いったい捜査の方はどうなっているんですか」

母親が金切り声を上げた。

三枝は紅茶に口をつけて溜息を飲み込んだ。丸山純が池袋駅のホームから転落した後、収容された病院で事情聴取を行ったときの再演が始まるのか。あのときも、母親のヒステリーに振り回され、丸山から事情を聞くのに苦労したのだ。

「その犯人逮捕のために、純君からいろいろとお話を聞きたいんです」

「四年前も息子は巻き込まれただけなのに、逆恨《さかうら》みもいいところですわ。早く捕まえてください」

母親が憤慨するように言った。

この母親はわかっているのだろうか。桧山貴志の妻はもう、娘を抱きしめることも、成長を見届けることもできないのだ。自分の息子が、たとえ悪い友人にそそのかされたとはいえ、その重大な事件に関与したということを。

「お母さん、申し訳ありませんが純君と我々だけでお話しさせてもらえないでしょうか」

三枝は丁寧に頭を下げた。

「私がいるとまずいのでしょうか」母親の視線が険しくなった。「私に席を外せとおっしゃるのなら、相沢先生を同席させてください」

相沢先生――。丸山純たちの付添人をした相沢秀樹弁護士のことだろう。三枝は内心で苦笑した。彼の義父の相沢光男には、せっかく捕まえた被疑者の処遇問題で、三枝も何度かやりこめられたことがあった。いい後継者を迎え入れたものだな。

「いえいえ、ちょっとした確認だけですから。では、どうぞそのままでいらしてください」三枝は仕方なく身を乗り出して丸山に言った。「いくつか質問をするから答えてほしい。私たちは君を襲った犯人を早く捕まえたいんだ。正直に答えてくれるね？」

丸山が弱々しく頷いた。

「まず、この前も訊いたけど、君が池袋のホームから転落した時に君の周りに知った人はいなかったかな？　もしくは、君の後をつけてくるような人はいなかったかい」

「わかりません。いたかもしれないし、いなかったかもしれません」消え入りそうな声だった。「ホームはすごい混んでたし、あの日は体調が悪くて……早く家に帰りたいってそればかり……」

「沢村君はあんなことになってしまう前に、八木君のことを探していたそうなんだよ。君はそのことを知っていたかな？」

三枝の質問に、丸山の口が熱せられる前の貝のように固く閉じられた。

「知っているんだね？」

三枝は畳みかけた。

「沢村君から一度だけ家に電話がかかってきたことがあります」

丸山が小さく呟いた。

母親が険しい表情で丸山を見た。

「そうなの？」

「でも、会ってなんかいないよ。電話を取ったら彼からだったんだ。どこで調べたのかわからないけど」

丸山が必死に弁解した。

「彼と何を話したのかな？」

「別に……たいしたことは。八木君が今どこに住んでいるのか、知っていたら教えて欲しいって。知らないって言って切りました」

「それだけ？　沢村君がなぜ八木君を探しているのか聞かなかったかい」

「すぐに切りました。八木君の居場所なんか知るわけないし、もう彼らとは関わりたくない」

そこだけ語気が強くなった。

「沢村君は、贖罪をしようとしていたみたいなんだ」

「贖罪？」

丸山がはっとしたように顔を上げた。

「そう。意味はわかるかな？　沢村君は、被害者の桧山さんのために何かをしようとしていたみたいなんだ。何をしようとしていたのかはわからないけど、君はそれに心当たりはないかな」

一瞬、丸山は隣に座る母親の顔を窺って、「わかりません」と首を振った。

「本当に何も思い当たることがないんだね？　よく考えてみて欲しい」

三枝は熱い眼差しで訴えた。

「贖罪っていったら、謝ること、それぐらいしか。あの人の家族に謝って、お花を供えて……」

細切《こまぎ》れの言葉が返ってきた。

目の隅に母親の視線を捉えながらも三枝は続けた。

「君は桧山さんのご家族に謝ったのかい？」

「いえ……」丸山がうつむいた。「いつかは、でも、心の中ではずっと謝ってます。ごめんなさいって」と嗚咽を漏らし始めた。

三枝は失敗したと思った。相手の気持ちを乱してしまっては聴取に弊害が生じることは承知していた。それでも、丸山や母親と話をしているうちに、彼の中にどういう気持ちが隠れているのか、どうしても覗いてみたくなったのだ。

「もうよろしいでしょう」

母親は敵意の眼差しを三枝に向けた。

「もう一つだけ！」三枝は母親の刺すような視線を遮《さえぎ》った。「君たちはなぜあのとき北浦和に行ったんだ？　所沢から北浦和というのはかなり遠いだろう」

丸山は顔を覆って泣き崩れながら首を振った。

「わからない。僕は八木君たちについて行っただけなんだ」

三枝たちは、母親の鋭い視線に追い立てられるように部屋を後にした。

2

桧山は店内の壁掛け時計を眺めた。十時を過ぎていた。カウンターを見廻すと、アルバイトが暇を持て余して突っ立っている。巷《ちまた》では長かった夏休みも終わってしまった。平日のこの時間帯は、あくびを嚙み殺すアイドルタイムとなってしまう。

桧山はオープンテラスのプランターに水をやり、ビルの集合ポストから郵便物を取り出すと、事務所のドアをノックした。

ドアを開けると、異様な光景が目に飛び込んできた。

休憩に入っていた福井が、机に向かって何やら熱心に本を読んでいた。福井が漫画以外の本を読んでいるところなど、長い付き合いの中で一度も見たことがなかった。

冗談じゃない。この上、雪でも降られたら今月は赤字になってしまうじゃないか。

「お前、何やってるんだ？」

「何って、勉強に決まってんじゃないっすか」

桧山の視線に、心外だと言わんばかりに福井が返した。

「勉強って何の？」

「介護福祉士になるための専門学校に入ろうと思って。あ、でも、皆には内緒にしといてくださいね。この年で受験勉強なんて恥ずかしいから」

福井は少し照れくさそうに笑った。

「何だって急に介護福祉士なんだ？」

「何でって……」福井が頭を掻いた。「なんか人のためになりそうな仕事じゃないですか」

感染源が判明した。そのわかりやすさに桧山は笑ってしまいそうになったが、福井の真剣な眼差しを見て思い止まった。

「俺って今まで、誰からも頼りにされたこともなかったし、親もはなから俺のことなんか当てにしてなかったし。だから、今まで好き勝手にやりたいことしかやってこなかったけど、でもそれってなんか寂しいよなぁって最近思うようになって」

「俺はずっと頼りにしてきたぞ」

桧山は本心から言った。

「だからこの店が好きなんですよ。しばらくはまだご厄介になりますから、よろしくお願いします」

嬉しそうに参考書に目を戻した福井を横目で覗きながら、桧山は手に持っていた郵便物を仕分けていった。いらないダイレクトメールをゴミ箱に捨てて、光熱費の請求書を棚にしまった。一通、大判の封筒が残った。中には何か固い物が入っている。手触りでビデオらしいとわかった。ブロードカフェの本部から新しいマニュアルビデオでも送ってきたのだろうか。それにしては切手が貼られていない。宛名には『桧山貴志様』とだけ書かれたワープロ文字のラベルが貼り付けてある。裏を見ても、差出人の名前がどこにもない。桧山は怪訝《けげん》に思った。

タイマーが鳴って、休憩を終えた福井が事務所から出て行った。

ドアが閉まると、桧山は封筒の口を破って取り出してみた。中身はやはりビデオテープだった。封筒の中には他に何も入っていない。ビデオテープにもラベルなどは貼られていない。素っ気ない黒いプラスティックだ。

桧山は十四インチのテレビと一体型になったビデオデッキにテープを押し込んだ。モノクロの砂嵐が映った後、ぼやけた緑色が画面に広がった。画面は不安定に揺れながら後退していく。

何だろう——と、桧山は顔をテレビに近づけた。ピントが合わないまま左右に揺れる深緑色の画面をしばらく見つめて、船酔いに似た気持ち悪さを感じた。

何なんだ、このビデオは。これは、とてもプロの手による画像ではない。素人が家庭用ビデオで撮った映像だろう。しかもかなり初心者の手によるものだ。

桧山は興味を失い、ビデオを止めようとした。

画面が上を向き、遠方を捉えた。まだ不鮮明ながら、ようやく画面に景色が映し出された。雑木林の中のようだ。辺り一面に木や草が鬱蒼《うっそう》と生い茂っている。

さきほど画面に広がっていたぼやけた緑は、何かの草だったのだろう。アップにし過ぎてぼけてしまったのだ。

画面が左右に揺れる。一点で止まり、望遠になる。相変わらず手ぶれのひどい画像で、何を映し出しているのかはっきりしない。

桧山は目に疲れを感じて画面から目をそらした。煙草を取り出して火をつける。煙を吐き出すと、再び画面に目をやった。

人影が見えた。粗い粒子の画像の中に、雑木林にいる三人の人影が映った。徐々にピントが定まり、粗い粒子が鮮明になってくる。子供のようだ。三人の子供が雑木林の中でレンズに背中を向けて佇んでいる。小学生だろうか？　中学生だろうか？　季節はおそらく夏ではないか。木漏れ日から差し込む光の強さでそう感じた。三人ともジーンズ姿で野球帽を被っている。彼らが着ている半袖シャツの白、黒、赤の色を判別できる程度に画像は安定してきた。

画面が少年たちを捉えながら左に移動した。草が少年たちの姿を遮る。また少年たちが映った。先ほどのアングルから左に九十度くらい移動した画像だ。少年たちの横顔にレンズを向けながら、少しズームアップした。

桧山は画面に目を凝らした。

三人の少年たちの前に人が立っている。人というより幼児といった方がいいかもしれない。少年たちの腰くらいの背丈しかない。泣いているようだ。手で顔を拭《ぬぐ》っている仕草。男の子だろうか？　女の子だろうか？　青っぽい野球帽を被っているところを見ると男の子のようだ。

何なんだ、このビデオは。桧山は迷った。ビデオを切るべきか。このまま観るべきか。このまま観続けたら後悔するような予感が胸に広がった。画面から漂ってくる冷気に顔から汗がひいた。渇いた喉に唾液をゆっくり流し込んだ。

白の半袖シャツを着た少年が一歩前に出た。野球帽の影から眼鏡が覗いた。目前の幼児に手を差し出した。何かを握っている。一瞬光った。ナイフのようだ。

何をしようとしているんだ、この少年は。画面を見つめながら、桧山の動悸が速くなってきた。

幼児が泣きながらゆっくりとズボンを下ろした。白いシャツの少年が幼児の前でしゃがみ込んだ。他の二人の少年は手を打ち叩いてはやし立てている。白いシャツの少年は、幼児の下半身にゆっくりと尖ったものを這わせていく。

そして、ナイフをすっと下ろし、局部に刃を突き立てた。

その瞬間、画面が激しくぶれた。幼児は絶叫しながら、崩れるようにうずくまった。それまで手を打ち叩いていた少年たちが、固まったように静止した。

桧山の背中を悪寒《おかん》が突き抜けた。画面を注視できない。煙草を持つ手が震えて、鳥肌が立っているのがわかる。

ノックの音がした。桧山は我に返って、慌ててビデオを止めた。ドアを開くと、男性アルバイトが顔を覗かせた。「休憩とってもいいですか」

「ああ……」

桧山は乾いた声で答え、煙草を灰皿に押し付けた。てのひらにびっしょりと不快な汗をかいていた。

帰宅して愛実を寝かしつけると、桧山は静かに襖《ふすま》を閉めてリビングのソファに腰を下ろした。ソファに沈み込むと、深い暗闇の底に落ちていくような虚脱感があった。体はとっくに休息を欲しているのに、鋭利に尖った神経が頑なにそれを拒んでいた。

あれから桧山は、店のポストに入れられていたビデオがいったい何であるのかを冷静に考えようとした。あのビデオは、三人の少年たちの悪戯《いたずら》を映し出したビデオだ。いや、悪戯という生易しいものではない。まだ年端《としは》もいかない幼児に行われた愚劣な犯罪の記録だ。ビデオに映っていた幼児は愛実と同じような年頃の子供に見えた。あの光景を思い出すだけで、桧山は吐き気に襲われた。怒りと憎悪で、血液が体中を暴れて駆け巡った。

なぜあんなものが送られてきたのだろう。いったい誰が、何の目的であんなビデオを送りつけてきたのだろうか？

理由はわからないが送ってきたのは、あのビデオを撮影した者だろう。それは少年たちの仲間だろうか。犯罪者が自分の犯した犯罪を記録に留めるというのはありえる話だ。ただ、あのアングルからすると、記録するというよりも隠し撮りに近いものだと感じた。

いったい誰があんなものを撮影したというのだ。いくら考えたところで桧山にはわからなかった。ただ、ひとつだけ言えることは、あのビデオの中に映っていた三人の少年が、八木将彦と、沢村和也と、丸山純ではないかということだ。

桧山は鞄の中から、手に取るだけでもおぞましいビデオテープを取り出した。そして加藤友里から預かった写真も取り出してみた。ソファの奥には三十六インチのテレビがある。

この大画面で観ればはっきりわかるだろう。だが、もう一度あの下劣な行為を直視する勇気が桧山にはなかった。

桧山は立ち上がって静かに襖を開けた。布団の中で愛実が寝息をたてている。それを確認してまた襖を閉じた。

桧山は意を決してビデオテープをデッキに差し込んだ。

3

明治通り沿いに車を停めた。

腕時計を見ると十二時少し前だった。窓から差し込む光が眩しい。桧山は目を細めて左手に延びる塀を見やった。まだ真新しい塀の十メートルぐらい先に校門がある。

桧山は煙草を取り出して火をつけた。裏口もあるだろうから確実な方法ではないが仕方がない。ここで待つことにした。

ビデオが送られてきてから一週間が経つ。友里から預かった写真と突き合わせてみて、ビデオの中の人物が祥子を殺した少年たちだと、桧山は確信した。

少年たちの姿から、だいぶ前に撮影されたものだろうということがわかった。友里から預かった写真の頃だろう。とするなら、ビデオが撮られたのは、少年たちが祥子の事件を起こす前のことだ。

ビデオを観ながら、八木の言葉が頭をよぎった。

——あんたに面白れえもんを見せてやるよ。

八木の言っていた面白いものとは、もしかしてこのビデオのことを言っていたのではないだろうか。

そこまで考えて桧山は思った。もし、このビデオが八木の言っていた面白いものであるなら、八木を殺害した犯人はビデオを持ち去ったということだ。それと同じものを桧山は持っている。少年たちが襲われたことと、このビデオに関連はあるのだろうか。

桧山はビデオを三枝刑事に届けるべきか迷った。もし、少年たちが襲われたことと関係があるのなら、捜査にとって重要な手がかりになるはずだ。

しかし、桧山はためらった。桧山に送ってきたことに、何らかの意図を感じたからだ。

直接、丸山純に真相を問い質すしかないと桧山は考えた。丸山に話を聞いてからでも警察に届けるのは遅くはない。

桧山は友里に、丸山と連絡を取る方法を探して欲しいと頼んだ。友里は旧友たちから情報を集めてくれた。どこに住んでいるのかはわからなかったが、丸山が通っている学校を教えてくれた。豊島区にあるその高校は、新設の男子校だった。

塀の中からチャイムが聴こえてきた。土曜日にも授業のあるこの高校だが、十分ほどすると白い半袖シャツを着た生徒たちが校門をくぐって三々五々散っていった。

桧山は写真に向けていた視線を歩道に向けた。生徒たちが横の歩道を通り過ぎていく。わかるだろうか。この写真から四年以上経っている。多少の面影ぐらいはあるだろうが。怪しく思われない程度に目を凝らして歩道の人波を見つめた。

思わず顔をそらした。

白と黒の波の中に、それらしい少年の姿を発見したのだ。半袖シャツから出た腕は、一人だけ冬を感じさせるように白かった。印象がないのが印象的な少年は、全身に警戒心を滲《にじ》ませ、びくつくように一人で歩いている。変わっていなかった。眼鏡に存在感を消されてしまった薄い表情の中で、卑屈そうに歪めた口許だけが、ナイフを握って幼児の前にしゃがみ込んだときの表情と一致した。

桧山は車を降りて歩道の人波にまぎれた。周りの生徒たちは友人たちと談笑を交わして賑やかだ。見失う心配はない。この騒々しい流れの中で、彼だけが一人浮いていた。

色白の少年は交差点を渡ると駅へと繋がる大通りではなく路地裏を選んだ。賑やかな中の孤独より、静かな孤独をいつも選ぶのだろうか。桧山にとっては都合が良かった。

「丸山」

路地に入ると、桧山は後ろから呼びかけた。

不意に呼び止められた丸山は、大きく身を震わせて、怖気付《おじけづ》きながらゆっくりと振り返った。

「丸山純だな」

桧山は訊いた。

丸山はしばらく桧山を見返していた。やがて、印象の薄い淡白な顔立ちに醜い陰影が浮かんだ。

桧山はゆっくりと丸山に近づいていく。丸山が身を震わせながら小穴を探す小動物のように左右に目を走らせた。

「何もするつもりはない。話がしたいだけだ」

「助けてください」

後方にしか退路がないことを悟ったのか、踵《きびす》を返して走り去ろうとした。

「このビデオについて訊きたい」

丸山がつんのめるように足を止めた。路地に片手をつきながら桧山を振り返った。

桧山が掲げたビデオテープを見て、凍りついたような顔を向けている。

適当なところでUターンさせて、池袋方面に車を走らせた。

ビデオを見せると丸山は素直に車に乗った。桧山は助手席に座った丸山の膝に置かれた手に目を向けた。脈動を感じさせない透き通るような手。この手が祥子の体をナイフで突き刺したのだ。祥子を死に追いやったのだ。桧山は激情で小刻みに震える手を、必死にハンドルに押し付けた。

明治通り沿いには何軒かのファミリーレストランがあったが、ランチタイムの穏やかな光景の中でできる話でもなさそうだ。桧山はそのまま素通りして、途中で目についたカラオケボックスの駐車場に車を入れた。

土曜日の昼下がりということもあってか、受付は制服姿の学生や近所の主婦で混み合っていた。それでも十分と待たずに桧山たちは狭い個室に案内された。ソファに向かい合って座り、店員にコーラを二つ注文した。店員がドアを閉めて立ち去ると、途端に息苦しさに包まれた。

目前の丸山は終始うつむいていた。隣の部屋から女子学生らしい歌声が漏れ聴こえてくる。コーラが運ばれてきても、丸山の視線は黒塗りのテーブルの一点から動かなかった。

丸山の挙動を桧山はじっと見据えた。変化の乏しい表情から、彼の心の動きを僅《わず》かでも感じ取ろうとしたが、桧山の胸に響いてくるものはなかった。この少年には訊きたいことがたくさんあった。知りたいことがたくさんあった。目の前にいる少年は、今となっては祥子の最期を知っている唯一の人間なのだ。

桧山の胸中から再び抑えようのない憎悪が湧き上がってきた。桧山は祥子の最期の瞬間に立ち会うことができなかった。もし叶うというなら、祥子の呼吸が止まり、意識がなくなるその瞬間まで、祥子のそばにいてやりたかった。どんなに悲惨な最期であっても見届けたかった。桧山にはもはや想像するしかないのだ。そんな祥子の最期の姿は、この少年の記憶にどれほど残っているのだろうか。

「ぼ、僕を……どうするつもりですか？」

丸山が恐々《こわごわ》と訊いた。

「どうするつもりもない。君にはいろいろと訊かなきゃならないことがある」

桧山は感情を抑えつけて答えた。

「予備校に行かなきゃ、お母さんが心配して警察に通報するかもしれない」

かろうじて手は出さなかったがその言葉に逆上して、桧山は丸山を睨みつけた。

「君にはこれからたくさん時間がある。勉強する前にやらなければならないことがあるだろう」

緊迫した空気を感じて丸山の姿が縮んだように見えた。丸山はうなだれたまま肩を震わせて、「ごめんなさい……ごめんなさい……」と泣き始めた。

桧山は丸山の頬を伝う滴《しずく》をじっと見ていた。これはただの生理現象なのだろうか。それとも丸山の心の中から溢れ出ているものなのだろうか。桧山は判断できずに訊いた。

「君は妻の最期の姿を覚えているか」

丸山は顔を覆って泣きじゃくりながら頷いた。

「その姿を絶対に忘れるんじゃない。君はこれからも生きていく。君がこれからどんな人間になっていこうと、君たちが奪った妻の最期の表情を、苦しみを、決して忘れてはいけないんだ」

桧山はぐらぐらと煮えたぎった感情を吐き出した。

「ごめんなさい……ごめんなさい……」

丸山のすすり泣きが室内に反響した。

「これから訊くことに正直に答えてくれ」

喉に何かを詰まらせたように口調は不明瞭だったが、はい、と答えたようだ。

「このビデオに映っているのは君と、八木と、沢村だな」と桧山はビデオテープをテーブルに置いた。

ビデオを見せたときの丸山の表情を見て、丸山はこのビデオの存在を知っていると桧山は感じていた。

「はい……」

丸山が消え入りそうな声で頷いた。

「これは誰が撮ったんだ？」

「わかりません」

丸山が細い首を振った。

「だけど君はこのビデオの内容を知っている。幼い子供に卑劣なことをやっている。このビデオはいったい何なんだ」

丸山は唇を歪めて押し黙ってしまった。桧山は腕を組んで丸山の言葉を待ったが反応はなかった。

「わかった」桧山は立ち上がった。「時間の無駄だ」

丸山が扉を開けた桧山を見上げた。

「どうするんですか」

「警察にこのビデオを渡す」

「待ってください！」丸山は切迫した表情で立ち上がった。「僕はそんなことやりた

くなかったんだ！」初めて丸山が主張した。

桧山は、ドアを閉めてソファに腰をおろすと、丸山の顔をしっかりと見据えた。

「僕は小学校五年の時に転校してきました……」丸山も力なくソファに腰をおろして

訥々《とつとつ》と話し始めた。「すぐにクラスの皆からいじめられるようになりました。学校に

行っても嫌がらせをされるか無視されるかで、仲のいい友達も一人もいなかった。親

にはそんな心配をかけたくなかったから、ずっといじめられていることも話せなかっ

た。小学校を卒業したらほとんどの生徒が近くの中学に上がるけど、お母さんが私立

の中学校を受験しなさいと言ってくれた。合格することが、あいつらから離れる唯一

のチャンスだったのに……そしたらこんなことには……」

それがすべての元凶だというように丸山が顔を歪めた。

知りたい話ではなかったが、桧山は黙って聞くことにした。

「受験の前日に、クラスの奴らから呼び出されて生意気だと殴られました。お前なん

かどこに行ってもいじめられる運命なんだって。体中を殴られたり蹴られたりしまし

た。結局、試験に集中できなくなって受験には失敗しました。お母さんも落胆した

し、それ以上にまた三年間あの生き地獄を味わわなければならないんだって、そう思ったら自殺しようとも考えました。そんな時に声をかけてくれたのが沢村君だった。沢村君とはそれまでほとんど喋ったことがなかったけど、スポーツマンでたまにキャッチボールに誘ってくれたりしたんです。嬉しかった」

丸山は少しだけ表情を緩ませた。しかし、すぐに口許を歪めて話を続けた。

「たまに二人で遊びに行ったりするようになって、そのうちにゲームセンターで沢村君の友達の八木君と仲良くなりました。八木君は小学校時代から不良って言われていたけど、一緒に遊んでいる限りはそんな風には感じなかった。それに、八木君たちと一緒にいれば他の奴らからいじめられることはなくなったし。たまにお金をせびられたりしたけど、それもボディーガード代だと思えば納得できた。だけど、僕にあんなことをさせるなんて……」

おぞましい光景を思い出したように、丸山は顔を引きつらせた。

「八木が命令したことだったのか？」

「もともとは八木君一人がやっていたことだったんです。航空公園で遊んでいる子供を連れ出して、脅かしたり悪戯したり」

「どうして幼い子供にそんなことをしていたんだ。八木のように不良を気取っているなら、同世代の不良と喧嘩でもすればいいだろう」

「わかりませんけど。きっと、あの年頃の子供に恨みがあったんじゃないですか」

桧山は、八木のマンションに出向いたときのことを思い出した。玄関から顔を出した義弟。四年前とすると、ビデオに映っていた幼児と同じ年頃だろう。義弟ばかりを可愛がる継母。継母に疎《うと》まれる自分。八木の中に溜まっていった不満や憎悪が、無関係で無抵抗な幼児に向けられたのか。

「ただ、地元でも噂が広がっていって警察なんかも注意を向けるようになって、僕が子供を連れ出して来いって命令されるようになったんです。僕はあんなことはしたくなかった。だけど八木君に逆らえばまた学校で耐えられないような毎日が始まる。そう思ったら逆らえなかった。あんな恥ずかしいことをやったなんて誰にも知られたくない」

丸山が真実を吐露したのは、罪悪感というよりも、警察にこのテープを持ち込まれたくない一心からというのが本音だろう。

「このビデオは誰が撮影したんだ？」

「わかりません」

丸山が首を振った。

「君はこのビデオの存在を知っていた。そうだろう？　撮った人間に心当たりがあるからじゃないのか」

丸山の青白い顔からさらに色味が失われていった。何かを隠している。桧山は確信した。

「君にとっては隠したい汚点だろうが、このビデオにはやはり重要な何かがある。沢村や八木が殺されたことと、君が襲われたことに何かの繋がりがあるんじゃないかと俺は思っている。やはり警察に知らせるべきだろう」

「これを撮った人間が僕を襲ったの？」

丸山が怯えた目を向けた。

「そう考えるのが妥当だろう。あとは警察が調べることだ」桧山は立ち上がった。

「君も身の回りに気をつけることだな」冷ややかに付け足した。

「あなたの奥さんの回りに犯人が……」丸山が呟いた。

思いがけない言葉に桧山は振り返った。

「どういう意味だ？」

桧山の激しい形相に驚いたのか、丸山が必死に酸素を求める魚のように口を震わせている。

「どういう意味なんだ！」

理解不能な丸山の言葉に、頼りなく理性を留めていた最後のネジが飛んだ。桧山は丸山の襟首を両手で摑んでソファの背もたれに押し付けた。

「何を隠してるんだ！　言え！」

襟首を摑まれても言い淀んでいる丸山に激昂《げきこう》した。

「あのビデオが八木君のもとに送られてきたんです」

丸山が泣きわめいた。桧山は丸山を摑んでいた手を離した。

「どういうことだ」

「あの事件の一週間前、八木君宛てにビデオが送られてきたんです」

「あの事件って、祥子を殺したことか？」

丸山が上気した顔で必死に頷いた。

「中にはあのビデオと、ワープロで打たれた手紙と写真が入っていました」

「写真？」

「桧山さんの奥さんの写真です。どこかの公園でベビーカーを押している写真です」

桧山は呆然として丸山を見た。同じ言語で話しているはずなのに丸山の言葉の意味が理解できない。まるで異星人でも見ているような気分だ。

「何で祥子の写真が入ってるんだ。いい加減なことを言うな！」

丸山は必死に頭を振った。

「手紙には桧山さんのマンションの住所が書いてあって、この女を殺せと書いてありました。さもないと、このテープのコピーを警察や学校や親の職場にばら撒《ま》くって……」

桧山は思いもよらない言葉に愕然となりながら、丸山の表情に視線を彷徨わせた。丸山の滑らかな頬がひくひくと痙攣している。

信じられるわけがなかった。何者かが少年たちを利用して祥子を殺そうとしただなんて。祥子は人から殺意を覚えられるような、恨みを買うような人間じゃない。誰からも好かれる女性だったんだ。いつもひたむきで、真面目で、優しさに溢れていた。そんな祥子を誰が殺したいなどと思うだろうか。

「嘘だ……」

桧山は呟いていた。

丸山はすすり泣いている。何か言え。嘘だと言え。すすり泣きの音が桧山の鼓膜にこびりついてくる。

「僕は嫌だったんだ。だけど、あの二人がやるしかないって言い出したんだ」

「あれは、脅迫された末の計画的な殺人だったたっていうのか」桧山は信じられない思いで吐き捨てた。「あのビデオの内容を知られることよりも、人を殺すことを選択したっていうのか」

「パニックになってしまったんです。自分たちがやったことをビデオで突きつけられて、どうしていいのかわからなくなってしまったんです。子供だったんです。今だったら、あの悪戯が公になることより、殺人を犯してしまうことのほうが罪が重いんだってわかるけど。あの頃は、自分たちがやったことを親や学校の人が知ったらどうなってしまうんだろうって。どうしよう、どうしようって……それしか考えられなくて」

桧山は茫然自失となって背もたれに体を預けた。目前で泣きじゃくる丸山を睨みつけながら、体温が急激に下がっていくのを感じた。彼らが持っている秤《はかり》に戦慄を覚えずにはいられなかった。もちろん幼児に対するあの行為は重大で許しがたい犯罪だが、それを隠したいがために人を殺すという選択をする、罪の重さを計る秤のおぞましさに。未熟という言葉では理解できない彼らの内面に。

ただ、それ以上に桧山の胸底から他の感情を押し退《の》けて急速に増殖してくるものがあった。そんな未熟な子供を利用して、祥子を殺せと命じた人間に対しての激しい憎悪だ。そいつは、自らの手を汚すこともなく、罪の意識に乏しい無知な子供の心に付け込んで、いまもどこかでのうのうとしているのだ。

「八木君はこの女性を殺したとしても、自分たちとは面識のない人だから警察もわからないだろうって言いました。僕たちは示し合わせて学校をサボりました。桧山さんがどういう仕事をしているのか知らなかったので、土曜や日曜だったら家にいるかもしれないと思ったんです。手紙に書いてあった住所に行きました。八木君は恐喝で使っていたナイフを持って、僕と沢村君は図工で使うカッターナイフを持っていきました」

桧山は耳を塞《ふさ》ぎたかった。

だが聞かないわけにはいかない。逃げ出したくなる感情に、もう一人の自分が必死に抵抗した。

「でも、部屋まで行ってチャイムを押そうと思っても、どうしても勇気が出なかった。仕方なくマンションをぐるっと回ったら、桧山さんの部屋に庭があるとわかったので、ボールをわざと投げ入れて庭に入り、テラスでしばらく様子を窺おうと思いました。それで近くのスポーツ店に行ってボールを買いました。ところが塀をよじ登って庭に入ると、奥さんといきなり鉢合わせしてしまったんです。僕たちは凍りつきました。ボールが入ってしまったから探してるんですって必死に言い訳すると、奥さんはにこっと微笑んで、どうぞって優しく言ってくれました。ボールを探すふりをしながら、僕は胸が痛くなりました。おそらく皆もそうだったと思います。八木君と沢村君が決心したように靴のまま中に入っていきました……」

むせび泣いていた丸山は、苦しそうに前屈みになって吐いた。口を押さえた手の隙間から、胃液のようなものが床に垂れていた。苦しそうに目に涙を浮かべている。

「トイレに行ってこい」

丸山は詫びるような顔を桧山に向けると、身を屈めながら出て行った。

一人になると桧山の視界が霞んできた。もう何も聞きたくなかった。今まで、祥子の最期を知りたいと思い続けてきたが、それを知ることは磔《はりつけ》や火炙《ひあぶ》りにも勝る拷問のように思えた。

桧山の思考は混濁《こんだく》していた。とても信じたくない話だった。しかし、その話を事実だと受け入れたとき、絡まり合った糸が解《ほぐ》れていくような気がした。桧山が今まで疑問に思っていたことが、桧山が今までに知り得たことが、一つの太い糸になって手繰《たぐ》れるのだ。

少年たちが何故わざわざ北浦和に行ったのかということも。沢村が何のために八木の居場所を探していたかということも。沢村はきっと、このビデオを八木から手に入れて、警察に本当のことを話そうとしていたのではないだろうか。それが彼にとっての本当の贖罪という意味だったのではないだろうか。何らかの形でそのことを知った首謀者が沢村を殺した。そしてビデオの存在を知る少年たちを次々に襲っていった。

八木が電話で桧山に言った「俺たちを恨むなんてお門違いもいいとこなんだよ」という言葉の意味もこれで理解できる。

これで、全てが説明できるのだ。

ただひとつ、わからないことがあった。なぜ、桧山の手元にこのビデオがあるのかということだ。いったい誰が送ってきたのだろう。祥子を殺した首謀者が送りつけてきたものか。それは考えにくいことだった。ビデオを送ってきた人物は、いったい何の目的で桧山に送ってきたのだろうか。

丸山が口許をハンカチで押さえながら戻ってきた。

「四年前に送られてきたビデオと手紙はどうしたんだ」

「わかりません」丸山が首を振った。「八木君がそのまま持ってたかもしれないし、処分したかもしれない。補導されてから八木君とは会ってないから」

桧山は思考を集中させて、これから自分が何をやるべきなのかをひたすら考えた。

「警察に行きますか」

丸山が遠慮がちに訊いてきた。

桧山は丸山を見据えた。そんな気持ちはとっくに消え失せていた。代わりにひとつの思いが胸中に打ち付けられている。祥子を殺せと脅迫した首謀者をこの手で見つけ出したい。あのときのように真実が、警察や裁判という桧山の手の届かないところへ行ってしまわないように、どうして祥子が死ななければならなかったのかを直接自分で問い詰めてやりたかった。

「いや、お前たちを脅迫した奴を探す」

桧山は答えた。

「探すって、どうやってですか」

「わからない」桧山の胸が疼《うず》いた。「だけど、絶対に探し出してやる」


車は池袋から川越街道に入った。

少年たちを脅迫した人物を探すといっても、桧山には手がかりも当てもなかった。とりあえず、あのビデオが撮られた現場に行って、その地域で祥子と繋がりのある人物を探してみるよりなかった。そう告げると、丸山は「協力させてください」と言ってきた。丸山としても犯人が捕まらなければ、またいつ自分が襲われるかもしれないという恐怖があるのだろう。

丸山がどうなろうと桧山の知ったことではなかったが、事件の手がかりを多少なりとも持っているのはもはや彼だけだ。桧山は丸山に、ビデオを撮られた現場へ案内させることにした。

浦和所沢バイパスに入ると、両側にはのどかな田園風景が広がってきた。先日も愛実とみゆきを乗せて通った道だったが、陽の光を浴びた景色は先日のそれとは全く違って見えた。

桧山の動悸が徐々に激しくなった。その理由を考えまいとしたが無駄だった。祥子と関わりがあって、この近くに土地勘があり、少年たちの素性を知っている可能性のある人物――一瞬、頭に浮かび上がってきそうになったみゆきの笑顔を、桧山は払い除けた。

なんて、馬鹿げたことを俺は考えているんだ。瞬間的に消し去ったが、そんなことを想像しそうになった自分を心の中で罵《ののし》った。

助手席の丸山が遠い目を前方に向けていた。

桧山は丸山の視線を辿った。だだっ広い田園風景の中に不調和な建物がそびえている。葛西臨海公園からの帰り道では静寂の中に浮かび上がった光の固まりとしか見えなかったが、こうして見ると大学病院の近代的な建物は周囲に威容《いよう》を誇っていた。

桧山は、マンションの管理人から聞いた話を思い出した。丸山はきれいな花を持って、よく心臓の悪い祖母の見舞いにいく優しい少年だったと。丸山はお祖母ちゃん子だったのだろうか。そんな優しい少年だった丸山は、どこで心のあり方を誤ってしまったのだろうか。たとえ命令されたとはいえ、幼児に卑劣な行為をして、挙句の果てに人を殺したのだ。沢村にしても、普段は妹思いの優しい少年だった。丸山や沢村の心の制御装置はいったいどうして壊れてしまったのだろう。

丸山に視線を向けると、膝の上に置いた鞄に手を添えて、相変わらず視線を遠くに向けている。

大好きな祖母は今でも存命しているのだろうか。桧山は訊いてみたくなったが思い止《とど》まった。

雑木林は八木の旧家があった住宅街の裏手にあった。コンクリートに侵食された住宅街や舗装道路の周囲を覆うように、茫々《ぼうぼう》と広がっている。

金網の破れ目から体を滑り込ませて、桧山は丸山の後をついて行った。草や小枝を踏みしめながら足元の悪い傾斜を登っていく。頭上を覆い尽くした枝葉が外からの光を遮る。薄闇の中で、先を行く丸山は黙々と小枝を掻き分けながら進んでいく。何度も行き来した道なのだろうか、四年以上経ったとは思えないほど、丸山の足取りは慣れたものだった。いったい何人の子供が彼らの餌食《えじき》となったのだろう。この雑木林の中で子供たちが感じたであろう恐怖を想像すると、息が詰まりそうになった。

桧山から見れば、写真の中の三人の少年はあどけないただの子供だ。だが、被害にあった幼児から見れば、彼らは紛れもなく悪魔に見えただろう。ここで起こしたことが、幼児にとってこれから消しようのない心の傷となり、少年たちにとってもさらに取り返しのつかない罪と罰を生んだのだ。何者かによって脅迫され、祥子を殺すという取り返しのつかないことを。そして自分たちも大切な人生を閉ざされたのだ。

桧山はぬかるんだ足元を見つめた。ここを通ったであろう脅迫者は痕跡《こんせき》も残さず、闇の中から桧山を嘲笑《あざわら》っているように感じた。

「ここです」

丸山が立ち止まった場所には大きな松の木が立っていた。足元には膝ほどの高さまで草が覆っている。桧山は周囲をぐるりと見渡した。周辺には草木が密生している。

「もう二度とここには来たくなかったです」

丸山は唇を噛んで、その場から後退《あとずさ》りした。

桧山は丸山を見やった。

「たまには来た方がいい。君は自分がやったことを忘れちゃいけないんだ」

丸山はうつむいた。視線をそらしながら、桧山の視界の端から消えた。

桧山は溜息をついた。ここに来たって脅迫者の痕跡など見つけられるはずもないことはわかっていた。

ただ否定したかっただけなのかもしれない。丸山が話した現実感を伴わない話を。あの祥子が何者からか恨みを買い、計画的な犯罪によって殺されたなどという信じがたい話を。

薄暗い林に覆われた光景も、そこに佇《たたず》む今の自分も、とても現実のものとして感じることはできなかった。ただ、この雑木林から抜けようとも、この悪夢が醒めようとも、もう祥子はどこにもいないということだけが現実なのだ。

「何をやってるんだ！」

突然、繁みの中から男の叱責《しっせき》が聞こえた。

桧山は我に返って声がした方を向いた。

ヘルメットに作業着姿の男が二人、草木を掻き分けながら出てきた。

「ここは私有地ですから勝手に入らないで下さい」

「すいません」桧山は頭を下げた。

桧山が振り返ると、いきなり咎められてびっくりしたのか、丸山が蒼然《そうぜん》とした顔で突っ立っている。

桧山たちは作業員に促され、来た道を戻ると、金網の外まで追い払われた。

電車で帰るという丸山を航空公園駅まで乗せて行った。

駅前で車を停めても、丸山はなかなか降りようとはしなかった。

「今度、お線香を、上げに行っても、いいですか……」

細切れの、力ない声が聞こえた。

桧山は丸山の横顔を見ながら逡巡した。

「悪いが、今はまだ受け入れられる気持ちにはなれない」

丸山はうつむいたまま車を降りた。

駅に向かう細い背中を一瞥して、桧山は車を出した。

前方を行くテールライトに目が霞んだ。朦朧《もうろう》としている。いまだに現実から乖離《かいり》したような感覚を引きずっていた。胸を突く不快な痛みだけが、桧山を現実に繋ぎとめていた。

加害者との初めての対面は、桧山の傷をさらにえぐるものでしかなかった。

自分は何を期待していたというのだろう。何を知りたかったというのだろうか。丸山の涙を見ても空々《そらぞら》しさしか感じられず、途方に暮れるような虚しさだけが胸にこびりついてくる。知りたかった真実は、更なる苦痛を桧山に与えるだけだった。

なぜ祥子は死ななければならなかったのか。ただそれを知りたいだけなのに、新たに突きつけられる現実が桧山を苦しめ、あらゆる手段でいたぶるのだ。

もう何も知ろうとするな。ふと、何ものかが桧山を押し止めているように感じる。

桧山も知りたくなかった。今日一日の出来事を忘れてしまいたかった。祥子が何者かの企《たくら》みによって計画的に殺されたなど、思いもしなかったし信じたくもなかった。

そもそもこんなビデオさえ送られてこなければ――

ひょっとして、誰かが意図的に桧山の背中を押しているのではないだろうか。このビデオによって、少年たちを教唆《きょうさ》して祥子を殺した脅迫者の存在が浮かび上がってきたのだ。ビデオを送ってきた人物は、そいつを見つけろと桧山に訴えているのではないか。

送り主の意図など知る由もなかったが、桧山は心の中で固く誓った。罰せられることもなく、今も社会のどこかで平然と暮らしているであろう狡猾《こうかつ》な脅迫者を、必ず自分の眼前に引きずり出してやると。

4

桧山は七時過ぎに店に戻った。すぐにカウンターに入ったが、アルバイトたちは厳しい表情の桧山に話しかけてくることもなく黙々と仕事をしている。桧山は居場所を失くして、すぐに事務所に引っ込んだ。

今日は福井も歩美も休みだった。土曜、日曜はアルバイトの希望が多いので、そういう日に福井は休みを取っている。学校が始まった歩美は、最近では週に二、三日店に出る程度になっていた。もしかしたら今頃デートでもしているのかもしれない。そんな微笑ましい光景を無理やり想像しながら、ささくれだった神経を少しでも鎮めようとした。

無性に二人の顔が見たくなった。あの二人の顔を見ているとなぜだか心が穏やかになるのだ。二人の姿に、自分たちの面影を映し出しているのかもしれない。失って、もう取り戻すことができない自分と祥子の時間を。

店を閉めてみどり保育園に愛実を迎えに行った。

今日はみゆきも休みだった。みゆき先生がいない一日を過ごした愛実は、いつもよりつまらなさそうな顔で桧山を迎えたが、桧山はかえって少しばかりの安堵を感じた。今の桧山の表情を見たら、勘の鋭いみゆきは、何かただならぬものを感じてしまうかもしれない。

帰宅すると愛実を風呂に入れて寝かしつけた。ようやく長い一日を終えると、冷蔵庫からビールを取り出してソファに倒れ込んだ。サイドボードの写真立てを見つめた。

写真を見つめながら、祥子の残像に思いを巡らせた。高校一年生のときにブロードカフェでアルバイトを始めてから、最後に祥子に口づけをした事件の日の朝までの四年あまりの記憶だ。できるだけ詳細に祥子の輪郭を思い出そうとした。思い出せる限りに彼女が発した言葉を。彼女と共に過ごした時間を手繰っていった。

だが、祥子のことを思い出せば出すほど、行き止まりにぶつかってしまう。どの記憶のピースを取り出してみても、祥子が人から恨みを買うような原因は、片鱗《へんりん》さえも見えてこないのだ。

祥子は決して交友範囲の広い女性ではなかったと思う。一日のほとんどをブロードカフェのアルバイトで過ごし、夕方からは学校に行く毎日。土曜、日曜はかならずアルバイトをしていたから、一日を通しての自由な時間など、ほとんどなかったのではないか。

そんな祥子だったから、交友関係といってもせいぜいブロードカフェのバイト仲間と、高校の友人ぐらいしか桧山には思いつかないのだ。その中に脅迫者がいるなどとはどうしても思えなかった。

それに勉強と仕事で忙しい生活を送っていた祥子は、あまり深い人間関係を求めていなかったように思う。友人たちとも少し距離を置いて、ごく稀に食事に誘われて付き合うという程度だった。それでも、祥子は誰からも好かれていた。祥子の気遣いや優しさは誰もが知っていたし、友人たちと距離を置くのは生活が忙しいためだと理解されていたからだ。

弛緩《しかん》した体に鞭《むち》を入れて起き上がると和室に向かった。寝ている愛実を気遣って、そっと押入れを開けると爪先立って天袋を手で探った。感触があった。落とさないように指の先端で箱を下ろすと、リビングに戻ってソファの上に置いた。

ひさしぶりに見る紙箱の蓋を開けた。中には捨てられない祥子の私物が入れてあった。四年前から止まったままの時間がこの中には詰まっていた。祥子が使っていた手帳、年賀状や手紙、高校の卒業アルバムや卒業証書、そして桧山が書いたラブレター。

箱の中から五冊の手帳を取り出した。一九九五年から九九年までの手帳だ。高校入学の年から、卒業して愛実を出産した年までの手帳を、祥子は捨てることなく取っていたのだ。

手帳を開く前に、少しためらいを感じた。いくら自分の妻で故人のものとはいえ、人のプライバシーを覗くことに後ろめたさを感じたのだ。ごめんと心の中で呟いて、九九年の手帳から一冊ずつ丁寧にめくっていった。

手帳を見ても祥子の几帳面さがわかる。升目《ますめ》には丁寧な字で予定が書かれていた。ページをめくり、『入籍』『卒業』などの文字を目にするたびに桧山は感慨に耽《ふけ》った。

五月をめくると賑やかな色が飛び込んできた。五月八日、出産。ピンクの蛍光ペンでハート型に囲まれている。六月から九月までは空白が多かった。所々に『産婦人科検診』や『給与』といった文字が見えた。

最後にアドレスのページを見た。祥子は携帯電話を持っていなかった。今のように誰でも携帯電話を手にしている時代ではなかったし、祥子自身、必要性を感じていなかったのだろう。ただ、均整の取れた丁寧な字で綴られたアドレスは、携帯電話のデータよりも価値があると思えた。ここに記されているのは、ほとんどが定時制高校の同級生とブロードカフェのスタッフだった。桧山は住所に目を向けた。所沢市、狭山《さやま》市など航空公園の近くに住んでいる者はいない。念のために、高校の名簿も見てみたがやはり航空公園周辺に関係する人物はいなかった。

九五年から九八年までの四冊の手帳も、同じように見ていった。誰もそれらしい者は見当たらない。桧山は安堵とも落胆ともつかない溜息を吐いた。もちろん航空公園の近くに住んでいなくとも、可能性がないわけではないだろう。ただそうなると、今の桧山にはビデオを撮った脅迫者をあぶり出す術《すべ》がないのだ。

手詰まりを感じながら、もう一度手帳をめくっていった。ひとつ不思議に思った。五冊のアドレスの中に、親友の早川みゆきの名前がないのだ。確かにみゆきは、高校に入ってから祥子とは疎遠になっていたと以前に話していた。しかし、中学三年から高校入学に当たる九五年のアドレスにも記されていないというのはどういうことだろう。仲が良かったから、連絡先ぐらいはそらで覚えていたのだろうか。

とりあえず些細な疑問を脇に置いて、今度は手紙類に目を通していった。手紙類といってもほとんどが年賀状だ。こちらもブロードカフェのスタッフと高校の友人たちがほとんどだった。その中で五通、小柴晴彦《こしばはるひこ》、正枝《まさえ》という人物からの葉書が桧山の目を引いた。筆書きの見事な草書を見て、他の友人たちとはちがう年長者だと想像した。住所は群馬県吾妻《あがつま》郡となっている。

四通の年賀状には、祥子を気遣う簡単な挨拶が添えられていた。そして最後の一通は黒枠の葉書だった。

妻小柴正枝儀、かねてより病気療養中でございましたが、去る八月四日午前五時十二分、享年六十二歳で他界いたしました。

長い闘病生活のなかで、私といたしましても、覚悟はしていたつもりでしたが、いざ現実に妻の死に直面し、体中の力が抜けてしまったのを感じます。

臨終の床では、妻も積年の苦しみから解き放たれたように穏やかな顔をしておりましたが、最期まで彼が現れなかったことだけが、無念でなりません。

通夜、密葬の儀は遺族と近親者で執り行いました。生前のご厚情を深謝し、謹んで御通知申し上げます。

消印を見ると、平成十一年八月九日となっていた。

桧山は小柴正枝なる人物の死亡通知状をしばらく見つめていた。

桧山が捜し求めているものとは明らかに外れているのだが、この文面の磁力に引き寄せられた。祥子が殺される約二ヵ月前の手紙。そして、『最期まで彼が現れなかったことだけが、無念でなりません』という言葉。

彼とは、祥子も知っている人物なのではないか。そうでなければ葉書に『彼』などとは書かないだろう。群馬県吾妻郡に住む小柴なる人物は、いったい祥子とどういう関係にあるのだろう。

翌日は晴天の日曜日で店も繁盛していた。

丸山の話を聞いて以来、桧山はあまり食欲がなかったが、それでも三時を過ぎてから甘ったるいデニッシュをコーヒーで流し込んだ。胃に疼《うず》くような痛みを感じた。ろくに食べていないうえに、眠気覚ましのコーヒーと煙草で内臓が警戒信号を出しているらしい。昨晩はずっと祥子の私物を調べていて、気がついたら明け方になっていた。結局、成果らしいものは何もなかった。

デニッシュの残りを口に放り込むと、事務所の電話の受話器を取った。日曜日だからこの時間でも澄子はいるだろう。桧山は途中まで番号を押してためらった。

澄子にどこまで話すべきだろう。桧山は迷っていた。澄子に訊けば、桧山の知らない祥子の交友関係もわかるかもしれない。だが、どういう訊き方をすればいいのだ。まさか、祥子に殺意を抱いていそうな人物に心当たりがないか、などと訊けるはずもない。事実を知れば、澄子のショックは相当なものだろう。これ以上の痛みを感じるのは自分だけで充分だ。そんなことを考えている間に電話が繋がった。

「あら、貴志さん。愛実ちゃんの体調はどうなの」

「ええ、もう大丈夫です。心配かけました」

「そう。よかった」

澄子の口調は明るかった。先日、愛実がひきつけを起こしてしまったことや、警察からの疑いが晴れたらしいという話はしていた。

「今度のお休みにでも遊びにいらっしゃいよ」

「ええ、近いうちに伺います。ところで……」桧山は話を一旦区切った。「祥子の知り合いで、小柴晴彦さんという方をご存知ですか？」

「コシバハルヒコさん？」澄子は考え込むように唸った。「どんな関係の方かしら？」

「群馬県の吾妻郡に在住してる方です」

長い沈黙があった。

「聞いたことないわ……」

澄子の声音《こわね》が変わっていた。

桧山はその声に異変を感じた。「いや、別にたいしたことじゃないんですけどね」

桧山は取り繕った。

「その人がどうかしたの」

澄子の口調は硬かった。

「親戚の方ではないですか。昨日、何となく祥子の私物を整理していたら、小柴さんという人からの年賀状があって、群馬県の吾妻郡に住んでいる方とどういうお付き合いがあったのかなって、ちょっと不思議に思っただけですから」

「昔住んでたことがあったのよ」

にべもない返答だった。

「え？　そうなんですか」

「祥子が小さい頃にね。離婚して私たちはこっちに移って来たけど」

澄子の口調から滑らかさが消えた理由がわかった。

「小柴さんの電話番号なんかはわかりませんよね？」

「わからないわ」

突き放したような言い方は、明らかにこの話題を終わらせたいという意思表示に聞こえた。澄子にとっては、吾妻郡での夫婦生活は思い出したくもないものなのだろうか。

桧山は機嫌直しに、「近いうちに愛実を連れて行きます」と言って電話を切った。

5

高崎駅から、グリーンとオレンジの三両編成の電車に乗り込んだ。吾妻線の車内はがらんとしていた。対面式の座席に向かい合って座ると、愛実はさっそくリュックからお菓子を広げた。愛実はすっかり遠足気分のようだ。

渋川《しぶかわ》を過ぎた辺りで、赤城山《あかぎやま》の雄大な景色が広がってきた。桧山は暫《しば》し、その景色に目を止めた。小柴の住所を地図で調べてみたところ、郷原《ごうはら》の駅からそう遠くないとわかった。最近、寝不足気味の桧山は長距離運転を敬遠して、電車で仮眠を取るつもりだったのだが、ささくれ立った神経を癒してくれる風景に、すっかり目を奪われてしまっていた。

郷原の無人駅に降り立ち、吾妻川に架かった橋を渡ると、黄金《こがね》色に染められた稲田が山裾まで広がっていた。点々と民家の屋根らしいものが見える。

愛実の手を握って畦道《あぜみち》を通った。稲刈り作業に精を出していた老人が、物珍しそうな顔で桧山たちを見やった。

「この近くの、小柴さんのお宅はどちらでしょうか」

桧山は老人に訊ねた。

「ほれ、あそこの、赤い屋根の」

老人が指をさした。

民家が集まった場所とは逆の、山裾に近い山林の手前に赤い屋根が小さく見えた。

「ありがとうございます」

桧山は老人に礼を言って、愛実の手を引いた。愛実も老人に「バイバイ」と手を振っていた。

「かなり歩くな」

桧山は呟いた。

「ウサギさんいるかな？」

愛実は、そんなことはお構いなく嬉々として言った。

「ウサギはいないだろうな。蛙《かえる》ならいるだろうけど」

桧山は、愛実と取り留めのない会話を楽しみながら畦道を歩いた。緩やかな勾配を上っていくと、周囲に生垣《いけがき》を巡らした古い二階建ての木造家屋が見えた。庭の所々に雑草が生い茂り、農耕具なども乱雑に放られたままで、家屋も廃屋《はいおく》のようにくすんでいる。

寂寥感《せきりょうかん》に包まれた家屋から、人が生活している気配は感じられなかった。もうここには住んでいないのだろうか。一見して桧山はそう思ったが、広い庭の片隅から鶏の鳴き声が聞こえる。

桧山は玄関の扉を叩いた。静まり返った玄関先に乾いた音だけが響く。何度か叩いて諦めかけたとき、扉が開いた。

中から顔を出した初老の男は怪訝そうな顔を桧山に向けた。倦怠感を顔中に滲ませ、この家屋以上にくすんで見える男に睨まれて、桧山は立ちすくんだ。

「小柴さんでしょうか」桧山はようやく口にすると、鞄から葉書を取り出した。「私は前田祥子の夫です」

小柴はそれを聞くと、深く刻み込まれた顔の皺を動かして驚きを表した。

「まあ、入ってください」

小柴は切れかかったゼンマイ人形のような緩慢な足取りで、桧山たちを和室に招き入れた。少しかびの臭いが鼻をついた。うっすらと埃が浮いた畳の上に座布団を敷くと、奥の台所に消えた。

「おかまいなく」

桧山は小柴に告げて、退屈そうに座布団の上で寝転がっている愛実を小声で叱った。

座布団に正座すると、愛実も隣で倣《なら》った。

部屋の隅に仏壇があった。お菓子や小さなぬいぐるみが飾られているのを見て、少し不思議に思った。

二つの遺影に目を凝らした桧山はそのうちのひとつを見て、思わず、あっと小さな声をあげた。遺影のひとつは初老の女性だ。おそらく妻の正枝だろうと思った。だが、もうひとつは幼い女の子だった。愛実と同じぐらいの年頃ではないだろうか。満面の笑みを浮かべていた。

小柴が麦茶とオレンジジュースを盆に載せて戻ってきた。座卓に置くと、縁側の窓を開けて空気を入れ替えた。

愛実はジュースを一口飲むと立ち上がって、縁側の外の庭を覗きこんだ。「あ、にわとりさんがいるよ。遊んできてもいい？」と無邪気にはしゃいでいる。

桧山は困った顔を小柴に向けた。

小柴は眩しそうに少し目を細めて、「どうぞ」と頷いた。

それを聞いて玄関に走っていく愛実に、「遠くへ行っちゃだめだぞ」と桧山は声をかけた。座卓越しに小柴と向かい合うかたちになる。

突然、小柴が深々と頭を下げた。

「祥子ちゃんの事件は、ニュースで知っておったんですが、私も病気がちなもので、弔問《ちょうもん》にも伺えず申し訳ありませんでした」

「いえ」桧山も恐縮して頭を下げた。「私こそ、突然お伺いして申し訳ありません」

「妻が亡くなって、全ての気力が抜け落ちてしまったそばから、さらにあんな酷い報せを聞かされるなんて……」小柴の深い皺がさらに歪んだ。「祥子ちゃんは娘の悦子《えっこ》と同い年でしたから、私も家内も自分の娘のように感じておりました」と仏壇に目を向けた。

「祥子と同い年ということは……」

「亡くなったのは二十年前です。祥子ちゃんの家はそこの竹藪《たけやぶ》の裏手にありまして、よく一緒に遊んでおりました。四十路を過ぎてからの一粒種でしたから、本当に目に入れても痛くないとはよく言ったものです」

小柴は庭から聞こえてくる元気な声のほうを向いた。縁側から差し込んでくる陽光に目を細めながら、鶏を追いかけて庭を駆け回っている愛実をいとおしむようにしばらく見ていた。

「祥子は何歳ぐらいまでこちらに住んでいたんですか」

「四歳になった頃ですか。あの事件があってしばらくしてから奥さんと出て行かれました」

「あの事件？」

桧山は小柴をじっと見つめた。

小柴の表情から束の間の温もりが消え、暗雲が立ち込めたように曇った。

「お聞きになってませんか」

独り言のような小柴の呟きに、桧山は問い返した。

「あの事件というのは何ですか」

小柴はどんよりとした暗い眼を仏壇に向けた。

「あの日、私らが農作業をしているところに、祥子ちゃんが泣きながらやって来たんです。何があったのか問いかけてみても、祥子ちゃんもまだ幼くて、ただ、えっちゃんが、えっちゃんが……と、泣きじゃくるだけでした。私ら夫婦は悦子の身に何かがあったのではないかと慌てました。遊んでいて怪我でもしたかと思ったんです。祥子ちゃんは尋常ではない、怯えた顔をしながら裏の竹藪の方を指さしました。私ら夫婦は竹藪に入っていきました……」

桧山は小柴の様子を見て、このまま向かい合っていることが苦しくなってきた。小柴の体が小刻みに震えていた。

「竹藪に入って探すと、一ヵ所だけ枯れ草がこんもりと盛り上がっている山がありまして、それを見たときには、もう心臓が止まりそうでした。その山は小さくてちょうど……私ら夫婦は急いでその枯れ草を払っていきました。枯れ草の中には女の子が横たわっておりました。血がべっとりとついた服は確かにその日に悦子が着ていたものと同じだったんですが、しばらくは本人だと認めることもできなかった。違うと思いたかったんでしょう。顔はとても見ることができませんでした。石のようなもので、判別できないほどに……」

桧山は息を呑んだ。飲み込んだ唾液が苦く喉の奥に広がった。

小柴は充血した両眼を一点に据えていた。猛り狂った感情が行き場を求めて小柴の体内を駆けずり回っているように思えた。

「私らが馬鹿だったんです。まさか、まさかこの町で、そんなことが起こるなんて夢にも思ってなかった。のどかな町で、それまでたいした事件なんて起こったことがなかったものですから」

「犯人は逮捕されたんですか」

桧山は言葉を絞り出した。

小柴は頷いた。さらに虚ろな眼差しになって答えた。

「その後、祥子ちゃんが警察に話をしてくれました。まだ幼かったですから、警察も慎重に時間をかけて話を聞いていったようです。祥子ちゃんが、自宅の裏庭で一人で遊んでいる時に、竹藪から悦子の泣き声が聞こえてきたそうです。祥子ちゃんは竹藪に行って、そこで、悦子が男に首を絞められて泣きじゃくっているのを目撃して、逃げてきたんです。祥子ちゃんは犯人について、見たことのない人だと答えました。ただ悦子の首を絞めている右手の甲に、変わった形の痣《あざ》があったことを思い出したんです。それが重要な手がかりになって犯人は逮捕されました。他所《よそ》の町に住んでる中学三年の子供だったそうです」

小柴は、やり切れないという表情で深い溜息をついた。

「ただ、それ以上のことは知りません。十五歳の子供に罪は問えないということでしょう。警察でも何も教えてくれんかったし、裁判したり、刑務所に行ったりするわけじゃない。風の噂では、少年院だかどこだか、私らの知らないところに行って、それっきりです」

桧山は小柴の顔に深く刻み込まれた皺を見つめた。苦悶《くもん》を湛えた皺は、娘を失ったときの形相のままなのではないだろうか。長い年月で化石のように固着した苦悶を見つめながら、桧山はそれからの小柴夫妻の時間を想像して胸が締め付けられた。

桧山もそうだった。祥子を失ったその瞬間から、桧山の時間が止まった。祥子を失ったときの記憶だけが、これから延々と続くように感じた。何もしたくなかった。何も考えたくなかった。だけど、それでも桧山には愛実がいた。愛実の成長が、愛実と過ごす時間が、桧山の止まりかけたゼンマイをかろうじて巻いてくれたのだ。小柴にはそういう存在もなかったのではないだろうか。

桧山は死亡通知状の葉書を差し出した。

「ここに書いてある『彼』とは、お嬢さんを殺した少年のことなんですね」

小柴は頷いた。

「祥子とはずっとやり取りがあったんですか」

「いえ、祥子ちゃんは、突然、ここにやって来たんです。ずいぶん成長してからです。お祖母ちゃんやお父さんが亡くなった時でさえ、来ることはなかったですから。

祥子ちゃんにとっては、ここはよっぽど忌《い》まわしい土地だったんでしょう。だから、急に訪ねてきた時には驚きました」

「一人で訪ねてきたんですか」

「そうです」

「いつ頃のお話ですか」

「年ははっきりしませんが、四月でした。この春から高校に入学するのだといってました」

高校入学ということは、一九九五年のことか。桧山はさらに訊ねた。

「祥子は何のためにやって来たんでしょうか」

小柴は首を捻った。

「わかりません。お父さんやお祖母ちゃんがいるのならともかく、あの家はもう廃屋でしたからな。一晩、うちに泊めてあげたんですよ。祥子ちゃんは、悦子に線香を上げてくれました。夕食の手伝いをしてくれたり、肩を揉んでくれたり、寂しい年寄りの話し相手になってくれました。私らは束の間、娘が帰ってきてくれたような気がして嬉しかったです。その時には、妻も病で寝込んでおりまして、私も妻も悦子を失ってから生きる張りというのを無くしておりましたから、ずいぶんと老け込んでしまったように見えたのでしょう。祥子ちゃんは心を痛めたような表情で、私ら夫婦のことを心配してくれました」

桧山の胸の奥から、温かいものがこみ上げてきた。やっぱりそうだ。祥子は誰にでも優しい女性だった。

「どうすれば、私らの気持ちを多少でも癒すことができるのだろうかと、そのようなことを祥子ちゃんは訊いてくれました。祥子ちゃんは本当に優しい、いい娘さんに成長したなと、私らは涙が出そうになりました」

「何とお答えになったんですか」

同じ犯罪被害者として、桧山は小柴の答えが知りたかった。

「悦子を喪《うしな》った苦しみが癒されることなどないんです。あの事件の後、私も妻も十数年間ただ苦しむだけの人生でした。しかし、妻はもう自分の命もそう長くないと感じておったんでしょう、自分が死ぬ前に、悦子を殺した加害者に会いたいと言っていました。妻の気持ちはよくわかります。いまさら会ってどうこうしようという気などありません。ただ、悦子の遺影の前で手を合わせて謝ってほしいと。せめて死ぬ前にそれを見届けたいと。そうでなければ、天国で悦子と再会した時に申し開きができないと言いました。祥子ちゃんは妻の話を聞きながら泣き出してしまって、絶対に謝罪に来ますよと、私らを励ましてくれました」

　桧山は小柴の話に耳を傾けながら大きく頷いた。桧山の知らない祥子の話を聞いても、そこにははっきりと祥子の輪郭が浮かび上がってきた。桧山の知っている優しい祥子の温もりが、小柴の話から窺えてくるのだ。

　話し疲れたのか、小柴が疲労を滲ませながら咳き込んだ。

「大丈夫ですか」

「今日は珍しく来客が多くて」

「お疲れのところをすいませんでした。そろそろお暇《いとま》します」

　桧山は立ち上がった。


　桧山は二人に線香を上げると、小柴家を辞去した。

　散歩がてら、山道を通って駅に向かうことにした。次の電車が来るまではまだ二時間近くある。桧山は愛実の手を握り、西日が差し込んだ山道を歩いた。

　ここに脅迫者に繋がる手がかりはなかった。藁《わら》にもすがる思いの往訪は、桧山の頭にさらなる疑問を残しただけだった。なぜ、祥子は突然この町にやって来たのだろう。幼少の記憶に深い傷をつけたこの場所に。父親や祖母が亡くなったときさえ訪れることはなかったというのに。ずっと忌避《きひ》していたこの土地に祥子を向かわせる、何かのきっかけがあったのだろうか。

夕焼けが山道の木々を茜色に染めている。桧山は気落ちしながらも、祥子が子供の頃に見ていたであろう光景を胸に焼きつけた。

山道の先に人影が見えた。道端にしゃがみ込んで手を合わせていた人影が、立ち上がって歩いていった。

桧山たちは進んでいくと、小さなお地蔵様を見つけて立ち止まった。傍らに、さっきの人が置いていったらしい花が供えられている。

桧山はしゃがんで愛実を見つめた。

「愛実、お地蔵さまにチョコレートあげようか」

愛実はお地蔵様を見て思案顔をしている。

「いいよ。チョコボール好きなのかな?」

「ああ、愛実も好きだろ」

桧山は微笑み返した。

愛実がチョコレートをお地蔵様の前に置くと、桧山は静かに手を合わせた。愛実も桧山の真似をして手を合わせる。

桧山が立ち上がると、前を歩いていた人影が立ち止まってこちらの方を向いている。

動かないその人影をよくよく見て、桧山は自分の目を疑った。

「桧山さん」

貫井も驚いたように声を上げた。


「いやあ、びっくりしました。桧山さんの奥さんがこの土地の出身で、しかもあの事件の目撃者だったなんて」

貫井はバックミラーに目を向けた。

桧山は後部座席から、バックミラーに映る貫井の興奮気味の顔を見ていた。あれから貫井と一緒に山道を下っていった。桧山は先日、本の取材依頼をされたときのやりとりで、貫井に対して気まずさを感じていたが、貫井はそんなことはちっとも意に介していない様子で、愛実としりとりを楽しんでいた。山道を出ると、貫井が車で駅まで送ってくれると言った。

「貫井さんこそ、あんなところで何をやっていたんですか」

「取材です。この前お話ししましたよね。社会学者の宮本さんと対談本を出版すると。その本の準備のために、膨大な量の少年事件に関する新聞記事に目を通していたんですが、その中でこの事件のことを知りましてね」

「一件一件こうやって調べてるんですか」

桧山は少し感心した目を向けた。

「いえ、この事件にはちょっと引っ掛かるものを感じまして」

「引っ掛かるもの？」

「二十年も前の話で、しかも少年事件ですからね。資料もほとんどないので、直接関係者から話を聞かせてもらおうと、あちこち回っていたんです」

「それで、何かわかったんですか」

「ええ、まあ……」貫井が言い淀んだ。「関係者にとっては、もう過去のことということです。おそらく悦子ちゃんを殺した当の本人にとっても」

「犯人は今どうしてるんですかね」

「少年院を出てから学校に行って、今は普通に働いているようですよ」

貫井が苦い表情で嘆息した。

桧山は司法の理不尽さにあらためて憤った。幼い子供を殺した少年は、少年法という免罪符を得て何食わぬ顔で今を生きている。小柴夫妻のもとに一度として顔をさらしに来ることもなく、まさに藪の中に消えたのだ。

「過去なんかじゃない。被害者の家族にとっては苦しみに終わりなんかないんだ」

「ええ」貫井は、承知していると溜息をついた。「こういう仕事をやっていると気が滅入ってきますよ」

桧山は、苦悶に固まった小柴の深い皺を思い出した。終わりのない苦しみ。終わりのない自責の念。

「もうすぐ駅ですよ」貫井がバックミラーに目をやって、「やっぱりお店まで送っていきますよ」とハンドルを回した。

桧山は隣を見た。愛実が桧山にもたれかかって眠っていた。「すいません」と静かに礼を言った。

車は山間《やまあい》を縫う幹線道路を進んだ。車窓に滅入った表情の自分が映った。貫井も疲れているのか沈黙している。漆黒の闇が、車内の空気をさらに重くしていた。

「芸能ネタなんかやらないんですか」

桧山は空気を変えようと軽く話題を振った。

「え？」

突然の言葉に貫井が頓狂《とんきょう》な声を上げた。

「何もこんな気が滅入るようなネタじゃなくても、ライターだったら、芸能とかスポーツとかもっと楽しそうな仕事があるんじゃないですか」

「あいにくそっちには能がないんで」貫井が苦笑した。「それにライターや記者志望というわけではなかったんです」

「なぜ今の仕事を？」

「以前まで法務教官をやっていたんです」

桧山は驚いた。

「法務教官ってわかりますか」

「ええ、少年院とか少年鑑別所の看守でしょう？」

「看守という言い方は不適切ですがね」貫井が笑ってバックミラーを覗いた。「見えませんか」

桧山は頷いた。見えなかった。てっきり、ライターを名乗ってはいるが大きな組織からはあぶれてしまった男という印象で見ていた。

「大学を卒業して、栃木にある少年院に配属されました」

「どうして辞めたんですか」

桧山は疑問に思った。法務教官といえば国家公務員だ。貫井の身なりからして、お世辞にも今の生活に安定があるようには見えない。

「まあ、いろいろありまして……」

貫井は言葉を濁した。

桧山は貫井の前職を聞いて、貫井に対して抱き始めていた気持ちがしぼんでいくのを感じた。貫井は罪を犯した人間を庇《かば》う立場だったのだ。若槻学園で出会った職員たちに感じた溝《みぞ》が、シートの狭間に横たわった。

「じゃあ、貫井さんは保護主義なんですね」桧山は投げつけるような口調になった。

「少年の可塑性とやらを信じて、どんな酷《むご》い犯罪を犯そうが、少年たちには罰ではなく、立ち直りのための教育こそが必要なんだと思っているわけですよね」

「そうだったと思います」貫井が静かに頷いた。「仕事に対して使命感を持っていました」

貫井の答えに、桧山は冷笑した。

「少年に大切な人を殺された遺族の気持ちを、貫井さんが理解できないはずだ。犯人を八つ裂きにしてやりたいという被害者の怒りなんかきっと理解できない」

「そうかもしれません。あの頃は目の前にいる少年たちがすべてでした。罪を犯して少年院に入ってきたこの子たちを、どうやったら立ち直らせられるだろうか、どうやったらこれから社会に順応していける大人にしてやれるだろうかと、それだけを考えていました。実際に、少年たちが喜びをもたらしてくれたこともたくさんありました。社会で過ちを犯して荒んでいた少年たちが、生活指導や教官たちの働きかけによって、徐々に心を開いていって、人との共感を取り戻していく姿を目の当たりにすると、この仕事を選んでよかったと思いました」

「それなら、辞める必要なかったじゃないですか」

桧山は刺々《とげとげ》しく返した。

「一人の少年が入院してきました。十六歳の彼は傷害致死で入ってきました。同級生たちと集団で一人のクラスメートを殴ったりしているうちに死なせてしまったんです。彼はいきがったところもなく、不良という感じではありませんでした。どちらかというと、育ちのいい甘やかされて育った坊やという感じでしょうか。いじめがエスカレートしてしまったんでしょう。少年院での彼は至って模範的でした。生活態度も問題ありませんでしたし、事件についての反省もしているように私には見えました。この子は大丈夫だろう、多少の遠回りをしたけど社会に戻ってもきっとやり直せる。その時の私はそう思いました」

桧山は貫井の話を聞いているうちに、車から降りたくなった。やっぱりそうだ。この男には罪を犯した少年の未来しか見えていない。殺された少年のことも、悶え苦しむ家族のことも見ようとはしないのだ。

「そんな時、いったいどこで調べてきたのか、殺された子供の父親が少年院を訪ねてきました。父親は少年と面会させて欲しい、少年がどういう教育を受けているのか知りたいと、応対に出た私に詰め寄ってきました。ただ、少年院の判断では会わせるわけにはいきませんでした。少年院は、少年と被害者の問題を切り離して考えますし、私自身も少年の更生にとってよくないと思い、父親の懇願を突っぱねました」

桧山は貫井の話を聞き流そうと、窓ガラスの外の闇を見つめた。

「その後、少年は無事に退院して、噂では高校への復学も決まったようでした。その時の私は自己満足に浸っていました。でも、それからすぐ、少年が例の父親に殺されたという知らせを受けたんです」

最後の言葉を聞いて、桧山は運転席の貫井を凝視した。貫井は淡々とした口調で続けた。

「父親は地元に戻ってきた少年のことを縁日で見かけたそうです。その姿を見て、急いで家に戻って包丁を取って引き返し、少年を刺したんです。なんて愚かなことをしたんだと、私は愕然としました。その父親は、これから無限の可能性を持った若い人生を奪い、自ら犯罪者に堕《お》ちることで自分の家庭をも崩壊させてしまった。この法治国家で復讐などという愚かなことをやった父親を、私は断じて許せませんでした」

桧山はテレビで自分の発言を冷たくあしらった貫井の態度を思い出した。

「国家が罰を与えないなら、自分の手で犯人を殺してやりたい」――

そう言った桧山に、そんな愚かしいことは止めろ。そんなことをしてどうなるんだ。残された家族はどうなるんだ。心の中で静かに訴えてくる声が聞こえてきそうだった。

「私は父親の公判を傍聴することにしました。出廷する父親を睨みつけてやりたかった。ただ、そんな気持ちは裁判が始まってすぐに打ち砕かれました。愚かにも私は、一人息子を失った父親の慟哭を裁判で初めて聞いたんです。父親の家庭など、息子を失った時点でとっくに瓦解《がかい》していた。崩れてしまった大きな柱は、どんなことがあってももう戻ってくることのない息子だった。それでも父親は、なんとか自分や妻の怒りと悲しみを鎮めようともがき続けました。必死に自分の気持ちを鎮めてくれるものを求めていたんです。それが少年と会うことであったり、少年がどんな風に更生していくのかを知ることだった。父親はそれを知ることもできず、縁日ではしゃいで馬鹿騒ぎをしている少年を見て、殺意の沸点を超えてしまったんでしょう。何もわかってなかったのは自分の方でした。しょせん目の前にいる少年のことしか考えていなかった。被害者の存在を無視して、真の更生などありえないのに」

「それが辞めた理由ですか」

「仲間たちは皆懸命にやっています。罪を犯した少年たちに教育を施すのは絶対に必要なことです。少年院でもさまざまな方法で矯正教育に取り組んでいます。でも、自分が被害を負わせたり、命を奪ってしまった被害者やその家族に対する贖罪教育と、それをきちんと被害者の方たちに伝えていくシステムが欠けているんです」

桧山もそう感じた。祥子を殺した加害者がどんな贖罪の気持ちを持っているのか、今までまったく知ることができなかった。もし沢村和也が感じていた罪責感や孤独をもっと早い段階で知っていれば、桧山の痛みや憎しみは、少しは和らいでいたかもしれない。

「私が辞めても優秀な法務教官はたくさんいます。私は被害者の方たちの話を聞いて回りながら、外から少年法や少年の処遇について考えたいと思いました。でも意見すればするほど、被害者の方からも少年を擁護する側からも嫌われちゃいましたけどね」

貫井が苦笑した。

「あなたには明確な主張がないように見えるんですよ。厳罰派でもない、かといって、保護派でもない」

「被害者の方たちの話を聞いて、旧少年法が抱えていた問題を痛感しました。被害者には事件のことを知るという、当たり前の人権すらなかった。贖罪感情を深められない矯正教育。ただ子供の人権だけを声高に主張する保護主義に疑問を感じました。しかし、少年たちを厳罰に処せばそれでいいという論調にも疑問を感じます。子供には教育が必要なんです。少年院と少年刑務所では理念がまるで違います。今の刑務所制度からすれば、少年に厳罰を科して少年刑務所に入れるということは、更生を諦めたに等しいことです。きちんとした教育を施さず、罰を科す労役だけをさせながら何十年塀の中に閉じ込めたとしても、少年たちはいずれ社会に戻ってくるんです。それが何を意味するのか、桧山さんならお分かりでしょう。だから双方の主張にはどうしても賛同できなかったんです。あの時、もっと重要なことが議論されるべきだったと思っています」

「どんな議論ですか」

桧山は訊ねた。

「桧山さんが今一番求めていることですよ」

「俺が一番求めていること？」

確かに何かが抜け落ちているような気はした。少年法改正前に繰り返された『厳罰派』と『保護派』の論争のときに感じた違和感。一方は子供の人権を守れとオウム返しに繰り返し、一方は「野獣を野放しにするな」とセンセーショナルな感情論に支配されていた。あのとき確かに、何か大切な問題が置き去りにされているような気がしたのだ。桧山は考えた。しかし、車が店に辿り着くまでにうまく言葉にすることはできなかった。

店の前に車が停まると、桧山は愛実を揺り起こした。

店のシャッターは半分閉まっていて、店内から歩美がゴミ袋を両手に抱えて出てくるのが見えた。後ろから福井もゴミ袋を手にやってくる。福井がひとつ持とうと歩美のゴミ袋を摑んだが、歩美がその手を避けるようにした。

よそよそしい歩美の態度を見て、桧山は首をひねった。喧嘩でもしているのだろうか。

「ありがとうございました」

桧山は礼を言って車を降りた。

「プーさん、バイバイ」

愛実が手を振った。

桧山は思わず吹き出した。娘のセンスに感心する。運転席から愛実に手を振る貫井に声をかけた。

「コーヒーでもどうですか」

「もちろん奢《おご》りでしょうね」

貫井が笑った。

「出涸《でが》らしでよければ」

桧山は手招きした。

愛実はぐっすりと眠っていた。

桧山はその寝顔を確認すると、リビングのソファにもたれた。ビールを飲みながら、投げ出した足のふくらはぎを揉んだ。今日は一日よく歩いた。愛実はそれ以上に走り回っていた。明日は筋肉痛で辛い一日になりそうだ。足だけではない。今回の旅は、桧山の頭に重たいものを残した。祥子が幼い頃に遭遇した惨たらしい事件と、ひとつの疑問だ。家に帰りついた今まで、その疑問は頭の片隅で氷解しないままに残っている。

祥子はなぜ突然あの町にやってきたのだろうか。目の前で友達が無残に殺された、忌《い》まわしい記憶の残る町。父親や祖母が亡くなったときでさえ、忌み嫌って近寄らなかった町。成長してから、自分が幼い頃に住んでいた町の懐かしい風景を見てみたいと思うのは、それほど不思議なことではないかもしれない。ただの気まぐれかもしれないし、それほど大きな意味はないのかもしれない。だが、そのときの祥子の心境の変化に、桧山は強い引っ掛かりを感じずにはいられなかった。祥子の高校時代の生活をある程度知っている桧山は、その中に祥子の殺害を指示した脅迫者の影を見つけることができなかった。だから、桧山が知らない中学時代の祥子へのこだわりを捨てられないのかもしれない。

澄子なら知っているだろうか。桧山は壁時計を見て、電話機に向かった。

受話器を握りながら、澄子の拒絶が頭をかすめた。

小柴晴彦のことを訊ねたときに示した澄子の拒絶は、夫婦生活の触れられたくない過去ではなく、あの忌まわしい事件の記憶から起きたものだろう。

澄子は、祥子があの町に行ったことを知っているのだろうか。

桧山は短縮ボタンを押した。

「ああ、貴志さん。どうしたの？」

澄子の口調は普段と変わらなかった。

「実は今日、愛実と一緒にハイキングに行って来たんですよ」桧山は努めて明るく切り出した。「祥子が幼い頃に住んでいたところを愛実に見せてやりたくて。すごくきれいな景色ですよね」

「そう……」

澄子の声音が低くなった。

「小柴さんの家も訪ねてみました。祥子と懇意にしてくださった御礼を兼ねて。驚きましたよ。事件のことを聞いて」桧山はさりげなく言った。「祥子からはそんな話一度も聞いたことなかったから」

「思い出したくもないことなのよ。祥子はあの時のことを思い出すだけで、情緒不安定になってパニックになることもあったわ。離婚したのも祥子とあの土地ではもう暮らせなかったからよ。姑がいるから、前の夫はあそこから離れるわけにはいかなかった」

「祥子は大人になってからも、そういう状態だったんですか」

「ええ……」仕方なくという口調で澄子は言葉を継いだ。「今よく言われているトラウマというの？　大人になってからも、事件のことを想像させるようなものに触れたがらなかった。だから家でもあの事件やあの町のことはタブーだったのよ。だから貴志さんに話さなかったのも……」

「でも、それでも祥子はあの町に行きました」

澄子は言葉を返してこなかった。重く長い沈黙の最中に、呼吸を整えようとする息遣いだけが漏れ聞こえてくる。

「知りませんでしたか？　高校に入学する春に、祥子は小柴さんを訪ねに行ったんです。思い出したくもない記憶がある町に」

受話器の向こうから、息を呑む音が聞こえてきた。

「どうして祥子はあの町に行ったんですか。中学を卒業する頃に、祥子の気持ちを揺り動かすような何かがあったんですか」

「何もないわよ」

澄子の口調には、怒気が混じっていた。

「教えてください。大切なことなんです」

「知らない。何もないわよ」澄子は桧山の言葉を遮《さえぎ》った。「貴志さんおかしいわよ、いったい何を詮索してるのよ」

桧山が言葉を足そうとすると、「忙しいから、切るわよ」と澄子は無情に電話を切った。

桧山は受話器を置き、天井を仰いだ。

やはり高校に入学する前に、祥子に何かがあったのだ。桧山のおぼろげな推測が確信に変わった。

6

シャッターを半分下ろして掃除を始めると、福井が溜息ばかり吐《つ》いていた。レジの前に立って売り上げ計算をしていた桧山は、その様子をしばらく見ていた。今日は早く帰りたいのに、こんな様子ではいつまで経っても仕事が終わらないじゃないか。

「どうしたんだよ、福井。しっかりしてくれよ」

「店長……」福井が落ち込んだ顔を桧山に向けた。「女性ってわかんないっすね」

「仁科さんと喧嘩でもしたのか」

「わかんないっすよ。何だか、急によそよそしくなっちゃって、俺のこと避けてるみたいで……俺、なんか気に障ることでもしちゃったのかな」

「勉強が忙しいだけだろ」

そう言って、桧山もふと思った。そういえば最近、歩美は休憩時間に勉強をしなくなった。椅子に座って、ぼんやりと壁を見つめている光景を、何度か見かけた。やはり、学校が終わった後にアルバイトをするのは、そうとう疲れるのだろう。

「女心と秋の空、って言うだろう。次に会った時は、元に戻ってるさ」

牛歩のように緩慢《かんまん》な福井の尻を叩いて、何とか仕事を終わらせると、桧山は急いでみどり保育園に向かった。

昨晩、澄子との電話を切ってから、桧山はもう一度祥子の私物を確認してみた。祥子の中学時代に繋がる物を。しかし、あったのは卒業証書だけで、卒業アルバムや名簿の類は何も出てこなかった。

みゆきに訊いてみるしかなかった。中学時代、同じ塾で親友だったみゆきになら、学校での交友関係や悩みなどを話している可能性が高いと思った。もしかしたら、突然あの町に向かった祥子の心境の変化に繋がることを、聞いたりしているかもしれない。

みゆきの知っていることが、直接的に脅迫者へと繋がるとは思っていないが、何らかの手がかりを得られるのではないだろうか。

桧山の胸は昂《たか》ぶり、足取りが速くなった。

みどり保育園のドアを開けると、照明を半分落とした薄明かりの中で、机に向かって作業しているみゆきの姿があった。

みゆきが桧山に気づいた。

「おかえりなさい」

「愛実、寝てますか」

桧山はスリッパに履き替えて中に入った。

「ええ」

みゆきが微笑した。

桧山はタオルケットにくるまった愛実の寝顔を確認した。よかった。愛実が起きていたら込み入った話もできない。

みゆきは愛実に向けていた目を手もとの編み棒に戻した。桧山はみゆきの手もとの編み物に目を向けた。

「クリスマスまでに間に合うかどうか」みゆきが微苦笑《びくしょう》する。「編み物やるの初めてなんです。愛実ちゃんのが成功したら、来年は大人物に挑戦します」と嬉しそうな顔を桧山に向けた。

桧山は少し視線をそらした。何をどう訊けばいいのだろう。みゆきにはどこまで話せばいいだろう。そのことだけが頭の中で巡っていた。祥子が突発的に起きた事件で殺されたのではなく、何者かの狡猾《こうかつ》な計画によって、明らかな殺意によって殺されたのだと伝えたら、みゆきはどれほどのショックを受けるだろうか。

「祥子とは何年ぐらいの付き合いだったんですか」

桧山の突然の言葉に、みゆきは虚を衝《つ》かれた顔をした。しばらく考えてみゆきは答えた。

「中学二年の途中から卒業するまで塾で一緒で、それからもちょくちょく会ってましたから……」

「中学の頃、祥子から悩み事なんかを聞いたりしませんでしたか。学校の交友関係とか、人間関係なんかで」

みゆきは興醒《きょうざ》めした表情で手もとの編み物を見つめると、また桧山を見た。訝しがるような表情に変わっていた。

「別にありませんけど」みゆきは素っ気なく答えた。「進路のことや、将来何になりたいとか、そんな他愛もないことです」

「みゆき先生」桧山はみゆきに問いかけた。「祥子はどんな女性でしたか」

「どんな女性って……それは、桧山さんの方がよくご存知でしょう。どうしてそんなことを訊くんですか。今日の桧山さん、ちょっと変です」

「祥子とは四年の付き合いでした。そのほとんどがアルバイトと店長という関係です。もしかしたら、まだ自分の知らない祥子がいるんじゃないかって気がするんです」

桧山はうまく本意が伝わらないもどかしさを感じた。だが、みゆきに本当のことを話す勇気がなかった。何者かが、祥子に恨みを持って計画的に殺したのだということは。

「もし、みゆき先生の思い出の中にいる祥子が、自分の知らない祥子の一部なら、祥子のすべてを知りたいんです」

桧山は必死に言葉を継いだ。

「そんなことを知ってどうするんですか!」

みゆきが遮るように言った。

桧山はたじろいだ。みゆきの目にわずかな怒気と戸惑いが潜んでいるように感じた。

「確かに、桧山さんが一緒に過ごした四年間が祥子さんのすべてじゃないでしょう。だけど、自分が知らない祥子さんの思い出を聞くことに何の意味があるんですか。私はお通夜の日に、祥子さんとの思い出話を桧山さんにしました。だけど、桧山さんもいい加減に前を向いて歩いてください。祥子さんはもういないんです。祥子さんの思い出をいくらかき集めたって、もう戻ってこないんですよ」

桧山は呆然と立ちすくんだ。みゆきの辛辣《しんらつ》な言葉が胸を突き刺した。だけど腹立たしさはなかった。自分のほうがもっとみゆきを傷つけているのかもしれない。みゆきの目がうっすらと潤んでいるのを見て、桧山は初めてそう思った。

「みゆき先生、どうしたの」

目を覚ました愛実の声に我に返ったみゆきが、慌てて愛実のもとに向かった。

「何でもないのよ。パパが帰ってきたよ」

桧山はぎこちない笑みを愛実に向けた。

翌日、大宮駅に降り立ってからの桧山の足取りは重かった。昨夜の決まりが悪い別れが尾を引いている。愛実は、そんな大人の事情など無縁だといわんばかりに、大股でスキップしていく。

みどり保育園のドアを開けると、他の保育士がやってきて愛実を迎えた。桧山は安堵とも不安ともつかない溜息を吐いた。

靴を脱ぐと、愛実はすぐに奥にいるみゆきのほうへ走って行った。

「みゆき先生、おはよう」

みゆきはいつもの笑顔で愛実を迎えた。そして、入り口の桧山を見た。軽く会釈をすると、すぐに桧山から視線を外した。

「よろしくお願いします」

隣にいた保育士に繕った笑いを浮かべて、桧山はドアを閉めた。

テナントビルを出て大宮駅へ向かいながら、桧山は店に携帯電話をかけた。電話に出た福井に、昼前の出勤で大丈夫かと確認を取った。

大宮から川越に行き、東武東上線に乗り換えて二つ目の上福岡駅で降りた。

祥子が通っていた中学校はすぐに見つかった。

フェンス越しに、ジャージを着た生徒たちが校庭を走っているのが見えた。ここが祥子の通っていた中学だ。秋空のもとで暫しの感慨に耽《ふけ》っていたが、腹を決めた。こうなったら、祥子の級友を虱潰《しらみつぶ》しに当たってみるしかない。

正門の前の歩道でしばらく待った。やがてチャイムが鳴ると正門をくぐっていった。入り口の下駄箱には体育の授業が終わった生徒たちが群がっていた。桧山は、その中にいたジャージ姿の若い男性教師を呼び止めた。

桧山は、まず自分の身分を告げ、祥子の卒業証書と自分の運転免許証を差し出した。そして明瞭な口調で事情を話した。自分の亡くなった妻はこの中学校の卒業生で、級友の人たちに法要の報せをしたいのだが、名簿の類を紛失してしまって困っているのだと説明した。意外なほどあっさりと男性教師は承諾してくれて、桧山を応接室に通してくれた。

応接室で待っていると、男性教師が卒業アルバムを持ってやってきた。

「コピーをとってあげますよ。何組ですか」

「ちょっと……」

わからないという顔で、桧山はアルバムをめくった。

クラス別の写真を見ていった。升目の中で生徒たちが様々なポーズで写真に写っている。この中に、祥子に恨みを抱いて、少年たちを脅迫した人間がいるかもしれないのだ。桧山は五クラス全部を見終えた。

だが、そこに前田祥子はいなかった。怪訝に思いながら、もう一度女子生徒の顔と名前を丹念に目で追った。

「ありません」

桧山は男性教師に訴えた。

「九五年卒業ですよね」

「ええ」

間違いない。卒業証書には平成七年卒業と書いてあったのだ。つまり一九九五年だ。

「ちょっと他の先生に訊いてみますね」

男性教師は応接室を出て行った。

一人残された桧山は、卒業アルバムをじっと見ているうちに、得体の知れない不安に駆られ始めた。


二時過ぎに、みゆきが店にやってきた。

お昼のピークが終わり、アルバイトを順番に休憩に入れた桧山はレジに立っていた。

「昨日のことを謝りたくて……」みゆきは伏目がちに呟いた。

桧山は、中学校を出てからずっと胸が詰まるような息苦しさを感じていた。「外に行きませんか」桧山はみゆきを誘った。

静かな氷川参道を大宮公園に向かって歩いた。

「昨日は差し出がましいことを言ってすいませんでした」みゆきが頭を下げた。「デリカシーに欠けていました。桧山さんにとっては祥子さんは今でも大切な人ですし、愛実ちゃんにとっても今でも大切なお母さんですもんね」

桧山は空を仰いだ。澄み渡った空。視界の隅で街路樹の葉がそよいでいる。だが、ちっとも息苦しさは止まらなかった。

「桧山さんが知りたいっておっしゃるなら、思い出せる限り祥子さんの話を……」

みゆきの言葉のひとつひとつが、桧山の不安を煽《あお》っていく。

「どうして嘘をつくんですか」

「え？」

みゆきが呆然と桧山を見た。

「本当のことを教えてほしいんです」

「本当のことって？」

みゆきが取り繕うような顔をした。

「祥子とみゆき先生は同じ塾なんか通ってないはずです。本当は、祥子とはどういう関係なんですか」

「本当はって……私と祥子さんは、塾で知り合ったんですよ」

必死に笑顔を作っていたが、みゆきの口調は歯切れが悪かった。

「あり得ないんです！」桧山は語気を強めた。「祥子は中学三年生の一年間を、ほとんど女子少年院で過ごしているんですから」

桧山の言葉に、みゆきが目を見開いた。

「祥子にいったい何があったんですか」

桧山は詰問した。

それは祥子の中学校でも教えてくれなかったことだ。あの後、男性教師は決まりの悪い顔をして戻ってきた。そして、祥子はある事件を起こして少年院に入っていたと告げた。卒業証書は校長が少年院に届けて、母親の澄子の希望で、卒業アルバムと名簿には祥子の名前を載せないようにしたのだと話した。

祥子がどんな事件を起こしたのかと桧山が訊くと、「昔の話だからよくわからない」と言葉を濁してそそくさと立ち去った。

「みゆき先生は知っているんでしょう？　だから、そのことを隠そうと今まで嘘をついていたんでしょう」

みゆきの表情が強張っている。

「仮にそうだとして、それがどうしたっていうんですか。桧山さんの知っている祥子さんがすべてでいいじゃないですか。誰にだって過ちはあるでしょう。そんなことをいまさらほじくり返して何になるんですか」

「僕は本当のことを知りたいんです。いや、知らなきゃいけないんだ」

「どうしてです」みゆきが血相を変えた。「そんなこと誰も望んでなんかいない」

「祥子を殺した本当の犯人を見つけなきゃならないんだ！」

桧山は丸山の話を聞いてからずっと溜め込んでいた激情をぶつけた。

みゆきは、意味がわからないという顔で、逆に桧山を睨み返した。

「祥子さんを殺した本当の犯人って、何を言ってるんですか」

「あの事件は少年たちが突発的に起こした事件なんかじゃない。祥子に殺意を持った何者かが、少年たちを脅迫して仕組んだことなんだ」

「嘘……」

茫然自失の表情を浮かべながら、みゆきが二歩、三歩と桧山から後退していった。

桧山の言葉が激しい風圧となってみゆきの胸を叩きつけたようだ。それでもみゆきの意志は折れそうになかった。身を縮こませて、必死で激風に耐えるように押し黙っている。

「この手で犯人を捕まえたい！　そうでなきゃ祥子は浮かばれない。そうでしょう」

桧山はみゆきに詰め寄った。

みゆきが力なく首を振った。

「祥子さんはそんなこと望んでいません。やめてくれって言ってます」

「どういうことなんだ」桧山はみゆきの両肩を摑んで激しく揺すった。「教えてくれ！」

みゆきは桧山の手を振り解き、さらに二歩、三歩と後退した。そして、蒼白になった唇を力なく開いた。

「祥子さんは人を殺しました」

7

土曜日の午後になると憂鬱《ゆううつ》になった。

十二時を過ぎると校門を出て、広大な航空公園の中を横切る。この街で暮らしているると空が広いと感じる。今日は一点の曇りもない青空だった。眩しい日差しに照らされて、カップルや家族連れが気持ちよさそうに散策していた。

みゆきはこの公園を抜けると、とたんに陰鬱《いんうつ》な気持ちになる。国道には行き交う車が排気ガスを撒き散らし、国道沿いにあるみゆきの家は、延々と続くけやき並木で日の当たらない陰になっていた。だが、みゆきを陰鬱な気持ちにさせる本当の原因は、あの家の中にあるのだ。

みゆきの家はクリーニング店をやっていた。一階が店舗とダイニングキッチンになっていて、二階でみゆきは両親と祖母の四人で暮らしている。

玄関を入ると、店で作業する両親の声が聞こえた。また何やら言い争いをしている。二階に上がって自分の部屋に駆け込んでも、甲高い尖り声と低音の怒声が階下から響いてくる。みゆきはいい加減うんざりした。鞄を床に投げつけ、制服を着替えた。大人の事情に深く立ち入るつもりなどないが、あの二人を見ていると、いったいどういう経緯で自分が今ここにいるのか不思議になってくる。

土曜日で給食はないのでお腹が減っているが、あの罵《のの》り合いを聞きながら昼食をとれるほどみゆきの神経も胃袋もタフではない。

どこかに出かけよう。せっかくのいい天気なのに、なにもこんなじめついたところにいることはない。このままここにいると体から苔《こけ》でも生えてきそうだ。みゆきはよそ行きの服を選んでもう一度着替えると、財布と鞄を持って階段を下りた。

どこに行こうかな。航空公園駅の切符売り場の前でみゆきは考えた。新宿まではここから一本で行ける。だが、数回しか行ったことはなかったが、みゆきは新宿という街が苦手だった。所沢から乗り換えて池袋に行こう。サンシャイン通りの映画館で何か映画でも観て、本を買って、東急ハンズで可愛いノートでも買って帰ろう。それで帰宅後の憂鬱な時間を耐えられるような気がした。四千円ほどしか所持金はないが足りるだろう。みゆきは切符を買った。

期待外れだった。大切な小遣いを使おうという気にさせてくれる映画はやってなかった。もともとみゆきは特に映画好きというわけではなかった。ああいうものは友達や家族と一緒に行くから楽しいのだ。映画だけではない。東急ハンズに入って色々なキャラクター商品を見て回っても、ちっとも楽しくないことに気がついた。サンシャイン通りを一人で歩いていると、みゆきは侘しくなってきた。周りを行く人たちが皆楽しそうに見えた。

ゲームセンターに入った。UFOキャッチャーに可愛いクマのぬいぐるみがあった。中学生のみゆきにとっては大枚を叩《はた》いて池袋までやってきたのだ。あのぬいぐるみを持って帰ることが自分の使命のように思えてきた。だけど千円以上使っても、目当ての獲物にはかすりもしなかった。

みゆきはむきになった。絶対にあのぬいぐるみを手に入れてやるのだ。アームからぬいぐるみがするりと落ちるたびに、みゆきは歯ぎしりした。

隣のアームが動いた。隣を見ると、女の子がボタンを操作していた。女の子はみゆきとそれほど年は違わないように感じた。デニムスカートにピンクのカーディガンを着た姿はあまり垢抜けて見えなかった。女の子のお目当ては、どうやらみゆきの狙っているものと同じぬいぐるみのようだ。みゆきは負けるものかと挑戦を続けたが、さすがにこれ以上お金を使うと明日からきびしいので諦めた。

みゆきはしばらく女の子の挑戦を眺めていた。女の子も二千円以上使っただろうか、ぬいぐるみをアームにはさんで穴に入れた瞬間は、みゆきも悔しさを忘れて歓喜の声を上げてしまった。

女の子は機械からぬいぐるみを取り出すと、みゆきに向き直った。

「あげる」

「え？」みゆきは呆気《あっけ》にとられてぬいぐるみを受け取った。「で、でも……」

「楽しかったから」

みゆきの顔を見ると女の子は満足したように、出口に向かった。

「あ、あのさ」

女の子が振り返った。

た。

女の子が微笑んだ。転校生が初めて遊びに誘ってもらえたときのような笑顔に見えた。

「一人？　お腹減ってない？」

二人はハンバーガーショップに入った。みゆきは女の子にポテトをおごった。席についても最初のうちは何を話していいのかわからなかった。女の子は無口なほうで、自分からはあまり話をしないタイプらしい。でも、ポテトをつまむたびに、徐々に緊張がほぐれていっていろんな話を始めた。名前を前田祥子と言った。上福岡の中学校に通う三年生。みゆきと同い年だった。

祥子は、自分は学校では暗いと言われてあまり友達がいないのだと話した。だから、よく一人で池袋に出て来るのだと。だが、みゆきは祥子は自分が言うほど暗い女の子だとは思わなかった。相性というものがあるのだろう。けっこう今だって会話は弾んでいる。

二人は学校での授業や流行っていることを話した。どこの学校もたいして変わらないんだね。取り留めもない会話だったが、みゆきにとっては新鮮な時間だった。さっきまでの鬱々とした気分が嘘のように楽しかった。知るはずのないお互いの担任教師の物真似をしたりしては二人で笑い転げた。

パルコで服を見て回った。今の自分に買えそうなものはなかったけど、二人で「これ似合う」だとか「あれいいね」と物色しているだけで充分楽しかった。パルコを出ると、辺りはもう夕闇に包まれていた。西口公園の石段に腰を下ろして缶ジュースを飲んだ。お金はもう帰りの電車賃ぐらいしか残ってなかった。少し肌寒かったけれど、小さな焚き火を消さないために次々と小枝を投げ入れるように、二人は取り留めもない会話を繋いだ。だけど、さすがにもう帰らなければならない時間だった。

あのとき、どちらかが立ち上がって、つまらない現実に帰っていれば、祥子との付き合いもずっと続いていたかもしれない。

祥子は率先して帰ろうという素振りは見せなかった。みゆきも別れを切り出せなかった。

そんなときだったから、あんな誘いに乗ってしまったのだろうか。

三人の若い男が声をかけてきた。男といえば、学ランに五分刈りか坊ちゃん頭の同級生しか目にしていないみゆきにしてみれば、茶髪でルーズな着こなしの彼らがちょっと格好よく映った。彼らはテレビに出ている若手芸人のように乗りがよくて、目の前でコントを演じるみたいに、楽しく誘いの言葉を投げかけてきた。

「ちょっとだけならいいか」

みゆきと祥子は目を見合わせた。

タクヤとジュンジとケンは都内の高校に通う二年生だと言った。

五人は彼らの行きつけだという居酒屋に行った。お金がないと言うと、おごりだから遠慮しないでと優しく言った。みゆきも祥子も左右を男に囲まれて座った。みゆきは祥子と距離が離れ、少し心細い気分でサワーを舐《な》めるように飲んだ。最初のうちは会話もそれなりに盛り上がった。彼らも精一杯テンションを上げて楽しませてくれた。しかし、時間が経つにつれて徐々に不安が燻《くすぶ》ってきた。タクヤの向こうに座った祥子に目を向けると、やはり彼女も同じ気持ちのようだ。口数が少なくなっている。

「もうそろそろ帰らないと……」

消え入りそうな声でみゆきが言うと、「そうだね」と祥子も立ち上がった。

「まだいいじゃん」とタクヤが祥子の手を乱暴に摑んで引き戻した。

そのとき、彼らの粗暴な素顔が現れた。彼らの威圧するような空気と煙草の煙がこの場に充満した。隣の男が詰めてくる。みゆきは彼らへの嫌悪感を募らせた。

「カラオケ行くか」

彼らの言葉にみゆきは少しだけ安堵した。この場から解放される。表に出たら、何だかんだと理由をつけて帰ろう。祥子と駅まで走ろう。そして連絡先を交換して家に帰ろう。あのつまらない家に。

店を出ても、みゆきはケンにがっちりと手首を摑まれていた。手を振りほどいて逃げられないだろうか。そう考えたが、前を歩く祥子はタクヤとジュンジに挟まれていた。振り返った祥子と目が合った。心細そうな顔をしている。

寂しい公園にやってきた。電話ボックスの灯りだけが煌々としている。タクヤが電話ボックスの前で、みゆきと祥子にティッシュ袋を差し出した。意味がわからず、みゆきと祥子は顔を見合わせた。

「資金調達しなきゃ」

タクヤが薄笑いを浮かべた。

みゆきと祥子はティッシュを手に取って見た。テレクラの広告が入っていた。

「いやだよ」

祥子の主張に、彼らが笑った。

「勘違いしないで。別に本当に体売れっていうわけじゃないから。君たちはただ電話するだけ。あとは俺たちが話をつけるから」

「いやだよ」

祥子はそれでも拒否した。

「それぐらいやってくれてもいいんじゃねえの?」タクヤの目が威圧的になった。

「お前らだって楽しんだだろ。けっこう飲み食いしたでしょ。こういうとこ利用して女買おうとする奴は社会悪なわけ。ちょっと説教するだけなんだから」

睨みつけるような三人の目を見て、断ることができなくなった。祥子とみゆきは順番に電話をかけた。

みゆきの電話に出た男は三十歳の会社員だと言った。何歳かと訊かれてみゆきは二十歳だと答えた。三十分後にこの西池袋公園で会おうと約束を取り付けて電話を切った。

五人はトイレの裏に隠れて公園の様子を窺った。みゆきは男が約束をすっぽかすのを祈った。祥子も同じ気持ちだろう。

三十分後、薄闇の中に一人の男が現れた。男は電話ボックスの周りをうろうろした。背広姿に黒い革鞄を持って、みゆきが目印のために指定した週刊誌を持っていた。

「お前の方だな」

タクヤがみゆきの背中を押した。

みゆきはふらふらと歩いていった。振り返ると、心配そうな顔で祥子が見守っている。

男に近づいていった。男がみゆきに気がついて、「こんばんは」とにこやかな笑みを浮かべた。三十歳というのは嘘だろう。もう少し年がいっているように見えた。結婚もしていて子供もいるかもしれない。

男はみゆきの顔を凝視すると、怪訝な顔つきになった。

「君、二十歳なんて嘘だろう。高校生か？」男は首を捻りながら呟いた。「もっと下か？」

みゆきが言い淀んでいると、「こんな時間に何をやっているんだ。家の人が心配しているから帰りなさい」と説教した。

「オッサン、俺の女に何やってんだよ！」

後ろから怒声が聞こえた。男が戸惑った目をみゆきに向ける。みゆきは目をそらした。

「私はなにも……」

三人は男の弁解を問答無用に蹴散らした。タクヤに蹴りを入れられて倒れた男を、三人はサッカーを楽しむように蹴りまわした。肉と骨が軋《きし》む不快な音が聞こえてくる。みゆきはその光景を呆然と見ていた。タクヤは倒れた男の顔を持ち上げ、ズボンの後ポケットから取り出したナイフをかざした。

「舐めんじゃねえぞ、オッサン」

そして、みゆきたちを見て薄笑いを浮かべた。

みゆきの背中が粟立った。それはみゆきたちに向けられた言葉に思えて、心臓が恐怖で縮み上がった。

「警察が来ちゃうよ」

祥子が悲鳴を上げた。

彼らは男のポケットから財布を奪うと、みゆきと祥子の手を摑んで走った。もはや抵抗を試みる気力は失せていた。とにかく怖かった。早くあの場所から離れたかった。

カラオケボックスに駆け込んだ彼らは、今夜の戦績に高笑いをしていた。財布の中身を取り出して、上機嫌でみゆきたちにドリンクを勧めた。

口につけたコップがかたかたと音を立てた。いくら抑えようとしてもみゆきの震えは止まらなかった。あの男は大丈夫だろうか。

「あのひと大丈夫かな？　死んじゃったんじゃないかな」

祥子が、みゆきの心情を代弁して呟いた。

それを聞いた三人が大笑いした。「死なねえ、死なねえ。人間そう簡単に死なねえって」

「帰る！」

祥子は意を決したように立ち上がった。「帰ろう」とみゆきに手を差し出した。

「今出たらやばいって」タクヤが遮った。「今出たらおまわりに捕まるぜ。ここで少しほとぼりをさまして、終電で帰ればいいじゃん。まあ、歌ってよ」と選曲本を投げた。

みゆきも祥子も、とても歌う気分ではなかった。彼らもそのつもりはないらしい。居心地の悪い沈黙が続いた。

「ムードでねーな」

ケンが照明を落とした。

みゆきが身構えた瞬間、隣にいたジュンジがみゆきにのしかかってきた。両手を掴まれてソファの上に押し付けられた。

「いやっ！」祥子の悲鳴が響いた。向かいのソファでタクヤが祥子を組み伏せている。みゆきも大声で悲鳴を上げた。

「ここはダチがバイトやってて、防音も利いてるから無駄だぜ」タクヤの嘲笑《あざわら》いが響いた。

ケンがジュンジに加勢して一緒にみゆきを押さえ込む。ケンの足が強引にみゆきの太股を押し開いていく。

「やめてっ！」

「痛てっ！」

タクヤが悲鳴を上げて飛び上がった。その悲鳴に男たちの動きが止まった。

祥子がふらふらとソファから立ち上がって、照明をつけた。

祥子の姿を見て、みゆきにのしかかっていたケンとジュンジが息を呑んだ。そして
タクヤを見た。タクヤは腕を押さえながら呻《うめ》いている。血が流れていた。

「こいつ俺のナイフをとりやがった」

タクヤが吐き捨てた。

祥子がケンとジュンジにナイフを向けた。

「放して！」

ケンとジュンジは呆気にとられて静止していた。

「放せ！　本気よ」

祥子は血走った眼で言った。

みゆきの体からケンとジュンジが離れた。みゆきは急いで立ち上がると祥子の隣にいった。祥子はドアを背にしながらナイフで威嚇《いかく》していた。

それから走った。無我夢中で繁華街の裏通りを走り抜けた。息が切れて立ち止まると、みゆきは震えながら泣いた。

「大丈夫、もう大丈夫だよ」

祥子がみゆきの肩を抱いた。

なるべく人目につかない裏通りを歩いて駅に向かった。とんでもない一日だった。こんな時間に家に帰ればきっと両親にこっぴどく怒られるだろう。

「親が心配しているから、電話してもいいかな？」

みゆきは駐車場の横にある公衆電話に走った。財布からテレホンカードを取り出しながら言い訳を考えた。そのとき、肩を掴まれた。大きな圧力に悪寒を感じながらみゆきは振り返った。

みゆきの鼻先に男の頭髪が触れた。下を向いていた男がゆっくりと顔を上げて言った。

「財布を返せ」

男の顔を見て、みゆきは小さな悲鳴を上げた。

ひしゃげた鼻と、顔中の黒ずんだ腫れと、血走った目つきは、ほんの一時間ほど前に見た面影とはまったく違っていた。

「あの財布を返せ。仲間のところに連れて行け！」

男は、みゆきの手を摑むと、力まかせに引っ張った。

「ごめんなさい。仲間じゃないんです」

男の手を振り解こうともがいたが、男は聞く耳を持たず、怒りに任せてみゆきを振り回した。

祥子が駆けつけてきた。「やめて」とみゆきと男の間に割って入ろうとしたが、男の左手に弾き飛ばされてしまった。

「早く連れて行け！」

男は今度はみゆきの髪を摑んで引っ張った。手がつけられない怒りだった。

「痛い痛い」みゆきは泣き出した。

「放してください」

祥子がやってきて懇願したが、また力任せに払いのけられた。路上に尻餅をついた。

みゆきは路上につまずいた。それでも男は力を緩めず、みゆきの髪を引っ張り、引きずり起こそうとした。痛い。痛い。もう耐えられなかった。

奇妙な振動があった。顔を上げると、祥子と男の体が密着したまま静止している。みゆきの髪を摑んでいた男の手から力が抜けていった。男は低い呻き声を上げながら膝をついた。

みゆきは呆然と祥子を見上げていた。放心した顔でナイフを握り締めた祥子を見て、何が起きたのかを悟った。

連行された池袋署で何を話したのかほとんど覚えていない。ただ、ずっと泣いていたような気がする。事情聴取をした女性の取調官が、ナイフで刺された男性は亡くなったと言った。その言葉だけが耳にこびりついていた。

祥子は殺人の容疑で逮捕された。みゆきは補導だった。自分がきっかけを作ってしまったのに、自分も同罪であるはずなのに、という罪悪感が募った。

警察署にやって来た両親は、娘の一大事に顔面蒼白になっていたが、みゆきが相手を死なせた張本人ではないと知ると、露骨に安堵した表情を見せた。両親のそんな態度が、みゆきをさらに後ろめたい気持ちにさせた。祥子は今頃どんな思いをしているのだろう。どんなに周囲から責め立てられているのだろうか。みゆきの胸は張り裂けそうだった。

みゆきは、深夜徘徊と、テレクラに電話するなどの不道徳な行いをしたとして、虞《ぐ》犯《はん》で少年審判に付されることになった。

新聞や週刊誌などで事件は報じられたが、みゆきや祥子に対して同情的な論調だった。家裁の調査官から、子供の権利を守るために活動しているという弁護士が、祥子を弁護する付添人に名乗りを上げたと聞かされた。少年審判に付される事件で付添人がつくのはわずか一パーセントほどだそうで、そのことがせめてもの救いのように思えて、みゆきは自分を慰めた。

みゆきは、少年審判で保護観察処分となった。祥子の処分は少年院への送致になったと調査官から聞いた。あの事件以降、祥子とは会っていない。

みゆきは定期的に保護司のもとに面接に行った。当初、地元では針の筵《むしろ》のようだった生活も、高校に入ってしばらくしたら、事件前まで当たり前のようにあった生活が戻ってきた。

事件のことなどまったく知らない同級生と過ごす毎日。両親に心配をかけない程度に勉強して、クラブ活動に汗を流し、時には遊びに出かける、屈託ない日々。

だけど、どんなに時間が経っても、どんなに普通の生活を送っていても、胸の底に沈殿した罪悪感という澱《おり》が消えることはなかった。

祥子は今頃どんな生活を送っているのだろう。そして、あの男の家族はどうしているだろう。どんな苦しみの中にいるのだろう。思うことはあっても、知ろうとする勇気がみゆきにはなかった。

保護司から、被害者の家族が近くに住んでいるとは聞いていた。住所を教えてくれたが、みゆきは訪ねることができなかった。

みゆきは、保護司がくれた住所のメモを財布にしまった。これはずっと持っていようと心に決めた。忘れてはいけないのだ。いつか、自分に勇気が持てたときに、必ず遺族に会いに行って一言でも謝ろう。そう思い続けた。だけど、時間が経てば経つほど、その敷居は高くなっていくのだ。みゆきはずっと逃げていた。

高校卒業後の進路を考えたとき、みゆきは保育士になりたいと思った。自分のような人間が子供の教育に携わるのはおこがましいことだとは思うが、保育の仕事に尽くすことを、自分の一生の贖罪にしようと考えた。

そんなときに、テレビのニュースで信じられないものを見た。

祥子の顔写真が映っていた。祥子はあの日に会ったときとあまり変わらない清楚《せいそ》な顔立ちだった。彼女が結婚して、子供を産んでいたことも知った。同時に知った彼女の幸せと不幸に、みゆきは一晩中、部屋で泣き明かした。

みゆきは通夜に出ようかどうしようか迷った。もし、参列者や家族の人からどういう関係かと問われたら、どう答えていいのかわからなかった。みゆきは嘘が苦手だった。でも、どうしても出たかった。いや、出なければならなかった。

なるべく目立たないようにしよう、そう思いながら焼香をしたが駄目だった。祥子の遺影を目の前にして、残された夫と子供を見たら、もうどうにも涙が止まらなくなってしまった。

通夜ぶるまいの席に案内してくれた祥子の母に、みゆきは自分と祥子の関係を話した。祥子の母親は驚いた顔を向けた後、「事件のことは秘密にして欲しい」とみゆきに懇願した。

夫である桧山貴志は何も知らないのだ。みゆきは承知した。

祥子には大きな借りがあった。とても返しきれない、いや、もう決して返すことができない借りだ。この秘密を守り通そう。みゆきは固く誓った。そして祥子にとって最も心残りだったはずの子育てに、できる限り協力しよう。それが祥子に対するせめてもの罪滅ぼしのように思った。

話してしまった。とうとう話してしまった。みゆきは桧山の顔を直視できなかった。祥子に対しても、もう顔向けができない。ごめん、祥子。本当にごめんなさい。

第五章　贖罪

1

目を覚ますと、愛実に身体を揺すられていた。

「パパ、もう時間だよ」

桧山はゆっくりとソファから起き上がった。頭にボルトを打ち込まれたような痛みが走った。いったいどれぐらい飲んだのだろうとテーブルに目を向ける。ウイスキーとジンの瓶がほとんど空になっていた。

緩慢《かんまん》な動作でシャワーを浴びると、愛実にマクドナルドでの朝食を提案した。愛実は大喜びだったが、自分はコーヒーを口にするのがせいぜいだろう。

大宮駅前のマクドナルドで愛実の朝食を済ませると、みどり保育園に向かった。

エレベーターが三階で開いても、桧山は足を踏み出せなかった。『開』ボタンを押したまま出てこない桧山を、愛実が不思議そうに見上げた。

「一人で行けるだろう」

「パパは行かないの？」

桧山は頷いた。

「さあ、ちゃんとここから見てるから」

桧山に促されて、愛実が仕方なくドアに向かっていった。心細そうな顔で何度も振り返った。桧山はその度に笑顔を向けて愛実を促した。愛実がドアを開けて入っていくのを見届けると、『閉』のボタンを押した。

愛実には可哀想だが、今日はみゆきと顔を合わす気にはなれなかった。桧山の気持ちは乱れていた。普段通りの表情を浮かべられる自信がまだなかった。自分の表情ひとつでみゆきを激しく傷つけてしまうかもしれないという恐れは、単なる言い訳だろうか。

桧山は店に出勤する前に、近くの図書館に入った。九四年四月の新聞縮刷版を手にとって閲覧机に座った。動悸を抑えながら、電話帳のような冊子をめくっていく。記事は社会面の隅に小さく載っていた。

女子中学生が高校教師を刺殺

二十三日深夜、豊島区池袋四丁目の路上で男性が倒れているとの一一〇番通報があり、署員が駆けつけたところ、男性は腹部をナイフで刺されており、搬送先の病院で出血多量で亡くなった。被害者は田無市内の高校教諭滝沢俊夫さん（三七）。池袋署は近くにいた埼玉県上福岡市内の中学三年生の少女Ａ（一五）を殺人の疑いで逮捕した。少女は容疑を認めているという。調べによると、被害者と少女はテレクラを通じて知り合い、それが事件に発展したとみて、同署は少女から動機など詳しい事情を聞いている。

記事を見ても、桧山は事実を受け入れることができなかった。昨日みゆきに聞いたことが、いまだに悪い冗談のように思えた。このベタ記事に載っている少女Ａと、桧山が知っている祥子の輪郭は、どうしても結びつかなかった。

ただ、祥子が高校に入学する前に、どうして吾妻郡の小柴夫妻のもとを訪れたかということは、少し理解できたような気がする。

二度と触れたくもない記憶の残る町に、祥子を駆り立てていったものは、抑えようのない罪悪感だったのではないだろうか。自分が知る犯罪被害者の遺族に会うこと。どうすれば、被害者の遺族の気持ちを少しでも癒すことができるのだろう。祥子は藁《わら》にもすがる思いで、その答えを探しに行ったのではないだろうか。人を死なせてしまったという途方に暮れるような罪悪感が、祥子をあの町へと向かわせたのだろう。

小柴の妻は言った。加害者に謝罪に来て欲しいと。それを聞いて、祥子は滝沢俊夫の遺族のもとへ行ったのだろうか。

みゆきの話が事実ならば、人を死なせてしまったとはいえ、祥子の事件は過失に近いものだと桧山には思えた。祥子やみゆきに同情できる点はある。とはいえ、遺族の被害感情が消えるものでもないということは自分にもよくわかる。桧山の両親を撥ねた大学生も過失なのだ。

だが、もし、この事件を知っていたら、桧山は祥子のことをどのように見ていただろう。あのとき、面接にやって来た祥子を雇っただろうか。祥子を愛していただろうか。桧山はそんなことを考えてしまう自分に、激しい嫌悪を感じた。

今、自分が考えなければならないことは、少年たちを脅迫して祥子殺しを指示した人間を探し出すことなのだ。桧山は、その人間への憎悪を改めて燃え上がらせた。

もしかしたら、滝沢の家族が関係しているのかもしれない――

図書館を出ると、桧山はみゆきに携帯電話でメールを送った。

『もし、滝沢俊夫さんの遺族の方の住所がわかるようでしたら教えてください』


昼のピークが終わって、コーヒーを持って事務所に引っ込んだ。

土曜日ということもあって店は混雑している。いつもなら喜ぶところだが、今はすべてが疎《うと》ましい。

携帯電話が鳴った。着信を見るとみゆきからだった。桧山はためらいを感じながら電話に出た。

「早川です」

初めて聞く重い声だった。

「滝沢さんの家族の住所を知っていますか」

長い沈黙が流れた。

「会ってどうするつもりですか」

「わかりません」次の言葉が見つからなかった。煙草に火をつけた。「だけどいつか必ず会います。どんな方法を使ってでも。会わなければいけないんです」

「私は保護司の方から滝沢さんのご家族の住所を聞きました。まだ今もそこにおられるかわかりません」

「みゆき先生は行かれたことがあるんですか」

「いえ……」

ほとんど聞きとれない、か細い声だった。

「教えてください」

数秒の間の後、みゆきは滝沢の家族の住所を静かな声で読み上げた。

「お会いするだけだったら、そんなに遅くはならないですよね」

みゆきが念を押した。

「ええ。愛実を迎えに行かなきゃならない」

誰も見ていないのに、無理に微笑んだ。

「今日は早めに上がって愛実ちゃんとお店で待ってます」

電話を切ると、棚から地図を取り出した。みゆきから聞いて住所をメモした紙を見ながら地図を開いてみた。

滝沢俊夫の遺族の住所は、東京都東村山市秋津町三丁目——

東村山市秋津町は所沢駅と東村山駅の中間にあった。航空公園は所沢駅の隣駅だ。

まったく馴染みのない土地というわけではなさそうだ。

ノックの音がして歩美が入ってきた。

「おはようございます」

険しい表情で地図を睨みつけている桧山に、ぴりぴりした空気を感じたのだろうか、桧山のことをちらっと窺うと、歩美はすぐに更衣室に入っていった。

桧山はいますぐに訪ねていくつもりで、ネクタイを締めて上着を羽織った。土曜日の午後なら家族が家にいる可能性が高いだろうと考えた。いや、帰ってくるまで待っていたっていい。

事務所を出ようとしたときに、歩美が更衣室から出てきた。

「これからちょっと出かけてくる。七時から福井と二人になるけど、それまでには帰れると思うから」

壁に掛けたシフト表を見ながら歩美に伝えた。

「わかりました」歩美が頷いた。事務所を出て行く桧山に、「いってらっしゃい」と微笑した。


所沢駅前でバス停を探して早足で歩いていた桧山は、ロータリーにこだまする声に立ち止まった。学生服を着た少年少女たちが、行き交う通行人に呼びかけていた。胸に募金箱を掲げて、交通遺児のための募金を訴えている。

桧山は財布から一万円札を取り出して三回折り畳むと、女の子の胸に掲げた募金箱に入れた。女の子は思いがけない大金に少し驚いた表情を浮かべて桧山を見上げた。

「ありがとうございました」

少女は笑顔を見せて会釈した。

桧山は女の子の真っすぐな微笑みに、胸を刺す痛みを覚え、逃げるようにその場を去った。

バスに乗った桧山は、遠目に募金活動の光景を見つめながら、自分の胸に突き刺さったものは何だろうと考えていた。

桧山も、彼ら彼女らと同様に交通事故で肉親を失った。だけど、人に対してあんなに真っすぐな笑顔を向けることなんてできなかった。両親を死なせた人間を恨み続ける毎日だった。心に自ら垣根を作り、人を遠ざけ、孤独でがんじがらめになっていたのだ。

そんな自分を変えてくれたのは祥子だった。祥子は、桧山の孤独を包んでくれた。祥子と一緒にいることで、その寂しさから自分は救われたと感じた。だけど、本当に救われたいと思っていたのは祥子の方だったのではないのか。祥子はその笑顔の下で、一人ではとても抱えきれない大きな苦悩と痛みを感じていたに違いない。看護師になりたい。人の命を救う仕事がしたい。桧山が強さを感じ、羨ましく思った祥子の熱い眼差しも、一皮剝けば切羽詰った心の叫びだったのだ。

祥子は桧山に何も語らなかった。いや、語れなかったのだろう。

祥子にとって、過ちを犯した人間を許せない自分のような男と過ごした日々は、激しい痛みを伴うものだったのではないだろうか。

「気が重いですね」

運転席の長岡が呟いた。

「そうだな」

三枝は頷くしかなかった。

車は見慣れた街並みに入っていった。まだ記憶にも新しい風景が、三枝の胸を圧迫していった。一ヵ月前にここを通ったときには、今日のような状況など想像もしていなかった。

捜査本部は昼過ぎに、その人物への任意同行を決めた。母親には先ほど署から連絡を入れてみたが、本人はまだ帰宅していないとのことだった。

昨夜、八月二十三日に延期となったブラディーサムのライブが、他の会場で行われた。あの日のライブを観ることができなかった観客はきっと歓喜したことだろう。そして捜査本部の連中も大いに歓喜したのだ。あの日のチケットを持っていた観客は、そのまま延期になったライブを観ることができた。会場周辺は熱気に溢れていた。その熱気に後押しされるように、一度は沈滞しかけた捜査本部の士気が熱を帯びて復活したのだ。

開演前から相当数の捜査員を動員して、片っ端から観客への聞き込みを行った。おびただしい数の聴衆。一ヵ月前の記憶。まさしく、砂漠の中でコンタクトレンズを探し出すような作業だった。だが、その中で数人、八木らしい人物を記憶していた目撃者がいた。そして、一緒に並んで歩いていた人物についての証言を得られたのだ。数人の目撃者から聴いたその人物の特徴はおおむね一致していた。

「三枝警部！」

長岡が緊張した目を向けた。

三枝が窓外に目を向けると、歩道を往く丸山純の姿を捉えた。

「停めろ」

三枝は車から降りると、丸山に声をかけた。

丸山はきょとんとした顔を向けた。

「ちょうど君の家に行こうとしていたところでね。君に何点か訊きたいことがあるんだ。できれば、警察署のほうで話を聞かせてもらいたいんだが」

三枝は、なるべく丸山を動揺させないように穏やかな口調で告げた。

「これからですか」

「何か用事があるかね？」

「わかりました」

意外にも、丸山は素直に頷いて、なんら臆することもなく後部座席に乗った。

三枝は予想外の丸山の反応に、驚きと戸惑いを感じながら、丸山の隣に乗り込んだ。

「時間はかかりそうですか」

丸山は自分の学生服姿を見て言った。

「着替えたほうがいいかな」

運転席の長岡に目を向けた。

長岡は、わかったというように、丸山のマンションに車を走らせた。

ベージュのマンションの前に車を停めた。エントランスには、住人らしい主婦が立ち話をしている。

「自分が行ってきますよ」と三枝に目配せして長岡が言った。

「よろしく頼む」

長岡が、ぴったりと丸山に付き添うようにエントランスに入っていった。二人の姿が消えると、三枝は煙草をくわえた。

先ほど声をかけたときの、落ち着きはらった丸山の態度を見て、三枝の直感は何も告げてはくれなかった。四年前の桧山祥子の捜査のときも、ホームでの転落事故の際にも、ちょっとした質問で激しく怯えていた丸山なのに。ここに来て、捜査はとんでもない見当違いの道を辿っているのではないだろうか。三枝は不安になった。

三枝は二本目の煙草に火をつけた。時計を見た。二十分経っていた。少し遅いな。母親から難癖でも付けられているのだろうか。三枝は車を降りてエントランスに向かった。

インタフォンを押した。

「はい」

母親の不機嫌そうな声が聞こえた。

「県警の三枝ですが、純君の支度はまだかかりますか」

母親の怪訝そうな声が返ってきた。

「純はまだ帰ってませんけど」

母親の言葉を聞いて、三枝の心臓がせわしなく騒ぎだした。

「早く開けてください！」

インタフォンに向かって怒鳴りつけた。

オートロックのドアが開くと、三枝はすぐ脇にあるエレベーターを見た。三階で止まっている。三階に止まっているということは、長岡と丸山は三階までは行ったのだろう。三枝は少し考えて、辺りを見回した。廊下の奥に非常階段のドアがあった。三枝は走っていって非常階段のドアを開けると、階段を駆け上った。階段は屋外につけられていて、柵の外に裏庭の緑が見える。嫌な予感が三枝の動悸をさらに速めた。二階から三階に向かう途中で、頭上からくぐもった呻《うめ》き声が響いてきた。

「長岡！」

三階の踊り場の床に、おびただしい量の血が広がっている。学生鞄と教科書が散乱した中で、長岡が胸元を押さえながら身悶えしていた。

2

バスを降りて、桧山は辺りを見廻した。当てずっぽうで道を一本入っていくと、閑静な住宅街があった。桧山は通りかかった女性を呼び止めて滝沢の家族の住所への行き方を訊ねた。

「この道をまっすぐ行くとアンティークショップがあるので、それを左に曲がって坂を上った辺りだと思いますよ」

「ありがとうございます」

しばらく歩いていくと、四階建てビルの一階にそれらしい店があった。ガラス越しの店内に、西洋風なステンドグラスのランプが飾ってあるのが見えた。桧山は左に曲がって、緩やかな坂道を上っていった。

桧山の息遣いが荒くなった。緩やかな勾配《こうばい》が心臓破りの坂のように思えてくる。これから被害者の家族に会う。その現実が、桧山の心臓を激しく揺さぶるのだろう。桧山と同じように大切な人を奪われた家族。もしかしたら、祥子の事件に関わりがあるかもしれない人物。滝沢の家族はどんな人たちだろうか。桧山の顔を見たらどんな反応を示すだろうか。自分はそこで何を見て、何を感じるだろうか。今はどうにもわからなかった。ただ桧山は、これから見るものすべてを、寸分も残すことなく網膜に焼きつけるつもりでいた。

滝沢の住所は坂の途中にある一軒家だった。塀のようなものはなく、道路に面して駐車場があり、その奥に玄関があった。桧山は玄関に向かったが、ドアの横についている表札を見て立ち止まった。

表札は『木村』となっていた。滝沢の妻の旧姓だろうか、それとも家族はすでに転居してしまったのだろうか。

ここまで来て、あれこれ考えても仕方がない。桧山は呼び鈴を押した。

「はーい」

女性の声が聞こえて、チェーンをかけたままドアが少し開いた。四十代前半と思える女性が顔を覗かせた。

「突然、申し訳ありません。失礼ですが、こちらは滝沢俊夫さんのご家族のお宅でしょうか」

慇懃《いんぎん》に訊ねた。

「滝沢俊夫は前の主人ですが」と女性は怪訝そうな表情を浮かべた。

「私は前田祥子の夫で、桧山貴志と申します」

桧山は滝沢の妻の表情を探るために覗き込んだ。

「はあ……」滝沢の妻の表情は変わらなかった。胡散臭《うさんくさ》い押売りでも見るような目だった。「滝沢とはどういったご関係でしょうか」

「前田祥子は滝沢さんの事件の加害者です」

桧山の言葉に驚愕《きょうがく》した滝沢の妻が目を見開いた。ドア越しに重い沈黙がしばらく続いた。桧山が滝沢に線香を上げたいというと、不承不承《ふしょうぶしょう》ながらも部屋に上げてくれた。加害者の関係者であるにもかかわらず、承諾してくれた滝沢の妻の態度に触れて、桧山は逆に戸惑いを感じた。

桧山は玄関脇にある居間に通された。隅に仏壇があった。桧山は線香を上げると神妙に手を合わせた。

滝沢の妻が、「どうぞ」と座卓にお茶を置いた。

「どうぞおかまいなく」

目を向けると、滝沢の妻はどこか腑《ふ》に落ちないという顔で桧山を見ていた。

「ご本人はいらっしゃらないんですか」

桧山は、滝沢の妻の真意を探るように表情をくまなく見つめた。だが、そこには何の詐術《さじゅつ》も感じ取ることはできなかった。

「妻は、こちらにお伺いしたことはありませんでしたか」

「ええ」

「そうですか」落胆が胸に広がっていくのを感じた。「妻は亡くなってしまったので」

「え？」

滝沢の妻が驚きの表情を浮かべた。

「中学生に刺し殺されたんです」

「そうですか……お気の毒に」と、皮肉な暗合でも感じたように呟いた。

桧山は滝沢の妻の態度を見て、意外に思った。自分の夫を殺した人間の関係者に対して、怒りを顕《あらわ》にするでもなく、むしろ桧山に対して同情するような眼差しを向けている。演技だろうか。

「大々的に報じられた事件でしたけど、ご存じなかったですか」

「いつ頃のお話ですか」

「事件が起きたのは四年前の十月四日です」

「その時期は日本にいなかったものですから」

滝沢の妻は思い返すように言った。

「ご旅行ですか」

「旅行というわけではないのですが、九月から半年ほどアメリカのオレゴン州に行っていました」

桧山は考えた。それが事実だとすればどう捉えればいいのだろうか。しかし、犯人はビデオを使って少年たちを脅迫したのだ。何も十月四日に犯人が現場にいる必要はない。

「それに、私は加害者の女の子の名前もはっきりとは知りませんので。少年法は子供のプライバシーを守りますし、警察も家庭裁判所も、名前だけじゃなくて、事件についての情報もほとんど教えてくれませんでしたよ」

「二年半前に少年法が改正されましたよね。記録の閲覧はなさらなかったのですか」

滝沢の妻は頷いた。

「ただ、記録の閲覧に関しては、少年審判の決定が確定してから三年以上経つとできないって聞きましたけど。滝沢の事件があったのは八年以上前のことですから」

そういえば、被害者の記録の閲覧という条項に、そんな文言があったことを桧山は思い出した。

「民事訴訟を起こそうとは考えなかったんですか」

「それも考えたことはあります。どうしてあんな事件が起こってしまったのか、なぜ主人が死ななければならなかったのか、公的な機関は事件について何も教えてくれませんでした。マスコミや週刊誌で知る情報は、私たちにとってはあまりにも見るに耐えないものでしたし。だからこそ本当のことを知りたいという気持ちは強かったです。それに、一家の大黒柱を突然奪われ、幼い子供を抱えて、生活にも困窮《こんきゅう》していましたし……」

「それなら」

「これ以上、恥の上塗りをしないでくれと、身内や親戚一同から反対されました。滝沢は女子中学生を買おうとした破廉恥《はれんち》教師という烙印《らくいん》を押されて、マスコミや世間から糾弾《きゅうだん》されました。私や身内の人間は、世間から心無い言葉を投げつけられました。滝沢は学校では真面目な教師だと評価されていましたし、どうしてあんなところに電話してしまったのかいまだに理解できません。あの事件があった時、私は出産のために実家に戻っていました。魔が差したとしか思えませんが、滝沢の弁解を聞くことはもうできません。滝沢が殺されたというショックと、遠慮なく押しかけてきて不躾なことを言うマスコミへの心労が重なったんでしょう、子供も死産してしまいました。どうして、被害者である私たちがこんな目に遭うのだと怒りを覚えましたが、そのうち余計なことに神経をすり減らすこともできなくなって、事件のことは忘れるように努めました」

滝沢の妻の表情には諦観《ていかん》が滲んでいた。桧山以上に、司法や世間の理不尽さをいまだに引きずっているに違いない。

確かに、教師がテレクラを利用することなど褒《ほ》められることではないが、被害者であり亡くなってしまった滝沢を、吊るし上げて断罪する社会が正義だとは到底思えなかった。桧山はいつしか滝沢の家族に対して同情を感じ始めていた。

桧山は座卓に置かれた茶碗に目を据えながら、祥子を殺した少年たちが補導されたときの自分の感情を思い出していた。大切な人を奪っておいて大した罪にも問われない少年たちを殺してやりたいと思った。無責任に逃げ回る彼らや、彼らの家族を呪った。祥子も、目の前にいる女性から、そんな感情を持たれているのか。

「妻のことを恨んでいるでしょうね」

桧山は静かに問いかけた。

「いえ」

滝沢の妻は、きっぱり言った。

信じられない言葉を聞いた瞬間、祥子の顔が目に浮かんだ。ゆっくりと顔を上げると、滝沢の妻が、桧山をまっすぐ見つめていた。

「正確に言うと、恨んでいる余裕もなかったんです。事件のすぐ後に、子供が重い病気を患《わずら》ってしまったものですから」

「病気？」追討ちをかけるようなこの家族の不幸な過去に驚き、桧山は目を瞬《しばたた》かせた。「どんな病気ですか」

「拡張型心筋症という心臓の病気です。しばらく日本の病院で治療していましたが、徐々に悪化していって、もう心臓移植しか生存の可能性がないと宣告されました。日本ではなかなか移植手術が難しいとのことで、海外での移植を勧められましたが、渡航費や治療費なんかで八千万円近いお金が必要なんです。この家を抵当に入れて借金をしましたが、それでも足りません。看病とお金の工面に奔走《ほんそう》する毎日で、事件のことをいつまでも思い煩《わずら》っている余裕はなくなりました」

「それで渡米なさったんですか」

「そうです。ボランティアスタッフの皆さんが懸命に募金活動をしてくださったおかげで、四年前の九月に渡米して手術を受けることができました」

「お子さんの具合は？」

「おかげさまで、手術は成功して元気にしております」

「そうですか」

桧山は安堵のため息を漏らしながら、自分の疑心がまるで見当違いであったことを悟った。

子供が生死の境を彷徨《さまよ》っている最中に、他人への復讐に心血を注ぐ親などいるだろうか。答えは明白だった。桧山も子供を持つ父親なのだ。少年たちを脅迫した人間は、目の前の人物ではありえない。そう確信を持つのと同時に、心の中で滝沢の妻に深く詫びた。

「突然お邪魔しまして、本当に申し訳ありませんでした」

立ち上がろうとした桧山に、滝沢の妻が感慨を込めて呟いた。

「前田祥子さんとおっしゃるんですね……」

「ええ」

「私はずっと、コシバエツコさんというお名前だと思い込んでおりましたから」

「え？」桧山の動きが静止した。コシバエツコ。聞き覚えのある名前だった。だがどうして、その名前がここで出てくるのだ。「どういうことですか」

「ああ、いえ……」

桧山の動転ぶりに言い淀んだようだ。

「どうしてですか」

桧山は滝沢の妻にしっかりと目を据えて、問いかけた。

「実は、コシバエツコさんという個人名で一千万円の寄付があったんです。病状のタイムリミットがどんどん迫っている中、目標の金額まであとどうしても一千万円足りないという時でしたので、その寄付は本当に天の恵みのように感じました。金額が金額ですし、コシバエツコさんというお名前にもまったく心当たりがありませんでした。ぜひ一言でもお礼を言いたいと思って、ボランティアスタッフの人たちに心当たりを訊ねてみたんです。すると、所沢の駅前で募金活動をしていたスタッフからこんな話を聞きました。ある日、ベビーカーに赤ちゃんを乗せた二十歳ぐらいの女性がやって来て、『手術をするにはあとどれくらいのお金が必要なんですか』と訊ねてこられたそうです。スタッフが目標金額まであと一千万円が必要だと答えると、その女性は、『振込みもできますか』と口座番号を聞いて帰っていったそうです。その二週間後に、確かに一千万円の振込みがありました。その女性が実際に振り込んできたのか、主人を刺した女の子なのかどうかは定かではありません。ただ、二十歳ぐらいの女性と聞いて私は直感的にそう感じたんです」

桧山はじっと滝沢の妻の言葉に耳を傾けていた。間違いない。それは祥子だ。桧山は祥子の通帳から引き出されていた貯金のことを思い出した。コシバエツコ。祥子はきっと、本名を語るのを憚《はばか》って偽名で振り込んだのだろう。

「彼女はずっと心の中で、何らかの償いを考えていたんだろうと私は考えることにしました。彼女は母親になった。それ以上のことを知りたいとは、もう思いませんでした」

滝沢の妻は静かに語った。

桧山は言葉を無くしていた。胸底に溜まった澱《おり》が少しずつどこかに押し流されていくようだった。

「ただいま」と玄関から入ってくる男の声が聞こえた。

居間の襖《ふすま》が開いて、中年の男が顔を出した。

「お客さんか？」

「ええ、ちょっと」滝沢の妻が男に向かって言い、桧山を見た。「主人です」

桧山は少し意外に思いながら、男に挨拶した。

「ごゆっくりどうぞ」

男が襖を閉めて消えると、桧山の顔を見て、滝沢の妻が少し恥ずかしそうな顔をして言った。

たので」

「今まで散々苦労してきたんだから、早く新しい幸せを見つけてと子供も言ってくれたので」

「そうですか」桧山はその表情を見て少し救われた気持ちになった。「お子さんは一緒に暮らしてらっしゃるんですか」

「いえ。そう言いながらも、内心複雑な感情があるのでしょうね。今は家を出て、仲の良い従姉妹《いとこ》と一緒に暮らしています」

その後、滝沢の妻と二、三言葉を交わし、桧山は丁寧に礼を述べて家を後にした。

表に出ると、閑静な住宅街は夕闇に包まれていた。桧山は緩やかな坂道を下った。

桧山の心は空白だった。この坂道を上ってきたときの神経の昂りは、すっかり収まっていた。

坂道を下りながら、祥子のことを考えた。祥子と過ごした日々が、祥子との思い出が、とめどなく桧山の胸に溢れてきた。だけど、いくら祥子の残像を胸の中で映し出してみても、もう二度と祥子に会うことはできないのだ。あの声を聞くことも、あの肌に触れることも、もうできない。祥子のことを思い出すたびに、どうしようもない寂しさと悔しさが、胸の底からこみ上げてくる。

桧山はふと立ち止まった。アンティークショップの窓から淡い光が漏れていた。桧山はステンドグラスのランプが放つほのかな彩りに目を奪われた。はかなげな輝きが何かに似ていると感じたからかもしれない。気がつくと店内に吸い込まれていた。

店内には様々な種類のランプが並んでいた。色とりどりの暖かな光が、桧山を優しく包み込んだ。しばらく店内を眺めていた桧山はある物に目を留めた。棚の一点に目を据えながら、ゆっくりと近づいた。

棚の上には小さな万華鏡が四本あった。桧山は表面の彫金細工を確かめた。彫金模様は愛実が持っているものとまったく同じだ。ただ、天使の表情が一本一本微妙に違った。

「気に入りましたか」

我に返って振り向くと、頭にバンダナを巻いて口髭を生やした店員が遠慮がちに微笑んできた。

「これと同じものは、他所《よそ》でも売ってるんでしょうか」

桧山は興奮気味に訊ねた。

急《せ》き込んだ桧山の問いに気圧《けお》された顔で、店員が首を振った。

「趣味でやってるハンドメイドなので、ここにしかありませんよ」

桧山は店員から目を離すと、手にした万華鏡を見つめた。

祥子はここにやって来たのだ。滝沢の家族に会うために――訪問したときに、滝沢の家族が留守だったのかもしれない。被害者への罪悪感と恐れのあまり、あの坂の途中で引き返してしまったのかもしれない。だけど、確かに祥子はここまでやって来たのだ。決して逃れることのできない罪の意識を背負いながら、自分の足でここまでやって来たのだ。

桧山は万華鏡を覗いた。鮮やかな色彩が重なり合って、きらめいていた。片目を開けると、窓ガラスに自分の姿が映っている。ほのかな灯りに照らされながら万華鏡を覗き込む自分の姿を見て、何か心に引っかかるものを感じた。

最初は漠然とした感覚だった。ばかばかしい想像だと頭から払い除けようとした。桧山は万華鏡から目を離した。暗い窓ガラスの向こうに、次々と記憶が照射されていく。無尽蔵に溢れてくる記憶と想像と仮説が熱を帯びたように、頭の中にずっと鎮座した氷塊を溶かしていった。

そんなことがあるわけない――

だが、一度溶け出した氷塊は、身を切るような冷水となって桧山の胸に流れ込んできた。

桧山は店を飛び出した。呆然と店先で立ち尽くした。ずっと抱えていた謎が氷解した。あとは確かめるだけだった。だが、心は凍りついていた。このまま何もなかったことにして帰路につきたかった。

重い足を踏み出して、先程下ってきたばかりの坂道をゆっくりと上った。

ふたたび、滝沢の妻を訪ねた後、桧山は所沢の歓楽街を徘徊した。行く当てもなかった。飲みたいという気分にすらならない。ただ、このまま無為に時間だけが過ぎてくれるのを願った。

桧山は喫茶店に入った。何をするでもなく、何を考えるでもなく、時間を潰した。ただ時間が流れているというだけで、今の桧山にとっては苦痛だった。八時半を過ぎていた。

携帯電話が鳴った。取り出してみると、みゆきからの着信だった。

「もしもし……」

「おじさん、今どこにいるの？」

聞き覚えのある声が嘲笑《あざわら》っていた。

耳を澄ますと、小さく誰かのすすり泣く声が聞こえた。

3

大宮駅で電車を降りると、桧山は走った。駅前の繁華街を抜け、大通りに出て氷川参道との交差点へと急いだ。店が近づくにつれて、息も絶え絶えになっていった。いつもなら静かなはずの店先に、無数の赤色灯が瞬き、駅前以上の喧騒がその周囲を覆い尽くしていた。道路にはたくさんのテレビ中継車が横付けされ、警察の投光器の眩しい光が、桧山の店の前だけを白昼に変えている。

桧山は道路にまで溢れ返った野次馬を掻き分けて前に進んだ。警察関係者以外の侵入を防ぐ立入禁止テープの手前で制服警官に押し戻された。

「桧山さん」

内側にいた三枝が呼んだ。隣には福井がいた。桧山は制服警官の許可を得て立入禁止テープをくぐった。

「どちらにいらっしゃったんですか」

三枝の表情は緊迫していた。

茫然自失の表情で立ちすくんでいる福井は閉じられたシャッターを見つめたまま、

桧山に顔を向けることすらできない様子だ。

「どうしてこんなことになったんだ！」

桧山は激昂した。

三枝は苦り切った表情を返した。

「中にいるのは丸山純です。八木が殺害された時に一緒にいた可能性が出てきたので任意同行を求めましたが、その最中に警官を刺して逃亡したんです」

桧山は三枝の説明に息を呑んだ。

「すぐに緊急配備をとったのですが、行方は摑めませんでした。八時過ぎに彼から通報があったんです」

「閉店する前に早川さんと愛実ちゃんが来て、店長のことを待っていたんです」

福井が声を震わせて言った。

桧山は心の中で舌打ちした。どうして、よりによって、こんな日に——

「閉店して、俺がごみを出しに行ってる時に悲鳴が聞こえて、急いで戻ると、店内で若い男がナイフみたいなものを振り回して、早川さんに切りかかったんです。早川さんと一緒にいた愛実ちゃんを人質にとって、店長はどこだ、店長はどこだと叫んでました。俺はすぐに店に入ろうと思ったんだけど、カウンターにいた仁科さんが来ちゃだめだって目配せしたんで……男は仁科さんにシャッターを閉めさせました。俺はすぐ警察に電話したけど、俺は……俺は……」福井は顔を歪めて嗚咽を漏らした。「仁科さんを……」

桧山は焦燥《しょうそう》に駆られながら、店のシャッターを睨んだ。硬く閉ざされたシャッターに、あらゆる種類の閃光が浴びせられていた。

「桧山さん。このお店には裏口とか窓とか、侵入口となるようなものはないんですか」

「ありません」

桧山の答えに、三枝は落胆したように肩を落とした。

「一度だけ、店内の電話を通して丸山と話をしました。要求は……」

「俺でしょう」

三枝は桧山を凝視した。

「奴から電話がありました。来なければ娘を殺すと」

「丸山は最初の電話以降受話器を外していますが、何とか違う方法で説得を試みます」

「行きます」

桧山は決然と言った。

「許可できません。危険だ」

三枝が、なだめるように桧山の肩に手を置いた。

桧山はその手を振り払った。

「行かなきゃ愛実が殺される！」

「落ち着いてください。桧山さんを行かすわけにはいかない」三枝が今度は桧山の肩に置いた手に力を込めた。「丸山の意図がまったくわからない。丸山は何を望んでいるんですか。桧山さんはそれを知っているんですか」

「知らない。俺は娘を守りたいだけだ！」

桧山は、三枝の手を強引に振り払うと、シャッターの前に駆け出していった。

制止しようとした捜査員を、「どけ！」と払いながらシャッターの前に来ると、両手でシャッターを思いきり叩いた。ざわめきの中で、乾いた音が響く。一斉にフラッシュが桧山に浴びせられた。

「俺だ！」店内に向かって叫んだ。「これから行く」

シャッターを腰の辺りまで持ち上げ、しゃがみ込んで電源を切った自動ドアを横にスライドした。

「俺だ！」

薄闇に向かって叫んだ。

「入ったら、シャッターと自動ドアを完全に閉めて」

丸山の、低く抑えつけた声が聞こえてきた。

桧山は言われたとおりにした。シャッターを下ろすと、間接照明だけの店内に、視界がほとんど利かなくなった。表の閃光に目が麻痺《まひ》してしまったらしい。それでも、時間が経つと徐々に店内の様子がかすかに浮かび上がってきた。

桧山は真っ先にすすり泣く愛実を探した。正面の円形テーブルに座った丸山の腕に、首を絡《から》められ、捕らわれている。

「愛実！」

桧山は足を踏み出した。

「動かないでね」

丸山が薄闇の中に、鈍く光るものをかざした。

桧山は立ち止まった。

「ビデオを見たんなら、これが脅しじゃないってわかるよね？　おじさん」

丸山は薄笑いを浮かべながら、愛実の柔らかい頬にゆっくりとナイフを這わせた。

それを見ながら、幼児の局部にナイフで傷をつけたときの丸山の表情が、脳裏をよぎった。体中を流れる血液が凍結してしまったように、桧山はぴくりとも動けなくなった。

愛実が、いやいやをするように泣きじゃくったが、丸山は愛実の首に巻いた腕に力を込めて、動けなくさせた。

「愛実、大丈夫だからな」

桧山は、愛実を見つめ、精一杯おだやかな声を絞り出した。

「ラッキーだったよ。ただの客だと思ってたけど、まさかあんたの娘だとはね」

丸山がほくそ笑んだ。

歯噛みしながら、桧山はゆっくりと店内を見回した。カウンターに目を止めた。壁に背中を預けるように立ちすくんでいる歩美の輪郭が浮かんだ。目を凝《こ》らしたが、薄闇の中では、歩美の表情をはっきりと認識することはできなかった。ただ、小刻みに肩を震わせながら、丸山の方を見つめている。

桧山は呻き声のする方へ視線を向けた。丸山がいる横のソファ席で、みゆきが腕を押さえて悶《もだ》えている。下の床には染みのようなものが広がっていた。

「表はずいぶんと騒がしいみたいだね。だけど、未成年だとわかった瞬間、強硬な手段はとれなくなるんだ」

　丸山が、他人事のように言った。

「すべて自作自演だったんだな」

　桧山は丸山を睨みつけた。

「ちょっと勇気はいったけどね。だけど、僕がホームから落ちたからあんたも警察も僕を疑わなかった」

「どうして俺が池袋にいたことを知ったんだ」

「どうでもいいじゃない、そんなこと」

「四年前、八木や自分たちに向けて脅迫状を送ったのも、沢村や八木を殺したのも、すべてお前だったんだな」

　丸山は、答える気がないらしく冷笑を浮かべただけだった。

「そんなことより、アレはちゃんと持ってきてくれたよね」

　桧山は、ボタンを留めた上着の上から横っ腹を手で押さえた。硬い感触があった。ズボンの隙間にビデオがはさんである。

　丸山はみゆきの携帯電話から桧山にかけてきた電話で、ビデオを持って来いと要求した。そして、警察にはビデオのことを絶対喋るなとも。桧山は急いで蓮田の自宅に戻り、ビデオを持ってここにやって来た。

「警察には言ってないよね」

「ああ」

桧山は上着のボタンを外して、ズボンにはさんでいたビデオを取り出した。

「ちょうだい」

丸山が、まるで子供がおねだりをするように、手を差し出した。

「その前に娘と彼女を解放しろ」桧山はみゆきを指して言った。「娘も彼女も関係ないだろう」

「だめですよ。ビデオが先です」

丸山が嘲笑った。

「このビデオを処分して、あとは俺をどうとでも好きなようにすればいい。すべてを知っているのは俺だけだ」

「すべてを知ってる」丸山が鼻で笑った。「えらそうなこと言うね」

「どっちみち、お前はもう囲まれている。もう逃げられない。そんなお前が最後にできるのはビデオを処分することだけだ。なら、この二人は関係ない」

「早く渡せ」

丸山の口調が苛立ちを帯びてきた。

「これ以上罪を重ねるんじゃない。自首するんだ」

「ふざけるな！　さっさと渡せ！」

丸山の金切り声が店内に響いた。愛実が驚いて、激しく泣きながらじたばたした。

「お前に話してるんじゃない！」桧山はカウンターの奥を指さした。「君に話してるんだ」

薄闇の中で、歩美が桧山を向いた。しっかりと桧山を見つめているようだが、表情はよくわからなかった。桧山は知りたかった。

「このビデオを撮ったのは君だろう」

歩美は、桧山を向いたまま微動だにしなかった。

「今日、君のお母さんに会ってきたんだ」

「そうですか」

歩美は淡々と返した。

歩美を見つめながら、桧山は次の言葉を見つけられなかった。いくら胸中を探ってみても、そこにはただ悲しみしかなかった。

桧山はあの後、滝沢の妻に確かめたのだ。表札に掛かっていた『木村』という姓は現在の夫のもので、滝沢の妻の旧姓は『仁科』だった。

「どうして奥さんを殺したのか訊かないんですか、店長」

歩美が感情のない口調で言った。

抑揚《よくよう》のない『店長』という言葉を聞いて、桧山は無性に寂しさを感じた。

「祥子は君のお父さんを殺してしまった。滝沢俊夫さんを。殺意があったわけじゃないが、結果的に死なせてしまった」

「結果的に……」

歩美が鼻で笑った。

桧山は歩美の笑いに寒気立った。

「誰もお父さんを庇《かば》ってくれなかった。誰も嘆いてくれなかった。お父さんは殺されてしまったのに。マスコミも世間も、一言も弁解できないお父さんを散々責めたてた。破廉恥教師だとか、教育者の風上《かざかみ》にも置けない奴だとか、肉体だけじゃなくってお父さんの生きてきた人生までも殺した。私はせめてお父さんを殺した女に重い罰が下るのを願った。だけど、まだ十五歳だからという理由だけで人殺しは守られた。世間に名前が出ることもなく、少しの間だけ少年院に入って、すぐに社会に戻ってくる。それでもう罰は終わったとばかりに、自分の犯した罪や、自分が不幸にした人たちの苦しみなんか忘れて平然と暮らしてる」

歩美の悲愴《ひそう》な叫びを聞きながら、桧山は心の中で訴えた。

忘れてなんかいない。どこにいても、何をしていても、祥子は片時だって忘れることなんてできなかった。罪悪感と自責の念という金釘を体中に打ち込まれながら、ずっともがいていたんだ。

「殺されたお父さんは世間から袋叩きにされ、私たち家族は苦しい生活を強《し》いられたのに、世間は人殺しを守っても、私たちは守ってくれなかった。私にできるのは、お父さんを殺した人間が不幸になれと、ただ願うことだけだった。だけど、現実はまったく逆だった。私は重い病気に苦しめられた。お母さんは、仕事と看病とお金集めに追われてやつれていった。誰も何も言わなかったけど、私はもうすぐ死ぬんだってわかった」

歩美の言葉のひとつひとつが、桧山の胸を突き刺してくる。目を逸らしたかった。だが、目を逸らすわけにはいかなかった。

「そんなときに、お祖母ちゃんのお見舞いに来ていた丸山君と知り合った」

「歩美ちゃん」丸山が歩美を呼んだ。「ちょっと喋りすぎだよ」

歩美が丸山を向いた。

「いいじゃない。どうせ……」そこで言葉を切った。

丸山は意味を察したように、桧山の方を向くと笑った。

「そうだね。どうせ……十七歳は何人殺しても死刑にはならない。無期懲役といったって十年ほどで出てこれる」

丸山の冷たい視線が、桧山の胸を締め付けた。生きて、桧山たちをここから出すつもりはないということか。

「……丸山君はそれ以来、毎日のように私の病室に遊びに来てくれた。ずっと学校に行けない私は、丸山君から学校での話をいろいろ聞いて、ベッドの上で想像を膨らませた」

「学校なんかくだらない」丸山が鼻で笑った。「くだらない奴らしかいない。僕は歩美ちゃんのことが羨《うらや》ましかったよ」

歩美はちょっと丸山に視線を向け、また、桧山に向き直った。

「病院のベッドの上でひたすら死を待っている時に、お父さんを殺した女が幸せに暮らしていることを知った。結婚して子供を生んで何事もなかったかのように楽しい毎日を送ってる。それを知って私はせめてその女を道連れにしてやろうと思った。その時の私に、もう怖いものはなかった。私はお見舞いに来てくれた丸山君に打ち明けた。私はもうすぐ死ぬけど、その前に殺したい人間がいるって。きっと、誰かに話すことで決心を固めたかったんだと思う。そしたら、丸山君が言ったの。いい方法があるって」

「幼児を悪戯している現場をビデオで撮影して、八木たちを脅迫して祥子を殺させようとしたのか」

桧山はふたたび湧き上がってきた怒りに、丸山を見据えた。

「私は、丸山君がさせられている悪戯の話を聞いて、計画に乗ることにした。この計画を実行すれば、あの女も、受けることのなかった罰を受ける。そして、悪戯される子供もいなくなる。私は丸山君から借りたビデオカメラを持って、病院を抜け出した。体が思うように動かなかったけど、何とか雑木林の草むらを進んで、ビデオを撮った。だけど、カメラの中に映ってる男の子を見て、私にもきっと天罰が下るって確信した……」

歩美は、苦しそうに声を詰まらせた。

「天罰なんか下らないさ」丸山が歩美に笑いかけて言った。「僕たちはある年齢までしかできない遊びを楽しんだだけなんだから。楽しかったじゃない。病室で、二人でいろいろ考えたりしてさ」

「そうね……」歩美が醒めた口調で言った。「そして、ビデオテープをコピーして、脅迫状と一緒に丸山君に送ってもらった」

　桧山は丸山を見据えて言った。

「あの二人が、その脅迫に易々と乗ってくると思ったのか」

　丸山が得意そうに笑った。

「うん。確信はあったね。僕が男の子に傷をつけるのを見て、あの二人は凍っていたからね。さすがにあそこまでやると、二人もそうとう焦ってたよ。やったのは僕だけど、はやしたてていたのはあいつらなんだから。それに、沢村には同じ年頃の妹がいたし、仲のいい加藤の弟の面倒もよく見ていたからね。加藤には自分がやっていることを絶対に知られたくなかったはずだ。もともと沢村はあんなことはやりたくなかったんだよ。だけど八木が怖くて逆らえないから、僕を仲間に引き込んで、自分はそのうち抜けようとしていたんだ。本当に汚い奴さ。八木にしたって、自分の義理の弟が同じ年頃だからね。ちっちゃい子供にあんなことをしたなんて知れたら、一生肩身の狭い思いをして暮らさなきゃならない。それに、十四歳に満たない者は何をやっても罪にならないと、僕がやつらに吹聴したからね。あんたの奥さんとは面識がないから、絶対に僕たちは捕まらないって背中を押してやったんだ」

「だけど捕まった。溝に落とした校章が手がかりになって。誤算だったな」

桧山が冷ややかに言うと、丸山が高笑いした。

「僕がわざと残しておいたんだよ。警察も検挙率が下がってるからさ。あいつらをどん底まで突き落としてやるっていうのが、この計画の一番のポイントだよ。あいつらは、僕の心に傷をつけやがったんだ。あんな悪戯をさせやがって。人殺しって烙印を背負いながら、一生贖《あがな》ってもらわないとね。僕はやつらと違って普段の行いがいいからさ、いくらでもやり直せる。実際いろんな人が僕に同情してくれたよ」

嬉々として自分の計画を喋る丸山に、桧山は全身が総毛立つような嫌悪を感じた。

「どうして沢村を殺したんだ？」

「三ヵ月ぐらい前にお母さんから電話がかかってきた……」歩美が桧山を向いて言った。「丸山君って人が訪ねてきて、至急あなたに連絡をとりたいって言ってるけどって。あの事件以来、丸山君とは会ってなかったけど、私はすぐに丸山君に連絡して会うことにした。丸山君は私に言った。沢村君が、あのビデオを探して警察に本当のことを話そうとしてるって。それを聞いて心臓が止まりそうになった。あのビデオが警察に渡れば、いずれ私が首謀者だって調べ上げられる。丸山君は教えてくれた。四年前に捕まった自分たちは罪には問われなかったけど、今、殺人の首謀者として捕まれば、改正された少年法で私はきっと厳罰に処せられるだろうって。だけど、丸山君が僕が助けてあげるよって言った。またあの時みたいに楽しい時間を過ごそうよって。私は絶対捕まりたくなかった。看護師になる夢だってあったし、お母さんには絶対に知られたくなかった。お母さんは再婚したばかりで、ようやくささやかな幸せを取り戻したばかりなんだから。絶対に捕まるわけにはいかなかった」

「君がアルバイトを始めたのは俺に罪を被せるためか？」桧山は歩美を見た。「俺の生活パターンを知って、アリバイがない時間を調べるために」

歩美が頷いた。

「それと、事務所と電話機に盗聴器を仕掛けるため」

桧山は理解した。池袋にいる加藤友里から電話があったときも、八木から電話があったときも、歩美はトイレの中にいた。きっと、用具入れにでも受信機を隠していたんだろう。

「店長が、テレビで丸山君たちのことを殺したいって言ってたのは知ってたから。丸山君が、ビデオが手に入ったからっていって沢村君を大宮公園に呼び出したんです。このビデオを持って、店長に謝罪しに行こうって話し込んでいる沢村君の隙をついて、後ろから私が……」歩美は言葉を切って視線を外した。そして自虐的な響きを持った口調で言った。「恩返しのために、人の命を救う仕事がしたいって、看護師を目指していた人間が人を殺したの。笑いますよね、店長」

桧山は歩美から視線を外した。直視できなかった。

「俺が池袋に行ったときも、君が丸山に知らせたんだな？」

「気がつかなかったでしょう。西口公園で加藤友里と会ってるときから、つけられていたなんて。あんたのよろよろした背中を見ながら笑いを噛み殺してたよ」

丸山が馬鹿にしたように言った。

「八木の電話があったときもトイレで聞いていたんだな」

桧山は丸山を無視して、歩美に訊ねた。

「そのあと、店長はさいたまスーパーアリーナには行けなくなったって、丸山君に連絡しました」

「あんたに罪を被せることはできないけど、八木はビデオを見せようとしてたからね。早く処分しなきゃ。さいたまスーパーアリーナまで行って、Cゲートの前で待ってる八木に手を振って呼んだんだよ。僕はあんたに突き落とされたから気をつけたほうがいいって忠告して気を引いたんだ。あとは適当な理由をつけて駐車場まで連れて行って殺した。奴は僕のことなんか舐めてるから、これっぽっちも警戒してなかったよ。そして持ってたビデオも回収したんだけどなぁ」

丸山はそこで、考え込むように唸った。

「ひとつ計算違いだったのは、八木があのテープをコピーしてあんたに送ってたってことだよ。テープを見せられた時には本当に驚いた。あれですべての計画が狂ってきたんだ。脅迫のことを言うつもりはなかったんだけど、あんたはすぐにでも警察に行きそうな勢いだったからね。とりあえずの時間稼ぎのつもりでいろいろ話しちゃったけど、あそこで邪魔が入らなきゃ、さっさとケリをつけられたのに」

丸山は悔しそうに舌打ちした。

「邪魔……」

桧山はそう呟きながら考えた。

おそらく雑木林であった作業員のことだろう。彼らが現れなければ、あのとき丸山に殺されていたのかもしれない。

「僕もちょっと疲れてきたよ。そろそろ終わりにしよう」

丸山の言葉を聞いて、桧山は身構えた。

「歩美ちゃん、手が離せないからテープをもらってきて」

丸山がカウンターを向いて、恋人に甘えるような口調で言った。

歩美がカウンターから出てきた。

「フェイクで歩美ちゃんを少し傷つけるけど、警察には君のことはわからない。君は看護師になる夢を叶《かな》えて、僕のことを待ってて欲しい」

丸山の言葉に小さく頷いて、歩美が桧山に向かってきた。

桧山は、向かってくる歩美を見つめた。

少しずつ、歩美の顔つきが顕《あらわ》になってくる。そこには、レジでお客の心をとらえた、はにかんだ表情はなかった。能面のような無表情。

「店長」

歩美が手を差し出した。

桧山は歩美の目をまっすぐに見つめた。だが、歩美の目は何も語ってくれなかった。漆黒の瞳は光を失っていた。ずっと見つめていると、瞳の奥に広がる暗闇に吸い込まれてしまいそうになった。

丸山が楽しそうな笑顔で、愛実の瞳にナイフの切っ先を近づけた。そして、玩具をもてあそぶように、愛実の頬をナイフで撫で回した。愛実の苦しそうな泣き声が店内に響いた。

「店長。ビデオを、返してください」

桧山は仕方なくビデオテープを歩美の手に置いた。歩美は、桧山から視線をそらしてくるりと背を向けた。

桧山は、丸山に向かっていく歩美の背中を、ただ見つめるしかなかった。

丸山がやって来る歩美に笑顔で応えて手招きした。

愛実の首筋からナイフが離れた。そのとき、歩美が丸山にいきなり抱きついた。薄闇の中で二人が縺《もつ》れ合うのが見えた。桧山は一瞬、何が起きているのか判断ができなかった。

「やめろ！」

丸山が驚いたように叫んだ。

ようやく状況を飲み込んだ。歩美がナイフを持った丸山の右手を摑んで、愛実を引き離そうとしていた。愛実の激しい泣き声が響き渡った。桧山は足を踏み出した。そのとき、丸山に振り払われて、「うっ」と呻き声を上げながら歩美が倒れた。一緒に愛実も床に転げた。

桧山は丸山に向かっていった。視界に鈍い光が迫ってくる。丸山が振り下ろしたナイフだ。瞬間的に手で顔を守った。右掌《てのひら》に鋭い風を感じた。後ろに体をそらしたが、足が滑った。そのまま背中から床に落ちた。腰に激しい痛みを感じ、天井を見上げた。上半身に圧力を感じた瞬間、上からナイフの切っ先が落ちてきた。右手を出してナイフを握った拳を摑んだ。上半身に丸山の体重を感じながら、桧山は右手で必死にその力に抗《あらが》った。左手で丸山の顎《あご》を摑んで、必死に押し上げた。丸山の拳を摑んだ右手から、赤い雫《しずく》が落ちてくる。

「早く逃げろ！」

桧山は正面のテーブルに目をやって叫んだ。

苦しそうな呻き声が聞こえる。愛実の泣き声が聞こえる。ソファで朦朧《もうろう》としていたみゆきが、最後の力を振り絞るように、愛実のところへ向かうのが見えた。そして這うように愛実を連れて自動ドアに向かった。

「どうしてだ！」発狂したように丸山が叫んだ。「仲間なのになんで裏切るんだ！」

額に青白い血管を浮き上がらせて、丸山は全体重をナイフにかけた。

ナイフの鋭い切っ先が桧山の眼前に迫ってくる。拳を摑んだ掌が、赤いぬめりで滑りそうだ。切っ先のひんやりとした感触が、睫毛《まつげ》の先に伝わってきた。シャッターの開く音が聞こえた。

「仲間なんかじゃない！　共犯だけど、大切な人を失う気持ちを知らないあなたは仲間なんかじゃない！」

空気が抜けたような、かすれた叫びが響いた。

その言葉を聞いて、丸山は青白い顔面を痙攣させた。そして、全身の神経がぷつんと切れたように力が抜けた。桧山はナイフを顔からそらしながら、丸山を横へ倒した。反対に丸山の上に乗って押さえ込んだ。

丸山の顔を見下ろした。のっぺりした顔には何の表情も刻まれていなかった。魂の抜け殻。桧山はそう思った。

半開きのシャッターから警官隊が突入してきた。数人が、桧山の下で放心している丸山を確保した。桧山はナイフで切られた右掌を押さえながら立ち上がった。

警官隊に連行される丸山が、不敵な笑みを浮かべて呟いた。

「今度は少年Aか……」

桧山は殴りたい衝動を刺すような一瞥《いちべつ》に変え、床に倒れたまま動かない歩美のもとへ駆け寄った。

「大丈夫か？」

歩美の肩を支えて少し持ち上げた。歩美の脇腹からべっとりとした赤いぬめりがみるみる広がっていく。

「救急車！」

桧山は叫んだ。

「店長……」

歩美が弱々しく開いた目を桧山に向けた。

「しゃべるな。わかってる。あのビデオは君がポストに入れたんだろう。君にとっての贖罪だったんだろう」

「店長には、すべて知って欲しかった……」

歩美が蒼白な顔に微笑を浮かべた。

それは、今までに見たことないような寂しい微笑だった。私を見つけて欲しい、私の話を聞いて欲しい、と訴えかけるような瞳を桧山はじっと見つめた。

「ひとつだけ訊いてもいいですか」

「ああ」

「今でも奥さんを愛してますか」

弱々しく途切れそうな問いかけだった。

今でも。すべてを知った今でも。

「もちろんだ」

桧山はきっぱりと言った。

歩美の瞳が大きく揺れた。抑えようのないものを瞳いっぱいに湛えながら何か呟いた。

桧山はその言葉を聞き取れなかった。だけど、何と言ったのかはわかったような気がした。

店内に警官隊や救急隊員が入ってきた。その中に半分泣き顔の福井がいた。「仁科さん」と駆け寄ってくる。

桧山は歩美を救急隊員と福井に委《ゆだ》ねて表に出た。

白昼のような明るさの中、ストレッチャーに乗せられたみゆきが救急車へ運ばれていく姿が見えた。

桧山は周囲を見廻した。見つけた。三枝に保護された愛実が桧山の方を向いていた。

だが、見えているはずなのに、愛実は桧山のことがわからないようだ。放心したように立ちすくんでいた。

桧山は愛実に近づいていった。愛実の様子を見ながら徐々に不安が募っていく。愛実の瞳は、虚空を見つめて静止しているようだ。桧山は、背筋に冷たいものを感じた。

桧山に気がついた三枝が、愛実の肩を小さく叩いた。すると突然、火がついたように愛実が泣きだした。桧山の胸に飛び込んできて泣きじゃくった。桧山はぎゅっと愛実を抱き締めた。

大丈夫だ。もう大丈夫だ。もっと泣いていいんだ。

桧山は愛実を強く抱き締めた。娘の体温を感じた。愛実の体温が、凍えきった心をゆっくりと暖めてくれた。

終章

一面の青空だった。

桧山は大宮駅で、京浜東北線に乗り換えた。

こんな日は、愛実と遊園地にでも行きたい気分だった。しかし、桧山にはまだひとつ、やり残していたことがあった。

まあ、いいか……明日からは腐るほど時間がある。店は事件の影響でしばらく休業状態だ。貯金もある。遊園地だろうが、動物園だろうが、愛実が、もう勘弁して、と言うまで遊び呆《ほう》けてやろう。

だが、愛実にどこに行きたいかと訊ねても、愛実はずっとつまらなさそうな顔をしている。

あの出来事から一週間、みゆきは保育園を休んでいた。右腕に負った傷はだいぶ癒えたであろうが、精神的なショックがまだ残っているのだろう。

愛実の横顔を見ていると、心の声が聞こえてきそうだ。早くみゆき先生に戻ってきてほしい。早くみゆき先生と遊びたい。また、みゆき先生の笑顔が見たい。

いつの間にか、愛実を一番の笑顔にさせてくれるのはみゆきになっていたのだ。

桧山がいつも見ていたいと願ってる愛実の最高の笑顔を。

乗客が立ち話をしていた。桧山は目を向けた。頭上にあった週刊誌の中刷り広告が目に入った。

『少年たちによる恐るべき計画殺人』の大文字が車内に躍っている。

この一週間、世間は事件の話題で持ちきりだった。刑法四十一条を悪用した計画殺人の全貌がマスコミに明らかにされるにつれ、世間はいっそう驚愕した。

桧山は、今最も世間を賑わせている少女Aを知っている。知っているといっても、どれだけのことを知っているのかと問われればそれほどの自信はない。

愛実の万華鏡を見たときの、歩美の衝撃はどんなものだったのだろう。もしかしたら祥子が謝罪に来たのではないかと母親に問うたとき、寄付の話を聞かされた彼女は何を思っただろう。自分の父親を殺した人間に命を救われ、自分の命を救ってくれた人間を殺してしまったと知ったときの、彼女の中で渦巻いた感情とはどんなものだっるのだろう。

ただろう。そして、病院のベッドで横になっている彼女は、今どんなことを考えてい

桧山は窓の外に視線を移した。

歩美のこれからの人生は、きっと過酷なものとなるだろう。未成年とはいえ、これだけの重罪を犯した歩美は、逆送されて刑事裁判にかけられる。一般の傍聴人の視線にさらされながら、自分が犯した罪を裁かれるのだ。

歩美はそこでどんなことを語るのだろう。少年法によって踏みつけられた家族の慟哭を語るだろうか。そんな自分が多少なりとも少年法というものに守られていく現実を、歩美はどんな思いで受け止めるのだろう。

桧山は浦和駅の西口を出て、駅前の喫茶店に入った。

店内は混雑していたが、プーさんはすぐに見つかった。貫井が奥の席から手を振っている。

桧山はこの一週間考えていた推測を、直接貫井に訊いて確かめたかった。

桧山は、貫井の向かいに腰を下ろした。

喫茶店で貫井と別れた桧山は、県庁舎や地方裁判所が連なる通りを歩いて行った。

まっすぐ行くと、ビルはすぐに見つかった。広い県庁通りに面した、真新しい瀟洒《しょうしゃ》な建物に相沢光男法律事務所はあった。桧山は大理石の床を踏みしめてエレベーターに乗った。

受付で用件を伝えると、女性が応接室まで案内してくれた。五分ほどソファに腰掛けて待っていると、相沢秀樹が気忙《きぜわ》しそうに腕時計を見ながら現れた。

「何度も連絡を頂いたそうですいません」相沢は慇懃《いんぎん》な口調で頭を下げた。「今日もそれほど時間を取れないですが……」

「十五分もあれば済む話ですから」

「そうですか、それじゃ」と相沢が桧山の向かいに腰を下ろした。

ノックの音がして、受付の女性がコーヒーを運んできた。

「どうぞ」

相沢がコーヒーを勧めた。

桧山は手をつけなかった。ただ相沢を見つめていた。そんな桧山を決まりが悪そうな顔で見やりながら、相沢は時計に目を向けては、そわそわしている。

「桧山さんのおっしゃりたいことはわかります」

相沢が切り出した。

桧山はとりあえず拝聴しようと、少し身を乗り出した。

「丸山純が犯した犯行は私たちにとってもショックですし、仁科歩美の犯行動機にも大きな衝撃を受けています。ただ、それが即ち少年法の欠陥だとは思いません。裏切られることもあると思いますが、それでも私は子供が持つ可塑性を信じたいと思います」

桧山は小さく頷いた。

「私も今回の事件で少し考えを改めました。子供には、いや、人間には可塑性があり、人生において過ちを犯しても変われる可能性があるということを感じました」

「そうですか」相沢は大仰に顔を綻《ほころ》ばせた。「ご理解いただけて嬉しいです」

「妻のように」

桧山の言葉に相沢の笑いが止まった。桧山の表情を用心深そうに窺った。

「滝沢俊夫さんの事件の時、祥子の付添人になったのはお義父様の相沢光男氏でしたよね。その時に補佐をしていたあなたは、何度か少年鑑別所で祥子と対面しているはずです」

相沢の瞳孔が落ち着きをなくして彷徨《さまよ》った。気でも紛らわせようというつもりだろうか、目の前にあったカップに砂糖を入れてスプーンでかき混ぜた。

桧山はしばらくそれを見て言った。

「どうして、教えてくれなかったんですか」

「教える必要がありましたか、そんなこと」相沢はコーヒーカップから視線を外すことなく答えた。「弁護士にも守秘義務というものがありますので」

桧山は鼻で笑いたかったが、思い止まった。

「あなたは以前、痛ましい事件を起こしてしまった子供で、今では立派な職業に就き、社会に貢献している人間もいると言いましたね」

「ええ」

「ご自身のことだったんですね」

コーヒーをかき混ぜていた右手の染みがぴたりと止まった。相沢が顔を上げた。顔中の血管からすべての血が引いたようだった。

「きっと祥子は、少年鑑別所にやってきたあなたの右手の痣《あざ》を見て思ったんでしょう。目の前にいる男が小柴悦子ちゃんを殺した少年Aではないかと。中学三年生の時、群馬県の吾妻郡に住んでいた悦子ちゃんにいたずら目的で近づいて、泣かれたためにに焦ったあなたは首を絞めて殺したんだ。そして息絶えた悦子ちゃんの顔面を近くにあった石で潰した。祥子の証言によって逮捕されたあなたは、少年審判に付されれて、東京の少年院に入った。あなたは退院後、保護司の籍に入って名前を変え、奪われた数年間を取り戻すように勉強に打ち込んだ。おそらく、あなた自身の血の滲むような努力もあったんでしょう。あなたは東京の有名大学の法学部に入学して、それから司法試験に合格して弁護士になられた」

桧山は貫井から聞いた話を畳み掛けるように話すと、嘆息を漏らした。

すべてのきっかけは、貫井の元に届いた一通の匿名の投書だった。少年法改正後に、相沢と雑誌の対談を行なった直後のことだ。群馬県吾妻郡とだけ記された匿名の手紙には、『お前は犯罪者の詭弁《きべん》を持ち上げるのか』という非難が書かれていた。貫井は意味もわからずその投書を放置していた。ただ、封筒に書かれた『群馬県吾妻郡』という地名だけは頭の隅に残っていた。

対談集の準備のために、過去に起こった少年事件を調べていた貫井は、ある事件に目を留めた。『群馬県吾妻郡』で起きた事件。起きた時期と加害少年の年齢。そして有力な証言になった右手の痣。貫井はそれ以上の情報を求めて事件の関係者に会っていった。そして確信した。

だが、貫井はそれを公にしようとは考えてはいなかった。陰惨な事件ではあるが、二十年も前の事件で、その加害少年は、自分の努力によって、ある意味での更生をしたのだから。

　少年法の六十条には、『刑を終えた少年は、将来に向かって刑の言い渡しを受けなかったものとみなす』とある。少年の犯罪は『前歴』となっても『前科』にはならない。相沢は少年院を出た時点で、過去につけた黒い染みを拭って、いくらでもやり直すことができるのだから。

　ただ、貫井の胸には引っ掛かるものもあった。弁護士になった相沢の主張を聞いて、そこには被害者である祥子を慮《おもんばか》る気持ちがまったくなかったということ。そして、祥子が相沢が起こした事件の目撃者であったということの関連性だ。貫井は桧山にだけ、自分が知り得た事実を話した。

「あなたの努力に関しては敬服します。あなたは必死に勉強して、社会に貢献できる立場となった」桧山は厳しい視線を相沢に投げつけた。「だけど、あなたは更生はしなかったんだ」

　相沢が強張った顔を向けた。

「ここからは想像です。異議があったら言って下さい。悦子ちゃんの事件をいつまでも忘れられなかった祥子は、あなたのその変わった形の痣をもう一度目にして確信したんだろう。祥子は女子少年院を退院した後、あなたのところに伺ったはずです。吾妻郡で今もなお事件に苦しみ続けている小柴夫妻のもとに謝罪に行って欲しいと、あなたに訴えたはずだ。その時、あなたがどういう態度をとったのかは知らない。ごまかしてあしらったのかもしれない。適当に生返事をして帰したのかもしれない」

「会ってどうなるというんです」相沢は口を開いた。「加害者がのこのこ遺族の家を訪ねたって、被害者の憎しみや悲しみを鮮明にするだけでしょう。彼女にはこう言ってあげましたよ。何をしたとしても、被害者側の家族は罵詈《ばり》雑言《ぞうごん》を浴びせて、加害者を憎み続けるだけだってね。そんな経験をしたら更生できるものもできやしない。そこには絶望と憎しみの連鎖しか生まれないって」

桧山は、相沢の言葉を聞きながら思った。

きっと祥子は、女子少年院を退院してから、滝沢の家族に謝罪しに行こうとしていたのだ。吾妻郡の小柴正枝の言葉を聞いて、絶対に行かなければならないと思ったのだろう。だから、相沢のもとを訪ねたのだ。自分も行くから、あなたも小柴悦子の家族に謝罪してくださいと。そう思っていたが、相沢の言葉にその意志は挫《くじ》けてしまったのだろう。だけど、その思いはけっして消えなかった。祥子の中にはずっと滝沢に対する罪悪感があったのだ。

「君は事件のことなんか早く忘れて、この挫折から立ち直って立派に更生することが大切だと、私は伝えてあげたんですよ。彼女のことを思って最大限の弁護をしてきたのに、それなのに、彼女は恩を仇《あだ》で返すような真似をしたんだ！」

「祥子は脅迫したんですね。あなたに五百万円を出すように」

相沢の視線が止まった。怒気を込めて吐き出した。

「そうだ！　払わなければ事件のことを公にすると脅したんだ」

祥子は、小柴正枝の死亡通知状を見て、結局相沢が謝罪に赴《おもむ》くことはなかったのだと知ったのだ。そのとき、祥子にはどうしても一千万円というお金が必要だった。

「彼女は結局更生できなかったんだ」

相沢は憎々しげに吐き捨てた。

「ちがう！」桧山は声を荒げた。「祥子はこう言いたかったんだ！　自分もあなたも、人生につけてしまった黒い染みは、自分では決して拭えないとな。少年だろうと未熟だろうと、自分で勝手に拭っちゃいけないんだ。それを拭ってくれるのは、自分が傷つけてしまった被害者やその家族だけなんだ。被害者が本当に赦《ゆる》してくれるまで償い続けるのが本当の更生なんだとな。勝手に忘れてはいけないんだ！」

祥子はけっして自分では拭えなかったのだ。この男とは違って。祥子はずっと苦しんでいた。だから、愛実を生んだ直後に滝沢の家族に会いに行こうと決心したのだ。

もう知ることはできないが、桧山は確信している。祥子はあの坂を上っていった。そして、震える指先で、滝沢の家の呼び鈴を鳴らしたのだと。そして、その帰りに、所沢の駅前で歩美の病気を知ったのだ。

祥子はもう一つ罪を犯したとしても、この男に思い知らせてやりたかったのだろう。罪の意識のないこの男に。そして、せめて一人の少女を救いたいと思ったのだ。二人の尊い命を奪った、罪深い二人の人間の力で。

祥子は何も語ってくれなかった。桧山の通帳には両親の事故で保険会社が肩代わりした金がまだいくらもあったというのに。自分には何も話してくれなかった。ぽっかり開いた胸の穴を寒風が吹き抜けていった。こんな男を脅迫などしなければ、祥子が死ぬことはなかったというのに。

「それで、自分の未来に不安を抱いたあなたは、病院で自分の未来に悲観していた仁科歩美に手紙を出したのか？　あわよくば殺してくれることを願って」

桧山は悔恨《かいこん》を奥歯で嚙み締めた。あまりの悔しさに口中に血の味が広がってくる。

話して欲しかった。祥子、どうして俺に話してくれなかったんだ。俺には受け止められなかったっていうのか。そんなことはない。どんな過去だって、どんな重責を抱えていたって、君がいなくなってしまうよりはずっとましだったんだ。もっと、もっと一緒に生きたかった。

桧山は涙を堪えて相沢を見据えた。

「どこかで隠し撮りした俺たち家族の写真と住所を添えて、『あなたのお父さんを殺した女は、自分が犯した罪をとっくに忘れて今は幸せに暮らしています』という悪意の手紙を――」

相沢の唇が蒼白になった。

「仁科歩美はあなたから送られてきた手紙の類をすべて残している。きっとあなたは、弁護士席ではない法廷のどこかに立つことになるだろう」

「私が、殺人教唆《きょうさ》の罪に問われることになるとでも言いたいんですか」

相沢は無理して笑って見せたようだが、その笑いは空しいものだった。

「わからない」桧山は挑むように顔を突き出して首を振った。「法廷で自分がやったことの正当性を叫べばいいさ。だけど、法律で罪に問われなかったとしても、世間は絶対にあなたを赦さないだろう」

桧山は腕時計に目を向けると、立ち上がった。

見下ろすと、相沢は座ったまま、どこか虚空《こくう》を見つめるように放心していた。

「大勢の人間を不幸にしたあんたの罪は軽くない」

桧山は応接室を出て行った。

エントランスを出ると、歩道のガードレールに貫井が腰をもたせかけていた。心配で様子を見に来てくれたらしい。

「終わりました」桧山は呟いた。

貫井が桧山の目を覗き込むように言った。

「まだ終わってないでしょう」

桧山は貫井を見つめた。

「今度の対談集には、ぜひ桧山さんに加わって欲しい。この事件を通して、思うことがたくさんあるでしょう」

思うこと？　たくさんあり過ぎた。

「それを大勢の人に伝えてみませんか。少しでも、桧山さんのような思いをする人がいなくなるように」

桧山は小さく頷いた。そして貫井を見つめた。

「その前に、娘にきちんと伝えたい」

貫井が苦笑した。「当分先の話になりそうですね」

桧山も貫井につられて、苦笑しながら頷いた。

「待ちますよ。いつか聞かせてください」

貫井の視線は暖かかった。

「ありがとう」

桧山は貫井に頭を下げて歩き出した。

駅までの道のりを少し遠回りした。空を見上げた。桧山は心の中で呟いた。愛実、君に伝えたいことがたくさんあるんだ。何から伝えていいのかわからないほどに。祥子、俺はちゃんと伝えられるだろうか。君が伝えたかったことを、ちゃんと伝えられるだろうか。そんな顔するなよ。大丈夫だ。時間はたくさんある。これから一緒に考えていこう。

あとがき――新装版にあたって

この度、『天使のナイフ』の新装版を出していただけることになり、担当編集者さんから「あとがきを書いてみませんか？」と提案された。二つ返事で了承したものの、今まで〝あとがき〟なるものを書いたことがなく、どんなことを書けばいいのかわからない。数日間あれこれ悩んだ挙句、とりあえずひさしぶりに本書を読み返してみることにしました。

おそらく文庫化の際に手直しのために読んだのが最後だったと記憶しているので、かれこれ十三年ぶりになるだろう。一日時間をかけてじっくりと読み返してみた感想は、「何とも気恥ずかしいな」というものでした。今自分が書いている文章とはあきらかに違っているし、物語の展開や視点の取り方などについても「今の自分であればもっとこうしているのになあ」と思うことが多々ありました。

声変わりをする前の自分の声を聞かされているような、何ともむず痒《がゆ》い心地で読み進めていくと同時に、この作品を執筆していたときのことをあれこれと思い出しました。

この作品を書いていたのは二〇〇三年四月頃から二〇〇五年一月にかけてです。書き始めた頃の僕は三十三歳で、旅行関係の会社で契約社員（とはいってもアルバイトに毛が生えたような立場だったが）をしながら、たまに書いたシナリオをコンクールなどに投稿していました。もともと十代後半から映画やドラマのシナリオライターに憧れてコンクールへの投稿を続けていましたが、ほとんど成果を上げられることのないままその年齢に達していました。

夢を追っていると言えば聞こえはいいけど、今から思えばその頃の自分は仕事に対しても物語を作ることに対しても中途半端で、将来に対しても明るい展望を抱けず、崖っぷちに立たされたような気持ちで日々過ごしていました。そんなときにたまたま読んだ第47回江戸川乱歩賞受賞作の『13階段』にいたく感銘を受け、自分も一度でいいからこんなすごい物語を書いてみたいと渇望《かつぼう》し、一から小説の勉強をして江戸川乱歩賞に応募しようと心に決めました。そうして約一年九ヵ月をかけて出来上がったのが本書です。

幸運なことに本書で江戸川乱歩賞をいただき、作家デビューをすることができましたが、あの頃の自分には十年後もプロとして小説を書き続けているという自信は正直なところ持てませんでした。

それから様々な紆余曲折《うよきょくせつ》を経ながらも、この〝あとがき〟を書いている時点で十六年間、僕は小説を書いて生きています。その間に苦しかったこともまったくなかったわけではないですが、ほとんどが楽しかったことや嬉しかったこととして記憶に残っています。

本書の文庫化に際して、自分をこの世界に導くきっかけを作ってくださった『13階段』の原作者である憧れの高野和明《たかのかずあき》さんに素晴らしい解説を書いていただけたこともそのひとつでした。また、自作のいくつかを映像化していただけたというのも、映画やドラマが好きでかつてシナリオライターを目指していた自分にとっての大きな喜びになっています。

この十六年間、小説を書き続けるとともにいろいろな出会いがありました。自分を叱咤激励《しったげきれい》してくださる先輩作家や、常に新しい刺激を与えてくれる作家仲間や、いい作品を作るためにともに奔走してくれる編集者さんなど。その人たちとの出会いがなければ今の自分はないのではないかと思います。

そして何よりも僕の作品を読んでくださった皆さんのおかげで、今まで小説を書き続けてこられたと思っています。

ここまで書いてきて、こういう文章を書くのはとても苦手だと痛感しましたので、今後〝あとがき〟なるものを書くかどうかはわかりませんが……。
ただ、読者の皆さんの期待に応えられる面白い作品を書き続けられるよう精一杯頑張りますので、これからもどうかよろしくお願いいたします。

二〇二一年夏　薬丸岳

解説

高野和明

二〇〇五年の春、日本推理作家協会のソフトボール大会に参加した折、この年の江戸川乱歩賞受賞作についての評判を耳にした。

「ぶっちぎりの受賞だった」

選考委員を務めた先輩作家は、大型新人の出現を我がことのように喜んでおられた。

聞くところによれば、乱歩賞の本選ともなればレベルの高い候補作が出そろい、選考委員たちによる真剣な議論を経て受賞作が決められるのが常であるらしい。ハイレベルの戦いに決着がつかず、二作同時受賞もめずらしくないのだが、第五十一回を迎えたこの年は、一編の作品が圧倒的な強さで受賞を勝ち取ったという。予備選考の段階からすでに独走状態で、本選においても満場一致で受賞が決定したというのだから、その完成度たるや畏《おそ》るべしである。

この、刊行前から高い前評判で出版界を湧かせていた受賞作こそが、本書『天使のナイフ』である。

著者の薬丸岳さんは、会社勤めをしながら、漫画原作の公募で三度入選を果たすなど、ある程度の創作活動はされていたようである。そんなある日、一念発起して江戸川乱歩賞への挑戦を決め、本作の執筆に取りかかり、応募の締め切り間際には勤務先を退職してまで書き続けたというのだから、まさに入魂の一作であると言えよう。

「少年犯罪」という現代の難問に真っ向から取り組んだ本作について、乱歩賞の選考委員たちは、選評の中で絶賛とも受け取れる賛辞を贈っている。ここには書き切れないが、たとえば綾辻行人氏の「最終的に立ち現われる物語の構図は非常によく考え抜かれたもので、大いに意表を衝かれるとともに感心させられた」といった言葉が、トップクラスの推理作家をも唸らせた作者の力量を端的に物語っている。

斯《か》く言う私も、ページを開くと同時に物語に引き込まれた口で、その後は一気読みの快楽に耽《ふけ》り、深い感動とともに読み終えた時には、なぜかコーヒーショップにいて甘いデニッシュを頬張っていたのだった（すでに本書を読まれた方の中にも、コーヒーショップへ駆けつけた方がいらっしゃるのではないだろうか）。

この作品を読んでまず感銘を受けるのは、取り扱うテーマに対する、作者の徹底した真摯な姿勢である。凶悪犯罪を犯した少年をどのように処遇すればいいのか。少年法の高邁な理念は、特に犯罪被害者の立場から見た場合、あまりに現実と乖離《かいり》していないか。そもそも罪を犯した人間の贖罪や更生とはどういうことなのか。

このような現実の社会が抱える難問に対し、作者は怯むことなく真正面から立ち向かっていく。結論を急がず、説教に逃げることもせず、賛否両論を丁寧にすくい上げながら、一歩一歩橋頭堡《きょうとうほ》を築いていくかのような筆致には迫力さえ感じられる。終章で語られる「本当の更生」については、主人公とともに苦悩した者でなければ到達できない真実が含まれているように思う。ジャーナリスティックな視点を保ちながらも理に走らず、物語全体を小説的な感動へと導いた手腕には驚嘆するより他にない。

その一方で、こうした重いテーマを扱いながら、作品全体が読み始めたら止まらない第一級のエンターテインメント作品として仕上がっているところに、小説としての真価がある。

静かな滑り出しから徐々に加速していくストーリー。複雑に絡み合った事件の綾が、二転三転の末に解かれていく意外性。そして最後のサプライズ。
ミステリーの醍醐味を存分に盛り込む一方で、登場人物たちの日常を丁寧に描くことも忘れない。精緻に作り上げられたストーリーが、血肉を持ったキャラクターたちによって語られていく様は、現代ミステリー小説の一つの手本を見せられているかのようである。

さて、この作品の魅力を語り出せばきりがないが、筆者がもっとも感動を覚えたのは、表向きのストーリーの陰に隠された「もう一つの物語」である（以下、ネタバレを避けるために奇怪な文章になってしまうが、どうかご容赦を）。

本書の310ページで語られる事件がなければ、おそらく359ページの出来事は起こらなかったであろう。このことは、330ページの台詞でも裏づけられる。作者が周到に組み上げた、この「もう一つの物語」は、凶悪犯罪の真の恐ろしさを的確に暴き出している。

殺人などの重大犯罪が起こった場合、我々の目は実害ばかりに向けられるが、その裏では実害と同等の、別の被害が起こっている。時として凶悪犯罪は、事件に巻き込まれた人々の心をも破壊してしまうのだ。その結果、第二、第三の悲劇が繰り返されないとも限らない。

本編の「もう一つの物語」が語っているのは、一つの犯罪行為が別の罪を生み出してしまう悲劇であり、この悲劇の当事者である登場人物に思いを馳せると、一人の女性の、きわめて哀切な人生が浮かび上がってくる。しかも、それがまた第三の悲劇を引き起こすあたり、重層的に構築されたストーリーは精密かつ大胆に、迫真のドラマを紡《つむ》ぎ出している。第三の悲劇の担い手となった別の登場人物について、作者は結論を出していないが（418ページ）、かえってこれが物語全体の余韻を深める結果につながっている。

そして主人公は、367ページの苦悩を経て、414ページの心境に至る。ここでもまた、作者は先を急がず、主人公の心情に寄り添い、煩悶《はんもん》しながら、心優しい結論へと読者を誘《いざな》う。

この過程で、主人公が思い描く過去の光景には（390ページ）、件《くだん》の登場人物が背負った哀しみとともに、「贖罪」というものの難しさが、一般読者にも共感される形で描かれているように思う。犯罪行為に及ばなくても、普段の生活で他人を傷つけてしまったという経験は、誰にでもあるはずである。そんなとき、心の底から申し訳ないと思いながらも、面と向かって謝ることを阻む、何か不思議な壁のようなものが心の中に立ち塞がる。謝りたくても謝れないという、誰の心にもある葛藤。これがもし、他人の命を奪ってしまうような、取り返しのつかない行為をしてしまったとしたら——その葛藤の大きさを想像するだけでも、犯罪者の贖罪がどれだけ困難かに思い至るのではないだろうか。こうしたわずか数行の描写にも、人の心の機微を捉えて鮮やかに描き切ってしまう著者の手腕が光っている。小説が上手い、というのはこういうことを言うのだと思う。

さて、先ほど、この物語に含まれる「優しさ」についてちらりと触れた。実はこの作品が刊行された直後、著者の薬丸岳さんにお目にかかる機会があり、その後も何度かお会いしているのだが、僭越《せんえつ》を承知の上で作者の人となりについて述べさせていただくと、本書の主要なキャラクターである愛実ちゃんの描写に、もっとも著者のお人柄が反映されているように思えた。あるいはこの物語の読後感の中にも、そして凶悪犯罪を扱った作品に『天使のナイフ』という絶妙なタイトルを付けたセンスの中にも、作者の優しさが潜んでいるような気がする。

本作が十万部のベストセラーとなった後も、薬丸さんは『闇の底』や『虚夢』といった、人と犯罪との関わりを描いた力作を発表し続けている。また、短編小説にも積極的に取り組まれていて、そちらのほうには本作の登場人物がスピンオフの形で顔を出している。ファンにとっては、懐かしい人にばったり再会したような、嬉しい仕掛けだ。

ともあれ、三年前に突如として現われた大器への期待は、今も出版界の中に息づいているし、それが過剰な期待でなかったことは、著者自らがその後の作品で証明し続けている。これほど新作が待ち望まれている新人作家というのもめずらしいのではないだろうか。

だから薬丸さん、これからもますますのご活躍を！

参考文献

「ハンドブック少年法」服部朗・佐々木光明編著　明石書店
「改訂版　注釈少年法」田宮裕・廣瀬健二編　有斐閣
「〈現場報告〉『少年A』はどう矯正されているのか　改正少年法に問う」三好吉忠著　小学館文庫
「少年の『罪と罰』論」宮崎哲弥・藤井誠二著　春秋社
「現代の少年と少年法」荒木伸怡編著　明石書店
「少年犯罪と少年法」後藤弘子編　明石書店
「Q&A改正少年法」甲斐行夫・入江猛・飯島泰・加藤俊治著　有斐閣
「新版　少年法・少年犯罪をどう見たらいいのか　厳罰化・刑事裁判化は犯罪を抑止しない」石井小夜子・坪井節子・平湯真人著　明石書店
「少年に奪われた人生　犯罪被害者遺族の闘い」藤井誠二著　朝日新聞社
「少年にわが子を殺された親たち」黒沼克史著　草思社
「少年犯罪と被害者の人権　改正少年法をめぐって」少年犯罪被害者支援弁護士ネットワーク編著　明石書店
「モノクロームクライシス　犯罪被害者・忘れられた人々の声」本田信一郎著　平和出版

「罪と罰、だが償いはどこに？」中嶋博行著　新潮社
「少年はなぜ人を殺せたか　奴らが〝怪物〟になった事情」（「別冊宝島Ｒｅａｌ」＃００２）　宝島社
「非行少年の処遇　少年院・児童自立支援施設を中心とする少年法処遇の現状と課題」近畿弁護士会連合会少年問題対策委員会編　明石書店
「法務教官の仕事がわかる本　公務員の仕事シリーズ」法学書院編集部編　法学書院
「こころのブレーキがきかない　10代が考える『少年犯罪』」藤井誠二・ＮＨＫスペシャル「少年犯罪」プロジェクト編著　日本放送出版協会
「高校生が考える『少年法』」アムネスティ・インターナショナル日本編　明石書店
「万華鏡の本」大熊進一著・日本万華鏡倶楽部監修　ベアーズ・日本万華鏡博物館
「28年前の『酒鬼薔薇』は今」奥野修司（「文藝春秋」一九九七年十二月号）
「対談　コンクリート詰殺人少年の更生はなぜ挫折したか」伊藤芳朗・藤井誠二（「創」二〇〇四年九・十月号）

※この他、多くの書籍、雑誌、インターネットホームページを参考にさせていただきました。
参考資料の主旨と本書の内容は、まったく別のものです。

本書は二〇〇八年八月に講談社文庫より刊行された
『天使のナイフ』の新装版です。

|著者|薬丸 岳　1969年兵庫県生まれ。2005年に『天使のナイフ』（本作）で第51回江戸川乱歩賞を受賞しデビュー。'16年に『Aではない君と』で第37回吉川英治文学新人賞、'17年、「黄昏」で第70回日本推理作家協会賞（短編部門）を受賞。その他の著書に『闇の底』『虚無』『悪党』『死命』『友罪』『神の子』『逃走』『ハードラック』『誓約』『アノニマス・コール』『ラストナイト』『ガーディアン』『蒼色の大地』『告解』『刑事弁護人』『罪の境界』など。連続ドラマ化された刑事・夏目信人シリーズに『刑事のまなざし』『その鏡は嘘をつく』『刑事の約束』『刑事の怒り』がある。

天使《てんし》のナイフ　新装版《しんそうばん》
薬丸《やくまる》 岳《がく》

2021年 8 月12日第 1 刷発行
2024年10月 4 日第 4 刷発行

発行者――篠木和久
発行所――株式会社　講談社
東京都文京区音羽2-12-21　〒112-8001
電話　出版（03）5395-3510
　　　販売（03）5395-5817
　　　業務（03）5395-3615
Printed in Japan

講談社文庫
定価はカバーに
表示してあります

KODANSHA

デザイン―菊地信義
本文データ制作―講談社デジタル製作
印刷―――株式会社KPSプロダクツ
製本―――株式会社KPSプロダクツ

ISBN978-4-06-523766-3

講談社文庫刊行の辞

二十一世紀の到来を目睫に望みながら、われわれはいま、人類史上かつて例を見ない巨大な転換期をむかえようとしている。

世界も、日本も、激動の予兆に対する期待とおののきを内に蔵して、未知の時代に歩み入ろうとしている。このときにあたり、創業の人野間清治の「ナショナル・エデュケイター」への志を現代に甦らせようと意図して、われわれはここに古今の文芸作品はいうまでもなく、ひろく人文・社会・自然の諸科学から東西の名著を網羅する、新しい綜合文庫の発刊を決意した。

激動の転換期はまた断絶の時代である。われわれは戦後二十五年間の出版文化のありかたへの深い反省をこめて、この断絶の時代にあえて人間的な持続を求めようとする。いたずらに浮薄な商業主義のあだ花を追い求めることなく、長期にわたって良書に生命をあたえようとつとめるところにしか、今後の出版文化の真の繁栄はあり得ないと信じるからである。

同時にわれわれはこの綜合文庫の刊行を通じて、人文・社会・自然の諸科学が、結局人間の学にほかならないことを立証しようと願っている。かつて知識とは、「汝自身を知る」ことにつきていた。現代社会の瑣末な情報の氾濫のなかから、力強い知識の源泉を掘り起し、技術文明のただなかに、生きた人間の姿を復活させること。それこそわれわれの切なる希求である。

われわれは権威に盲従せず、俗流に媚びることなく、渾然一体となって日本の「草の根」をかたちづくる若く新しい世代の人々に、心をこめてこの新しい綜合文庫をおくり届けたい。それは知識の泉であるとともに感受性のふるさとであり、もっとも有機的に組織され、社会に開かれた万人のための大学をめざしている。大方の支援と協力を衷心より切望してやまない。

一九七一年七月

野間省一